U0467462

继承·解构·重塑

当代美国南北战争小说研究

刘松麒 著

中国社会科学出版社

图书在版编目（CIP）数据

继承·解构·重塑：当代美国南北战争小说研究 / 刘松麒著．—北京：中国社会科学出版社，2024.3

ISBN 978-7-5227-3209-1

Ⅰ.①继…　Ⅱ.①刘…　Ⅲ.①小说研究—美国—现代　Ⅳ.①I712.074

中国国家版本馆 CIP 数据核字(2024)第 050823 号

出 版 人　赵剑英
责任编辑　党旺旺
责任校对　刘　娟
责任印制　王　超

出　　版　中国社会科学出版社
社　　址　北京鼓楼西大街甲 158 号
邮　　编　100720
网　　址　http://www.csspw.cn
发 行 部　010-84083685
门 市 部　010-84029450
经　　销　新华书店及其他书店

印　　刷　北京明恒达印务有限公司
装　　订　廊坊市广阳区广增装订厂
版　　次　2024 年 3 月第 1 版
印　　次　2024 年 3 月第 1 次印刷

开　　本　710×1000　1/16
印　　张　17.5
插　　页　2
字　　数　240 千字
定　　价　88.00 元

凡购买中国社会科学出版社图书，如有质量问题请与本社营销中心联系调换
电话：010-84083683

前　言

本书研究的对象为当代美国内战小说，不过当代美国文学作品中重写南北战争的又何止小说。2007 年获得普利策诗歌奖的诗集 *Native Guard* 包括三部分，其中诗集的第二部分就是以挖掘南北战争期间国民卫队黑人士兵的日记为主线，重现了战争中被刻意忽视或掩埋的黑人参战经历。在这组诗前有一句援引自 19 世纪美国废奴运动领袖弗雷德里克·道格拉斯的话，格外醒目 *If this war is to be forgotten, I ask in the name of all things sacred What shall men remember*?（“如果连这样一场战争都会被遗忘，美国人的集体记忆中还有什么可存留呢?”）道格拉斯的这句话或许带有极强的主观色彩，他对于内战的观点更是糅合了黑人种族创伤的记忆和作为废奴运动领袖的复杂经历，不过这句话又绝非只代表其个人或黑人族群的心声。南北战争对于美国而言，是一份满是伤痕的沉甸甸的记忆，战争期间整个国家岌岌可危、濒临瓦解，但这场战争也很大程度上解决了历史遗留问题，结束了南北对立的分裂局面，对此后美国的国家发展产生了深远影响。或许正因为如此，时至今日，一代代美国作家仍然不断地重新审视这场战争，思考与战争相关的话题，并通过这样的思考唤起美国民众更为广泛的关注和讨论。

随着作品的不断涌现，国外学界对美国南北战争小说的研究积累了丰硕的成果，其中包括以专著形式呈现的系统研究，以论文集形式呈现的作家作品研究和跨学科研究，还有大量论文围绕具体作品展开的研究。

那么对于国内学者而言，研究南北战争小说，特别是当代的南北战争小说有何价值呢？我们不能忽视文学作品内在的审美价值，特别是不少当代小说在整体上继承了传统现实主义的叙事模式，同时在局部吸收借鉴现代主义、后现代主义的风格和手法，在艺术形式上独具魅力，但当代美国文学研究不应止步于此。一位学界前辈曾在一次外国文学研讨会上尖锐地指出，在中美各个层级的对话与交锋中，外国文学领域的研究对决策层面的贡献微乎其微，近乎完全失语。这一观点启发我们应该以更广阔的视野确定当代美国文学研究的目标、方向和方法。总体上说，既要深入作品，从文学审美的角度进行品读和研究，也要能跳出作品，看作品涉及的历史问题、社会问题、哲学问题。这样，我们的研究将不停留于表面，不囿于文学批评的小圈子，而是透过现象看本质，从文学现象入手把握美国社会文化的深层脉搏和发展动向，我们的研究成果也才能兼具广度和深度，帮助中国更全面深刻地认识今日美国。沿着这样的思路，可以看到当代南北战争小说研究的重要现实意义，因为它们已越发成为透视和理解当代美国思想文化和价值观念的重要窗口，成为我们理解美国精英文化圈层战争观、历史观以及对社会问题秉持的观点态度的重要渠道，其主要体现在如下几个方面（但绝不仅局限于这几方面）：第一，冷战结束后，美国在国际上不断卷入各种区域性战争，在不断制造区域冲突的背景下，当代南北战争小说反映了精英文化群体的战争观，对于塑造美国民众的战争观具有重要作用；第二，当代美国社会种族歧视依旧泛滥，种族矛盾、对立和冲突问题十分突出，当代南北战争小说提供了审视和反思美国种族问题的新视角；第三，当代作家通过战争书写影射和批判了当下美国政治，表达了对未来战争、未来社会的忧思。在与美国的各种交流对话中，只有做到知己知彼、心中有数，才能不落下风，为此当代美国战争文学研究或许可以贡献一份学术力量。

以上是当代南北战争小说研究的现实意义，也是我们的研究所追求的目标。除此之外，本书还希望能在构建完整的美国内战小说研究体系、搭建研究框架、新现实主义小说理论探讨方面做出些微工作。近年来，国内学界对当代南北战争小说的关注越来越多，但多数是单个作家、单部作品的研究，整体性的系统研究几乎没有，因此作者力图全面厘清近30年来美国南北战争小说创作的总体特征及最新发展趋势，从而完善南北战争小说的研究体系，充实美国战争小说的研究资源，提供美国战争文学研究的中国视角。为了实现对当代南北战争小说的系统性研究，本书构建了内外兼顾的研究框架。内部研究部分侧重于对文本艺术形式特征和变化趋势的把握，外部研究部分聚焦作品对于战争的历史认知、历史反思，对于战争相关的社会问题的探讨以及有关战争的当代哲学思考等几方面，同时还涉及文本传递的社会关切和政治关切，希望这一研究框架能够全面呈现当代南北战争小说发展的图景，并为其他战争文学的系统研究提供借鉴。应该注意到，当代美国小说创作深受新现实主义潮流的影响和驱动，因此，本书将通过作品的文本细读，总结现实主义与现代主义后现代主义的不同交融模式。反过来，新现实主小说的理论和实践的边界也表现出开放性、包容性、动态性、发展性的总体特征，当代南北战争小说的创作也促进着新现实主义内涵的延伸和边界的扩展。本书还将关注文学创作实践与理论发展之间相互影响和促进的关系。

本书是笔者在博士论文的基础上，又经增删修改而完成的。鉴于涉及的作品较新，研究的内容较为广泛，而本人资质和学识尚且浅薄，因此虽然经过多年钻研努力，书中依旧难免存在种种不妥之处，敬请各位学者、专家批评指正。在书稿付梓之际，我要衷心感谢导师赵利民教授，他对本书的写作与出版给予了无微不至的关怀和指导；感谢中国社会出版社的编辑老师对本书的修改提出的宝贵建议；感谢“天津财经大学翻译硕士学位点专著出版资助项目”给予的支持。

刘松麒

2023 年 7 月 5 日

If this war is to be forgotten, I ask in the name of all things sacred what shall men remember?

——FREDERICK DOUGLASS

目　录
Contents

绪　论

南北战争对美国的影响不言而喻。这场战争带来的灾难是巨大的，这是美国历史上唯一一次内战，也是美国本土发生过的最大规模最惨烈的战争，四年间先后发生了2000多次战斗，其中规模较大的近150次。南北双方共投入三百余万兵力，死伤人数超百万，直接经济损失更是难以估量。战争彻底改变了美利坚，从军事角度看，这是美国经历的第一场现代战争，战争形态发生了显著变化，军舰、潜水艇、观测气球、地雷、水雷等先进武器大量使用，客观地说，战争促使整个国家军事水平得以快速提升；从社会经济结构看，黑人奴隶制度最终被废除，南北形成相对一致的经济形态，为经济持续发展奠定了基础；从国家政体看，战后美国实现了真正意义上的统一，一个政治相对稳定的崭新国度出现在北美大陆，为科学技术进步、工业快速发展提供了保障。此后不到两代人时间，美国就成为了世界上最强大的资本主义国家。约翰逊认为，内战构成了美国历史上的中心事件，也是最典型的美国事件，它揭示并决定了美国是什么，不是什么。内战使得美国成为一个国家，而此前却并不是。他引用了多位政要和学者的公开发言意在表明，让早期移民成为美国人的那份契约——《独立宣言》，并没有把他们造就成一个国家。① 从这个角度讲，内战更深层的意义在于塑造了美国的国家身份，

---

① ［英］保罗·约翰逊：《美国人的故事》（中卷），秦传安译，中信出版社2019年版，第3—4页。

塑造了美国人的国民身份。南北战争对于美国而言，意义如此重大，以至于对它的追念和反思从未间断且愈发深刻。160 多年来一代代作家不断回首、不断凝望那段动荡混乱的岁月，或是兵将的金戈铁马、战场厮杀，或是百姓的背井离乡、无家可归，或是城镇的一片焦土、满目疮痍，都已沉淀为这个国家精神世界中最重要的一部分。

任何一场战争都是残忍的，它们承载了人类社会进程中的苦痛记忆，同时，在苦痛中也孕育着希望，寄托着人们对战后和平与美好生活的期许。战争是世界文学永恒的主题之一，战争文学则为我们打开了一扇门，从这里可以走进战争、认知战争、了解战争。不过，对于当今的作家和读者来说，一次次回首往昔惨烈的战争究竟有多大意义呢？约尔斯和克内布尔在其著作《战争与社会思想：霍布斯以降》（*War in Social Thought: Hobbes to the Present*）中给了我们一个有力的言说，即战争是“现代的构成要素”，或是有重大影响力的（即可以改变历史进程的）大事件。他从推动社会学理论和现代性理论发展的角度提道：“如果不考虑战争，我们既无法理解现代性的民族国家属性（而不是别的属性，如超国家属性），也无法理解发生在现代的各种社会转型和文化转型。革命、社会阶级结构的变迁、权利的扩展和普遍化乃至艺术和美学领域的重大变革等现象往往与战争的影响有紧密的联系。”① 也就是说，通过战争及战争文学，我们不仅能捕捉到人类文明的历史发展脉络，更能加深对现代社会深层结构的理解，包括现当代社会主流的政治文化结构和意识形态结构。我们反思的也并不只是战争本身，还有人的本性、价值、伦理、道德、理想等问题。应该说，战争是人类无可回避不得不面对的沉重话题，普遍的悲怆基调使得战争文学作品具有独特的审美价值，对于与战争相关的一系列重大问题的思索则赋予了这些作品重要的现实意义。对本书而言，当我们面对当代美国南北战争小说时，实际上是获取了一个

---

① ［德］汉斯·约尔斯、沃尔夫冈·克内布尔：《战争与社会思想：霍布斯以降》，张志超译，华东师范大学出版社 2017 年版，第 5 页。

既能直面那段战火纷飞的美国史，又能凝视今日美国错综复杂的文化价值观念的通道。

第一节 选题的缘起及意义

当读者翻阅当代美国文学作品时，会发现大批作家会以各种形式一次次触及撕裂美利坚的内战主题。这些作品有的直接聚焦战场，有的仅以南北战争为一个宏大背景和框架，关注战争下的普通家庭、普通人物，还有的作品，大胆创新、大胆解构，在主题、内容和形式上都极大拓展了南北战争小说书写的视野。本书将近30年来的内战小说大体分为如下几类。

第一类作品是直接将故事背景设置于一场场残忍血腥的战役，讲述纷繁乱世中一个个鲜活人物的悲欢离合。《大进军》（*The March*, E. L. Doctorow, 2005）以谢尔曼率军摧毁亚特兰大，挺进佐治亚，进入南方腹地，直达大海边的大进军为主线串起不同肤色、不同阶层几十个人物命运的故事。《南方的寡妇》（*the Widow of the South*, Robert Hicks, 2005）讲述了南北战争富兰克林之战发生的那天，种植园主卡丽·麦加沃克的卡恩顿大屋被征用为临时战地医院，她于一天之内不得不直接面对近万名伤亡士兵，并照顾满屋的伤员。其中一位在战场上表现得异常英勇又有些举止异于他人的士兵卡什维尔与麦加沃克之间彼此吸引，陷入了一段隐秘而炙热的爱恋。后来，在卡什维尔影响下，麦加沃克坚定信念，为了保护、看守在这场战争中牺牲的年轻人的墓地而竭尽全力。《上帝鸟》（*The Good Lord Bird*, James McBride, 2013）则以著名的废奴主义者约翰·布朗为人物原型，重述了内战前夕轰动全美的布朗起义，他的故事在南北战争前后广为流传。布朗起义成为了美国内战的先声，后来《约翰·布朗之歌》成为了联邦军鼓舞斗志的战歌。这一类作品还有Jeff Shaara的*A Blaze of Glory*（2013），*A Chain of Thunder*（2013），*The Smoke* *at Dawn*（2015）等。

第二类作品关注到内战的历史洪流之下，生命个体的痛苦抉择，微观家庭的深度变迁，有分崩离析也有艰难维系，有绵延的亲情、真挚的爱情，也有彼此的嫌隙，乃至激烈的冲突。《冷山》（*Cold Mountain*, Charles Frazier, 1997）以南北战争为故事背景，围绕着两条主线并行展开，一条讲述了南方军士兵英曼，拖着伤痕累累的肉体与饱经磨难的灵魂，历经千辛万苦回到深深眷恋的家乡冷山和他的爱人艾达身边；另一条围绕艾达展开，她在父亲去世后，逐渐改变了原先优雅恬适的生活方式，在露比的帮助下，共同应对着每日辛苦劳作的生活。《马奇》（*March*, Geraldine Brooks, 2005）的故事分别由同名主人公马奇和妻子玛米以第一人称的叙述视角完成。马奇叙述的故事构成了小说的主体，由几大部分组成，包括年轻时在南方做生意目睹了奴隶主的残忍，回到北方家乡从事废奴运动，以随军牧师的身份参军奔赴前线，在部队中与年轻时相识的美丽善良女奴重逢并产生感情，被打发到种植园教育黑奴，目睹南方游击队员对黑人的暴行精神备受打击等情节。玛米叙述的部分则展示了很多情节的另一个视角，与马奇的讲述矛盾重重。《少年罗比的秘境之旅》（*Coal Black Horse*, Robert Olmstead, 2007）① 讲述了在南北战争期间，14 岁的少年罗比受母亲的嘱托，前往残酷血腥的战场腹地寻找父亲的故事。在漫漫而艰险的路途中，罗比先后遭遇了骗子、奴隶、搜尸者、杀人犯，眼睁睁看着少女蕾秋惨遭蹂躏而束手无策，目睹了战争之后尸骨累累的惨象，陪伴了身负重伤奄奄一息的父亲走过生命最后一刻。埋葬父亲之后，他带着蕾秋踏上了归乡之途，在最无情的现实洗礼中，经历着男孩向男人的蜕变，追寻着身体与心灵的救赎。与《少年罗比的秘境之旅》一样，*Raiding with Morgan*（Woollard Jim R., 2014），

---

① 小说英文版的标题是 *Coal Black Horse*，中译本的标题没有直译，而是根据小说内容翻译的。故事开始不久，少年罗比在老莫佛的店中便带走了一匹“漆黑如炭”的马，自此小说便萦绕在奇异的氛围中。或许译者也考虑到用一个抓人眼球的名字来吸引读者的目光。下文中本版将 *American War* 译为《无人幸免，2074—2095》也是同样的道理。

也是以少年寻父的故事为主线展开的。马特森自幼丧母，父亲去参加了墨西哥战争，他和祖父母长大，17 岁时得知父亲成为了南方邦联军队 Morgan 将军的私人事务官，便决定出发寻亲，为此加入了 Morgan 的军队。在见证了战争的恐怖和丑陋，经历了牢狱监禁和身体受伤之后，马特森最终步入成年，走向成熟。在他眼里父亲是一个好人、精神导师和了不起的军人，却不得不在战争中又一次和父亲分离。和罗比一样，他也遇到了自己的爱情。Morgan 将军强行征用一位北方妇女的住宅作为司令部，在那里马特森被这位女子吸引，陷入了爱情。《基列家书》（*Gilead*，Marilynne Robinson，2004）讲述的是七十六岁的牧师约翰·埃姆斯自知年事已高，时日无多，给年仅七岁的儿子留下一封封家书，希望儿子长大之后了解他的一生。这部书信体的小说并不能算作内战小说，不过作品前半部分是以南北战争为故事背景的，围绕着内战给约翰·埃姆斯的父辈带来的家庭分裂而展开。战争与家庭的关系成为了这部分故事情节的主线，埃姆斯牧师的祖父是一个坚定且非常激进的反对奴隶制的斗士，以随军牧师身份参加内战，而他的父亲则是一个和平主义者，政治立场和观点的差异给两代人带来无法调和的矛盾。

第三类作品是近几年来出现的在题材选择、故事内容和艺术形式上非常具有突破性和颠覆性的内战小说。《林肯在中阴》（*Lincoln in the Bardo*，George Sanders，2017）整个故事都以美国内战为背景，讲述的是 1862 年 2 月，林肯总统 11 岁的儿子威利·林肯因伤风导致感染，骤然离世，下葬当夜，悲伤难抑的林肯前往位于乔治敦的橡树丘公墓，抱起棺材里儿子的尸身，表达着无尽的思念。与此同时，处在中阴界①的众鬼

① 中阴是藏传佛教中的一个观念，指的是“一个情境结束，但另一情境尚未展开之间的过渡时期”。按照《俱舍论》中的说法，刚刚断气死亡的时候，称为“死有”，进入转世则称为“生有”，已死却尚未还生，则是“中有”（也称“中阴身”）。圣严法师的阐释为“从此生的败坏到另一生出现之间的过渡期……具有神通，能见到肉眼所见不到的事物。”同时，桑德斯在小说中还杂糅融合了基督教的一些观念。［见《林肯在中阴》的（推荐序）以及痒，抓就是了——专访乔治·桑德斯］。

魂围绕在现实中的林肯身旁，你一言我一语地诉说着各自的人生际遇。幻化为鬼魂的小威利也期盼着与父亲的沟通、倾诉，却终究无法跨越中阴与尘世之间的鸿沟，焦虑哀伤，甚至一度拒绝转世。小说在后现代怪异、荒诞、超现实的奇思妙想之中，融入了对战争、生命、情感的深度反思。Laird Hunt 的 *Never Home*（2015），则一改男子厮杀战场的故事传统，讲述了一个夫柔妇刚，替夫从军的故事。以女性为主角，颠覆性重塑战争中的女性形象，重新思考女性在战争中的重要作用的小说还有《葛底斯堡的女孩》（*The Girls of Gettysburg*，Bobbi Miller，2014），《两位葛底斯堡的女孩》（*Two Girls of Gettysburg*，Klein Lisa，2008）。另有一部需要特别提到的是《无人幸免，2074—2095》（*American War*，Omar El Akkad，2016）。这部小说以南北战争为名，讲的也确实是美国南方州和北方州之间的战争，不过却在创新的路上走得更远。小说是以第一次南北战争为蓝本，历史仿拟式地构建了由化石燃料危机导致的未来发生的第二次南北战争。这样，美国内战的内涵得到了拓展，内战文学的书写空间也更加宽广。小说故事的主人公是一个极具男性特质的刚强女性萨拉特，她先后经历了全家颠沛流离、至亲惨死，北方军对佩兴斯难民营的屠杀，以及在糖面包监狱里长达七年的非人折磨。在 2095 年 7 月 3 日是纪念二次内战结束的“再统一庆典”日，她携带病毒炸弹，越过边境，潜入北方领土，释放了一种生物病毒，致使全国范围被流行的瘟疫困扰折磨长达 10 年之久，死亡人数多达 1.1 亿人。

此外，内战小说必然会涉及奴隶制问题、战后黑人的命运问题，当代一部分非裔小说构成了探讨这些问题的颠覆性语境。因此，笔者也特别关注了近年来的非裔文学，这些作品虽然没有直接描写内战，却在行文中融入了对形成奴隶制的思想根源、文化根源，对内战与奴隶制关系的全新且深度反思，它们是当代南北战争小说研究的重要组成部分。

南北战争依旧是美国文学主流中一个不断被赋予当下时代内涵，常谈常新的主题。当代美国内战小说及以内战为背景的小说在呈现多元化多样性发展态势的同时，也产生了广泛的社会影响力，主要体现在两个方面。一是很多作品获得了包括美国文学三大奖在内的重量级奖项。其中《基列家书》《马奇》先后荣获2005年、2006年普利策小说奖，《冷山》《上帝鸟》分别获得1997年、2013年的美国国家图书奖。《大进军》获得2006年美国笔会/福克纳小说奖获奖作品，并入围普利策小说奖、美国国家图书奖。《林肯在中阴》更是收获国际声誉，于2017年荣获英国曼布克文学奖。还有一些涉及内战的奴隶叙事小说也斩获了文学大奖。二是在文化传播方面。具体又体现在作品影视化、国内外翻译传播及媒体传播等方面。在影视化方面，比较有代表性的是《冷山》。该小说被改编成电影，由著名演员 Jude Law、Nicole Kidman、Renée Zellweger 担当主演，并荣获76届奥斯卡6项提名以及最佳女配角奖。与小说略有不同的是，电影中更突出爱情主题，或许是为了迎合影视受众的情感需求。而根据小说创作的同名歌剧也于2015年在圣菲歌剧院首演。[①]《上帝鸟》也被拍成了8集的美剧，于2020年上映。在《南方的寡妇》的作者专访中也提及，简装版小说已经售罄，正在商谈电影项目。[②] 在翻译传播方面，很多小说都已经有了中译本，有的甚至有多个版本，如《冷山》在中国出版时，就有了接力出版社的“全译本”，之后不久，中国青年出版社又出版了带有精美插画的“珍藏本”。2018年，中信出版集团出版了新的译本。《无人幸免，2074—2095》据说在全球已有36个版本。[③] 另外，媒体传播方面的力量也不容忽视。大部分小说的作者都接受了专业期刊、网站、大众媒体的专访。E. L. 多克特罗2015年去世时，更有众多媒体对他的生平和著述做了详细回顾和评述。总之，从出版的数量、

① ［美］查尔斯·弗雷泽：《冷山》，丁宇岚译，中信出版集团2018年版，封页。

② Randy Rudder, “How a Historical Fascination Became a Best Selling Novel: Untried at Fiction, Robert Hicks Found a Way to Turn the True Story of a Civil War Matriarch into Compelling Fiction”, *Writer*, Vol. 120, Issue 2, (Feb. 2007), pp. 20 – 23.

③ ［加］奥马尔·阿卡德：《无人幸免，2074—2095》，齐彦婧译，北京联合出版公司2018年版，封页。

质量及业已产生的社会影响力来看，美国内战小说在美国当代文学中占有重要位置。

而更加不容忽视的是，当代内战小说家是在新的时代背景和新现实主义文学主潮之下取得这些成就的。自20世纪70年代起，美国文坛逐渐摒弃五彩纷呈的写作实验，逐渐形成回头写现实题材的潮流，其中有些作家采用现实主义手法关注到历史和社会问题，比如赫尔曼·沃克（Herman Walker）反映第二次世界大战历史战况的二部曲《战争风云》（*The Winds of War*，1971）和《战争与回忆》（*War and Rememberance*，1978），艾丽丝·沃克反映种族问题的《紫色》（*The Color Purple*，1985），唐·迪里罗以肯尼迪遇刺为故事背景的《天秤星座》（*Libra*，1988）等。同时，不少作家的创作又多多少少受到现代派和后现代派影响，形成了独具特色的新现实主义风格。当代美国作家即是在这种回头写实的潮流与现代主义、后现代主义艺术风格共同影响下重写南北战争的。一方面，他们大多秉持着严肃认真的现实主义的姿态，查阅了大量历史文献、回忆录、传记、日记、新闻报道等相关资料，遵循传统的叙事模式，使得故事的讲述保留了契合那个时代气质的逼真性；另一方面，作家们又不断寻求形式内容、写作风格、叙事技巧等方面的突破和创新，作品中现代主义和后现代主义的印迹清晰可见，折射了创作的时代特征。作品表层艺术形式的创新有助于深层的情感、主题的表达，反映了的当代美国作家对于人作为生命个体的高度关注，对于战争、生死、爱情、亲情等人生重要主题的更透彻更深沉的反思。另外，近年来美国内战小说还呈现出写实与现代主义风格结合向写实与后现代风格交融过渡的一种趋势。

可以说，当代美国内战小说创作模式的发展与革新，探讨主题的深度与广度以及带来的广泛社会影响都为美国文学注入了新的活力，成为了透视美国当代美学与文化的一个重要窗口，也促使本书作者产生了浓厚的研究兴趣和研究动力。

第二节 本书相关概念的界定和相关理论的梳理

一 对当代南北战争小说相关概念的界定

对当代美国内战小说开展研究之前，有必要对相关概念进行界定，对一些核心问题进行探讨，包括“当代”的时间范畴，当代文学作品关注的对象和包含的价值取向、情感结构，当代性与历史和未来之间的关联以及对当代美国内战小说的文本遴选范围等。

首先是如何认识当代这个宽泛而又有些模糊的时间概念。事实上，每一位作家所处的时代都有那个时代独有的特质，如果以作家自身为参照的主体，将其生活的时代称作为当代，那么“当代”就意味着永恒的现在时，一代代作家都可自称为当代作家。同时，“当代”的内涵会随着历史的推进而不断变化和延伸。不过，这无疑会在这个时间概念的内部导致界定含混，形成悖论，为研究设置阻碍。因此，本书采纳了文学史的普遍观念，即“当代文学”一般指 20 世纪 60 年代以来的文学。[①] 大部分的美国文学史书籍也将 60 年代作为了当代的起点。比如王守仁主撰的《新编美国文学史》（第四卷）中分别设置了当代美国戏剧、当代美国诗歌、当代美国通俗文学和当代美国文学批评理论等章节，其时间起点都是 60 年代。这样的界定虽然依旧比较笼统，却能以我们生活的时代为坐标，提供一个纵向历时研究文学流派发展历程的时间和范围。时间范畴的划定是深入研究的前提。其次，便是当代小说所关注的对象。当代文学可以书写当下的社会生活，反映时代的特质，社会的风貌，同时还可以跨越时空重写历史。中外当代文学中都有大量的历史题材小说，它们将历史与当代性直接连接起来，使得“各代人共处一个时空体之下”，完成这些作品的作家，“不论作品何时出版，都成为了历史

---

① 廖昌胤：《当代性》，载金莉、李铁主编《西方文论关键词》（第二卷），外语教学与研究出版社 2017 年版，第 76 页。

小说家。”[①] 这些历史小说是当代文学的重要组成部分，但不可否认，由它们所总结出的当代文学特征，极有可能与当代性存在着背反性的矛盾，即作品中的历史性与当代性彼此对立、碰撞。最终经过相互调和，所有历史都成为了当代性的历史，当代性的塑造也承受了不在场的历史的反作用。最后是当代文学作品中所包含的价值取向和情感结构。当代小说不仅重建历史，还可建构未来。《无人幸免，2074—2095》就是以构想出的未来内战为背景描写战争给未来社会带来的灾难。历史与未来皆不在场，然而不论是对哪个时期的建构，都脱离不了当代性的范式。这些作品通过当代性范式中的价值结构与情感结构，赋予了历史以当代的意义与价值，使未来具备了当下实现的可能性。从这个意义上看，在面向历史和未来时，当代小说蕴含着积极的能动的建构性，其结果是“一切知识的描述都需要通过当代性得到重新评估”[②]。凝结于当代美国文学作品中的价值、情感和意识形态结构，是历经过去百余年各种激烈的社会政治运动、文化思潮洗礼后，沉淀于这个时代的专属特质。因此，当代的内战小说在重述已发生的战争和勾勒想象中的战争时，传递的是当代美国主流文化对于战争的意义、生命的价值、英雄的形象、理想和信念等一系列重大问题的严肃思索与重构，对于当代美国突出的政治弊端和尖锐的社会问题的反思与批判。在此基础上，还有学者进一步指出当代性不应该仅停留于“时代精神”的层面，而应在对人性的审美观照中凸显“真理性”。[③] 也就是说，只有当代小说中价值和情感结构所凝聚的可经受不同时代检验的真理性要素，才能成为勾连历史、当下和未来的永恒标准。

本书在确定了美国当代内战小说的时间范畴、精神内涵的基础上，

---

① Ivanova Natal'ia, “That Elusive Contemporaneity”, *Russian Studies in Literature*, Vol. 45. 3, 2009, p. 32.

② 廖昌胤：《当代性》，载金莉、李铁主编《西方文论关键词》（第二卷），外语教学与研究出版2017年版，第81页。

③ 丁帆：《关于当代文学经典化过程的几点思考》，《文艺争鸣》2021年第2期。

进一步将研究目标锁定为20世纪90年代以来的内战小说，一方面，考虑到20世纪末到21世纪头20年美国所处的国内外政治环境的结果，即在海外不断挑起区域性战争，在美国本土各种社会矛盾层出不穷。另一方面，从文学发展角度来看，近30年来新现实主义潮流逐渐成熟，给小说创作带来深刻影响。

另外，还需要进一步界定的是本书研究的当代内战小说的文本范畴。战争文学研究学者李公昭提供了构成战争小说的三个基本要件：即战争背景、战争人员和战争行为。[①] 不过他也指出在面对不同时期的不同文本时，这样的界定也会遇到一些困难。比如《飘》中的主要人物和情节是围绕平民展开的，而不是军人。严格来讲，《飘》不是战争小说，但又因为故事发生在南北战争期间，也有少量的战争场面，将其归入战争小说不无道理。因此，他建议战争小说的界定可以有一定标准，但又不必拘泥于标准，一些个案的存在合情合理。同样，本书所涉及的内战小说不仅包括直接以残酷战场为背景的文本，还包括那些关注战场之外，宏大的战争语境下万千众生生存境遇的文本，这些都可列入本书研究的核心文本。除此之外，有些小说都没有直接写1861—1865年的南北战争，却与那场战争有千丝万缕的联系，从本质上应算是本书研究的外围文本，是研究中不可或缺的组成部分。比如《上帝鸟》，表面上似乎可划归为讲述废奴运动小说。不过这部小说没有像传统的废奴小说那样以鞭笞奴隶制度的丑恶为核心主题，而是以不可靠的叙述视角，略带荒诞化的情节讲述着布朗起义前前后后发生的故事。布朗起义是加速南北战争爆发的重要导火索之一，且小说呈现了战前兵荒马乱、矛盾空前、危机四伏的景象，因此可以算作是与废奴运动和南北战争密切相关的交叉文本。又如《无人幸免》写的是幻想的未来的内战，传统战争小说聚焦战场战役以及战争中人的生死抉择，塑造着典型战争环境下的典型人物，

① 李公昭：《美国战争小说史论》，北京大学出版社2012年版，第3页。

但也难免受题材限制，创作模式单一，缺乏艺术想象力，而《无人幸免》则突破了这样的局限，在对未来战争的驰骋想象中丰富了内战小说的创作空间。

二 "新现实主义"的理论梳理和概念界定

当代美国内战小说与早期内战小说相比，极力淡化政治倾向，也不再以浪漫主义色彩描写战争中的爱情，吹捧战争中的士兵的勇气与荣耀。作家们一方面秉持接近现实主义的姿态，以严肃严谨客观的态度收集考证历史资料，传承着南北战争的故事，另一方面以当代"他者"的身份重新审视战争，赋予作品以当代的反思与情感，并寻求作品美学风格的突破与颠覆，留下了现代与后现代的艺术痕迹。应该看到，当代美国内战小说是在美国文学新现实主义转向的总体背景之下，在继承与解构的并融中重塑历史的，实现了从形式到内容的不断创新。因此，本书将首先对新现实主义出现的理论背景、产生原因、相关概念的界定、艺术特征及对美国文学发展的作用等做全面的归纳与梳理。

（一）新现实主义产生和发展的理论背景：现实主义边界的扩展问题

根据韦勒克的研究，"现实主义"一词最早应用于文学批评领域，源于德国诗人、剧作家席勒 1798 年写给歌德的书信。[①] 后来，在 19 世纪，现实主义成为了西方文学的重要潮流，涌现了大批享誉世界的作家。到了 20 世纪，现实主义的发展曾经受到来自现代主义、后现代主义思潮的冲击，并受到过现实主义究竟有没有过时，是否还有存在价值的争议。不过实践证明，现实主义虽然看似曾经经历过一段式微时期，却从未淡出过文学实践和文学批评领域，并且还衍生出了多种形式，呈现出多样性、多态化的发展趋势。

在 20 世纪 60 年代的欧美文学界，关于现实主义边界、现实主义发

---

① Wellek René, "The Concept of Realism in Literary Scholarship", *Neophilologus*, Vol. 45, No. 1 (December 1961), p 3.

展问题引发了广泛的争论，并且为“新”的现实主义出现铺垫了理论基础。法国著名文艺批评家罗杰·加洛蒂在《无边的现实主义》中就曾指出在司汤达、巴尔扎克、库尔贝、托尔斯泰等人的作品中，可以得出一种伟大的现实主义标准，那么是否应该将卡夫卡、圣琼·佩斯、毕加索这些所谓不符合标准的艺术家排除于现实主义之外，或者说排斥于艺术之外，还是应该开放和扩大现实主义的定义，赋予现实主义以新的尺度。加洛蒂明确选择了第二条路。① 当时的法国评论家彼尔·戴克斯、作家路易·阿拉贡等人都对加洛蒂著作中有关现实主义的论述给予了支持和称赞。反对之声来自于苏联文艺理论家苏奇诃夫，他在1965年苏联《外国文学》杂志上发文指出“颓废派”的成就不可能丰富现实主义的内涵，反之亦然，现实主义也不可能将边界扩大到可以包容下颓废派的艺术。他明确表示将颓废派和现实主义结合是荒谬而无益的。那么什么是颓废派呢？该杂志曾经指出了一些表现颓废的形式，其中包含一些现代主义的特色，比如宣扬非理性主义、荒诞哲学以及存在主义的观念等。② 可见，加洛蒂与苏奇诃夫之争，已经触及现实主义边界扩张以及现实主义与现代主义交融的潜在可能性。阿拉贡在为该书所作的序言中也提及，现实主义的命运不能是一成不变的，不会一劳永逸地获得保证，只有不断接受和重视新的事实才能存续下去。他说，“明天的现实主义，即能适合那些将要来评判我们的人的现实主义，难道是一种对旧现实主义、对一些僵化的典型的模仿吗?”，“用教条主义的尺度一贯地抛弃一切不是表现‘现实’的东西，是阉割和缩小现实主义”③。英国著名批评家雷蒙德·威廉斯意识到20世纪西方小说背弃了昔日的现实主义传统，陷入了

---

① 吴岳添：《译者前言》，[法] 罗杰·加洛蒂：《论无边的现实主义》，吴岳添译，人民文学出版社2019年版，第3页。

② 吴岳添：《译者前言》，[法] 罗杰·加洛蒂：《论无边的现实主义》，吴岳添译，人民文学出版社2019年版，第4页。

③ 路易·阿拉贡：《序言》，[法] 罗杰·加洛蒂：《论无边的现实主义》，吴岳添译，人民文学出版社2019年版，第5—6页。

一场小说危机。威廉斯提出，重新界定现实主义可能是打破僵局走出困境的好办法。在他看来，新的现实主义意味着“高度的整合”，即思想和情感、个人和社区、变动因素和稳定因素彼此渗透的生动境界。他强调的这种新的现实主义是一种“发现”（discovery），而不是“恢复”（recovery），它囊括了“个人现实主义”。而所谓“个人现实主义”其实就是现代主义。雷蒙德认为，现代主义很重要的一点就是充分重视个人的主观感受，不像传统现实主义那样过于倚赖自然观察的理论，却忽视了人可以发挥的主观能动性和创造性。同时，他还强调新的现实主义给予了语言足够的重视，虽然并没有像罗兰·巴特那样直接提出“语言创造现实”的观点，但他的新现实主义小说观中隐含着对语言创造性功能的肯定。[①] 上述讨论表明当时现实主义边界扩展已是大势所趋，相应的理论土壤在逐渐形成，理论的探讨也将促使文学实践层面的创新。虽然这些争论还没有明确该怎样扩展边界，向什么方向扩展边界，但新的现实主义的出现已是必然的结果。

近年来，对于现实主义边界范围的思考从未停歇，奠定了现实主义持续发展、演变的理论基础。有些学者提出的观点虽不能算作新现实主义产生的理论基础，却也与当代新现实主义相伴，促使着新现实主义文学形式多样化的发展。这些理论的一个共同特点是都强调并重视语言的建构作用，为现实主义边界扩展指出了一个具体方向。Gasiorek 用衣服与身体之间“适配”（fittingness）关系的比喻，修正了传统观念中将现实主义视为直接映照外部事实的看法，他认为“衣服不与身体同构，不反射或映照身体，不和身体一一对应，也不受制于任何事先预定的风格或样式，但衣服又必须与它们要包裹的身子适配”。[②] 他用这样一个比喻说明了当代现实主义与

---

① 殷企平、朱安博：《什么是现实主义文学》，上海外语教育出版社 2011 年版，第 127—128 页。

② Andrzej Gasiorek, *Post-War British Fiction: Realism and After*, London: Edward Arnold, 1995, p. 189，转引自王守仁等《战后世界进程与外国文学进程研究（第一卷）：战后现实主义文学研究》，译林出版社 2019 年版，第 49 页。

外部世界之间的双向关系，正如身体独立于衣服，现实主义承认外部世界的独立性，同时又如衣服能塑造人的身体和身份一样，现实主义也意识到对于外部世界的认识离不开话语建构。但话语建构也不能完全地不受约束、随心所欲，它做出的“衣服”还要适合于人的身体。沃恩斯（Christopher Warnes）在其专著 *Magical Realism and the Postcolonial Novel: Between Faith and Irrelevance*（2009）中，提出了忠实的魔幻现实主义（faith-based magical realism）和不敬的魔幻现实主义（irreverent magical realsim）的概念。忠实的魔幻现实主义将话语等同于现实存在，会利用魔幻来扩展和丰富现实中业已存在的观念；不敬的魔幻现实主义将话语视作话语，这种话语式的魔幻现实主义（discursive magical realism）有意将非现实提升到现实的地位，并从认识论层面对现实与非现实同时质疑。沃恩斯还将这两个术语和雅各布森（Roman Jackboson，1896—1982）提出的隐喻和转喻理论做比拟。在雅各布森的理论中，转喻遵循的是相近性原则，隐喻则是遵循的相似性原则。他认为忠于现实的魔幻现实主义按照转喻的机制运作，超自然的事件代表着看待现实的另一种模式，这是一种转喻式的可替代的模式，这种模式来源于非西方的信仰体系和世界观中看待现实的方式。相反，对于不敬的现实主义，超自然的事件替代了现有的一个或一组观点，表现了语言建构现实的方式。[①] 沃恩斯的理论打破了传统现实主义者和后现代主义者看待魔幻现实主义的二元对立模式，将这类小说中的社会关注与文本建构意识结合起来。利科等人（Paul Licoeur）对自亚里士多德以来“模仿”内涵的重新挖掘在划清虚构与本质界限的同时，强调了文学再现的建构性。利克在其论文 *Mimesis and Representation*（1991）中指出模仿的内涵至亚里士多德之后就有了动态与创造性维度，模仿能够“生产它所模拟的东西”。[②]

以上论述都可以看作现实主义边界扩展问题的进一步延伸。各国学者

---

① Warnes Christopher, *Magical Realism and the Postcolonial Novel: Between Faith and Irreverence*, London: Palgrave Macmillan, 2009, pp. 14 – 15.

② 王守仁等：《战后世界进程与外国文学进程研究（第一卷）：战后现实主义文学研究》，译林出版社 2019 年版，第 52 页。

都普遍从认识论层面强调了语言对于现实的建构作用。这种话语建构性的作用不局限于文学作品本身，还体现在更广阔的社会文化、政治历史层面。王守仁等在专著中指出“只有认识到现实主义的话语建构性，才不会将强势文化或过去时代的形势标准视为先验真理，现实主义既可以推动资产阶级的兴起，也可以为社会主义所用；它既能作为拉美与其它第三世界的国家对抗西方现代性的武器，也能为处于后现代社会的当代人寻找新的真实观”。[①] 同时，话语建构性也决定了现实主义在文学形式创新上的时代局限性。不同时代的作家用不同时代的话语反映现实、建构现实，体现了特定社会环境下人对于世界的一般认知，现实主义文学的创新自然也受到时代的局限，不同历史时期不同文化背景的作家创作风格千差万别。只有“当作者和读者在一个动态平衡点上共同认可一部作品表现了真实世界，现实主义的诗学目标才得以实现。”这种平衡微妙却拥有内生动力“传统与创新、维护共识与打破成规的相悖冲动在现实主义的创作中相互制衡而不走极端，这既给现实主义提出了难题，也给它注入了活力。”[②] 更重要的是，对话语建构性的重视是后现代主义理论所极力推崇的，也是后现代主义文学重要特点之一。因此，现实主义诗学对语言建构性的接纳，成为了现实主义与后现代主义融合的重要契合点，成为了当代新现实主义形成和发展的主要源头之一。

新旧现实观、历史观、人物观的融合使得当代现实主义内涵不断丰富，并进一步促进了这些作品形式和内容的不断革新。应该看到，现实主义一直在超越陈规，改变旧有的表征方式。当代现实主义文学的发展既源于外在时代和市场的需求，也源于自身内部的发展动力和变化机制。一方面，对现实主义边界的探讨为世界范围内新的现实主义出现奠定了理论基础。也就是说，作为现实主义的一支一派，新现实主义的形成不

① 王守仁等：《战后世界进程与外国文学进程研究（第一卷）：战后现实主义文学研究》，译林出版社 2019 年版，第 55 页。

② 王守仁等：《战后世界进程与外国文学进程研究（第一卷）：战后现实主义文学研究》，译林出版社 2019 年版，第 56 页。

是一蹴而就的，而是经历了循序渐进的理论铺垫和过渡。另一方面，新现实主义的边界也注定从诞生之初就不会是封闭的。进入 21 世纪，随着对现实主义边界问题多角度多层面的持续深入讨论，新现实主义也在扩容、革新，可以说，新现实主义的发展一直处于未完成的进行时态中。当代南北战争小说的创作深受新现实主义潮流的影响，反之也在扩展着新现实主义的边界和内涵。

（二）对“新现实主义”概念的界定

“新现实主义”作为一个专有的术语早已出现在哲学研究领域。美国学者埃德蒙·哈兰兹（Edmund Hollands）在 1907 年举行的全国性哲学学术会议上，就宣读了以“Neo-Realism and Idealism”为题的论文。在艺术创作领域，这一术语最早出现于“二战”后的意大利。一些新现实主义艺术家高举民主、进步、平等的旗帜，忠实反映了风起云涌的社会运动和人民的悲惨生活，在影视创作方面尤为活跃，对这一流派的发展起到了很大推动作用。这一时期的新现实主义既延续了 19 世纪的写实主义，又与传统的写实有很大的区别。

那么何为“新现实主义”，在探讨这一概念之前，需要首先界定何为现实主义。M. H. Abrams 在《文学术语汇编》中的“现实主义”词条下，从两个方面做了分类式的定义：一是指 19 世纪发展起来的一种与小说创作相关的文艺思潮和运动，代表作家包括法国的奥诺雷·巴尔扎克、司汤达，英国的查尔斯·狄更斯、乔治·艾略特，美国的亨利·詹姆斯、威廉·豪威尔斯等。二是指在不同的时代，以不同的文学形式反复出现的再现人类生活和文学经验的模式。① 前者是对现实主义狭义的偏重于时间概念上的划分，后者则是广义的从艺术表现模式上的界定。新现实主义正是在这两方面与传统现实主义形成对照的，时间上的“新”自不必说，这一潮流产生于欧美后现代之后的 70 年代，从时间范畴上区别于

① M. H. Abrams, *A Glossary of Literary Terms*, Beijing: Foreign Language Teaching and Research Press, 2005, p. 260.

传统的现实主义，另一个层面的“新”体现在对世界的表现模式，新现实主义同样像传统现实主义那样注重再现，但再现人类生活和文学经验的模式发生了诸多变化。另外，便是“主义”一词。英文中的主义使用的是-ism。这一词缀本身能衍生出不同含义的词，可以表示某种状态、特质，如 barbarism（野蛮行径），escapism（逃避现实的状态），fanaticism（狂热的行为）；可以表示具备的某种性质，如 humanism（人性），brutalism（兽性）等；可以表示某种信仰体系，如 Confucianism（儒教），Buddhism（佛教），不过显然这些词都不能译为“主义”，否则会引起中文读者的误解。-ism 的含义还可以上升到一个抽象的层面，指某种社会文化理论、认识假设或者惯例，也就是与中文相对的主义，如 socialism（社会主义），Neo-classism（新古典主义），empiricism（经验主义）等。新现实主义和与其相关的现代主义（modernism）、后现代主义（postmodernism）都属于这类情况，不过新现实主义尚未形成系统的理论体系，这里的“主义”或许可以理解为“所要研究的某一类文化现象的总称，是对这些文化现象的共同特点的一种抽象归纳”。[①] 但还应注意到，无论是“总称”还是“抽象归纳”，对“主义”的认知都是相对静态和定规的，而新现实主义从概念提出到理论发展始终是一个动态、开放、未完成的状态，并且与文学创作实践形成了一种互动的关系，即当代各国小说的发展不可避免地受到了新现实主义艺术潮流的影响，反过来文学创作又促进着新现实主义的理论建构。从这个角度看，新现实主义之“主义”还代表着一种趋势和方向。

中外学者们从不同的视角对新现实主义做进一步界定。埃默里·埃利奥特主编的《哥伦比亚美国文学史》（1994）的“新现实主义小说”一章中，马尔科姆（Malcom）就试图通过与传统现实主义的对比，来界定新现实主义的范围。他认为，这种现实主义“不是19世纪那种合乎规范的现实

---

① 盛宁：《人文困惑与反思——西方后现代主义思潮批判》，生活·读书·新知三联书店1997年版，第26页。

主义……不是关于风格和社会体制的现实主义……它也不是决定论的、必然论的现实主义，那种现实主义被称为自然主义……而且不是杰克·伦敦和厄普顿·辛克莱的新闻报道式的揭丑闻的现实主义……它也不是30年代某些作家急迫而常常负有意识形态使命的政治现实主义”[①]，同时这种现实主义中“隐藏着某种深切的焦虑”，表现出“存在主义的危机感，一种荒谬的虚无主义意识”[②]。这样，马尔科姆巧妙地以否定现象的方式圈定了新现实主义涉及的范围，并指明了其中所蕴含的现代或后现代主义精神。不少学者普遍注意到了新现实主义与后现代之间的关联，将新现实主义看作“后—后现代主义”或“后现代之后”向现实主义的回归，郭继德简明扼要做了概括“作家从前一时期特别重视实验艺术手法转向更多地运用现实主义模式进行创作，但同时又从现代派和后现代派创作手法中撷取了营养，形成了独树一帜的风格”。[③] Mary Holland（2013）更是创造了“后结构现实主义”这样一个术语，来阐明新现实主义中两种思潮相互交叠，彼此影响的特色。他认为新现实主义“用后结构主义的方法解决了后结构主义自身和传统现实主义在表现方面的问题”[④]。可见，学者们有的从时间范畴的先后，有的从不同“主义”自身本质特征的共性和差异等不同角度来界定新现实主义，不过他们都注意到了新现实主义与现代主义和后现代主义之间千丝万缕的关联。

综上，本书认为新现实主义主要指当代小说在艺术形式和思想特征上表征现实的新模式。从艺术形式层面看，这些作品在遵循传统现实主义叙事模式的基础上，吸收借鉴现代主义、后现代主义的叙事技巧。在

---

① ［英］布拉德伯里·马尔科姆：《新现实主义小说》，载埃默里·埃利奥特主编《哥伦比亚美国文学史》，朱通伯等译，四川辞书出版社1994年版，第954页。

② ［英］布拉德伯里·马尔科姆：《新现实主义小说》，载埃默里·埃利奥特主编《哥伦比亚美国文学史》，朱通伯等译，四川辞书出版社1994年版，第958页。

③ 郭继德：《当代美国文学中的新现实主义倾向》，载曾繁仁《20世纪欧美文学热点问题》，高等教育出版社2002年版，第219页。

④ Mary Holland, *Succeeding Postmodernism: Language and Humanism in Contemporary American Literature*, New York: Bloomsbury Academic, 2013, p. 20.

此基础上，新现实主义之“新”还体现在更深层次的思想特征方面，艺术形式的创新可以为作品的内容、主题、思想服务，结合本书研究的当代南北战争小说而言，在对社会问题的认知和反思、对当下和历史的哲学思考等层面既有对传统的继承，也有对传统的解构。因此，作品思想特征层面的革新源于继承与解构的平衡。进而又可衍化出几种新现实主义的模式（见表1－1）。

表1－1　**几种新现实主义模式**

	模式一	模式二	模式三
以传统现实主义叙述模式为主			√
以艺术形式创新为主（传统现实主义模式融合现代后现代主义技巧）	√	√	
以继承传统现实主义思想特征为主		√	
以思想观念的革新为主（继承与解构的平衡）	√		√

以上三种模式中，应以第一种为主流，第三种较少出现。

（三）美国新现实主义小说的发展

在美国小说界，新现实主义于20世纪70年代中后期以来发展起来并逐渐走向成熟，一些作家摒弃了五六十年代那些令人眼花缭乱、目不暇接的写作革新与实验，开始回头重写现实题材。1991年5月在比利时哥特大学举办的“新现实主义小说”国际研讨会中，马尔科姆就指出“小说的主流在某种形式上从未必远离过现实主义”。① 不过和历史上任何一个文学流派和文学思潮的出现一样，美国文坛的新现实主义转向也并非一蹴而就，人们自然也无法以具体的某年某月为节点简单生硬地划清后现代与新现实之间的时间界限。在 Emory Elliott 主编的《哥伦比亚

① Bradbury Malcolm, “Writing Fictions in the 90s”, in Kristiaan Versluys eds., *Neo-Realism in Contemporary American Fiction*, Amsterdam: Rodopi, 1992, p. 15.

美国文学史》（*Columbia Literary History of the United States*，1988）中，就揭示出了在一段时期内两种创作倾向并存，且此消彼长，由一种向另一种逐步过渡的大体趋势，“首先，尽管仍然在继续出版高度实验主义的作品……但这个时期的小说中很少有实验主义本身的痕迹；其次，在已脱颖而出的许多优秀作家中，现实主义又重新备受青睐……传统现实主义又和荒诞逐渐结合起来”。[①] 文学实践上的变化，也影响到文学批评领域，2012 年推出的《现代语言季刊》刊登了 Jed Esty 和 Colleen Lye 撰写的长文，认为在语言学转向、文化转向之后，文学批评和研究方法上又出现了“新现实主义转向”（“new realist turn”）的发展动向。

而关于美国小说新现实主义转向的动因，评论家们也都做过详细的阐述，从宏观层面看一般包括两个方面的原因。首先是时代转型的产物。两次世界大战后，后现代主义文学逐渐占据主导，作家们注重形式与技巧的创新，不断尝试各种花样繁多的写作实验，存在主义、未来主义、荒诞派戏剧、新小说、黑色幽默、魔幻现实主义接踵而至，把此前现代主义文学本就很极端的反叛推向了新的极端。如果说现代主义作家在“上帝死了”之后的精神“荒原”中创造了新的神圣，新的价值原则和结构中心，那么后现代主义则不再追求终极意义、终极价值，一定程度上反映了作家和广大民众对于社会问题和未来发展的迷惘、困惑和内心的苦闷。而 20 世纪五六十年代美国日益加剧的社会矛盾和政治动荡也进一步提升了作家写作中开拓创新的精神。到了 70 年代中后期，尤其是进入 80 年代，美国政局趋于稳定，民众慢慢摆脱悲观厌世、失落无助的社会情绪，作家的政治热情也有所下降，对于不断推陈出新的文学实验也渐感厌烦，开始以冷静严肃的目光凝视和思考社会问题、历史问题，逐渐向现实主义题材回归。因此，在某种程度上，美国文坛新现实主义的转向是时代发展和转型的产物。另外一方面原因在于市场的选择。从读

① Elliott Emory, *Columbia Literary History of the United States*, New York: Columbia University Press, 1988, p. 1163.

者接受来看，后现代主义无视规范、极度自由，具有超前性、实验性、破坏性、颠覆性的文学创作虽然在短期内能吸引部分阅读群体猎奇的目光，但因其远离社会现实，远离大众关切，注定不会被更广泛的读者受众所接受。由此，市场的回应和选择也要求作家不能只沉浸于自我欣赏的文学实验，应该贴近读者需求，向现实主义靠拢和回归。除了宏观的时代背景、社会背景的原因外，有的学者还注意到这一转向背后微观原因，即作家创作心理层面的变化。姜涛认为这种转向体现了后现代作家创作的成熟和个人心态的调整。[①] 众多作家从创作之初沉迷于新潮的写作技巧到后来关注现实生活，关注民众的精神，追求非道德判断式的真理，赋予了作品以力量，以责任，向读者展示了高尚的精神，这些都是创作心理趋于成熟的表现。

研究者还关注到美国新现实主义作品创作层面体现的各种特色。罗小云在专著《超越后现代——美国新现实主义小说研究》（2012）中将新现实主义小说划分为社会问题小说、政治题材小说、种族问题小说、战争题材小说四大类，并分析了每一类下代表作品的特色。姜涛在2007年发表的论文中具体总结了新现实主义小说的创作取向、内容特征、艺术特征和审美特征。佘军围绕着美国新现实主义展开了系列研究，在2013年《当代外国文学》发表的论文中梳理了美国文学从现实主义，到现代主义，后现代主义，直到现在占据主流的新现实主义小说中人物概念的演变，认为新现实主义小说中的人物的刻画是逼真的、可知的、典型的、外在的，同时又是个性的、内省的。他在2015年《解放军外国语学院学报》发表的论文中又总结了美国新现实主义的三类主要创作题材：一是以科学技术和消费主义为特征的后现代社会生活题材；二是历史书写的题材；三是当代美国民众的精神与道德世界生活题材。[②] 他还围绕这一主题完成了博士论文。

---

① 姜涛：《当代美国小说的新现实主义视域》，《当代外国文学》2007年第4期。

② 本书研究的当代美国内战小说即属于第二类题材。

可以说，新现实主义小说是当代美国文学一个不可忽视的重要组成部分。新现实主义在20世纪70年代中后期逐渐形成，近30年来，这股潮流依旧方兴未艾，为当代美国文学的发展注入了源源不断的活力。诚如孙璐在梳理“伟大的美国小说”这一个观念的流转时所指出的，新现实主义从20世纪末开始以一种新的面目再次成为“伟大的美国小说”在当代的主导。[①] 同时，新现实主义在形式、内容、题材选择方面的突破与创新，还实现了对传统现实主义的发展与革新。关于这一点，王守仁的评价颇为生动形象、贴切中肯，他认为“新现实主义作家的创作实践丰富了现实主义的内涵，使现实主义得以螺旋式地向前发展”。[②]

上述新现实主义相关概念的界定、艺术特征和发展脉络的梳理对于本研究至少具有三个层面的意义。一是明晰了研究路线，即探索在新现实主义潮流影响下，当代美国内战小说如何在继承传统与解构传统的平衡中重塑历史，同时反过头来思考当代文学作品的创作对新现实主义理论发展的促进作用。二是明确了研究对象和研究重点。研究对象锁定为20世纪90年代以来的当代美国内战小说，这一时期美国的新现实主义已发展成熟。研究重点在于对内战小说中写实与现代主义、后现代主义交融的基本模式的研究，以及这种交融对于反思历史问题、社会问题，建构当下政治话语，表达情感和主题所发挥的作用。三是有了这样一个框架，有利于梳理跟踪美国内战文学的最新发展趋势。近年来，美国当代作家回头写内战时，不断寻求形式内容、写作风格、叙事结构、叙事技巧等方面的突破和创新，在新现实主义的框架下，这些作品表现出由写实与现代主义交融向写实与后现代主义结合过渡的大体趋势。至于这种倾向是否会发生回摆或变异，需要进一步跟踪研究。

---

① 孙璐：《“伟大的美国小说”与美国民族性的建构—反思—重构》，《华东师范大学学报》（哲学社会科学版）2020年第2期。

② 王守仁：《新编美国文学史》（第四卷），上海外语教育出版社2002年版，第245页。

第三节　相关的学术史的描述

本节将在梳理国内外相关学术史的基础上，总结当代美国内战小说研究的不足之处。

一　国外研究现状

国外系统研究美国内战小说的代表性评论集或专著主要可分为以下三类。

第一类兼具文学研究和史学研究视角，包括：（1）*Fiction Fights the Civil War*（Lively，1957）：他在前言中指出自己的研究是基于520部内战小说研读基础之上的（examine 而不是 read），并认为真正有助于国家文学发展的（add much value to the nation's literature）不过十几部。莱夫利具有历史学的背景，他以战后内战小说发展历程为主线，选取了15部"最佳南北战争小说"和30部有代表性的小说，还有开创性地总结了内战小说的十个左右的常见主题，包括：亲人和街邻的分离（divided kinsmen and neighbors），和解与重聚（reconciliation and reunion），南北之爱（North-South love），同情南方的北方人（Northern Copperheads），伤感的爱国主义（sentimental patriotism），少年军人（boy soldiers），战役史（campaign histories），奴隶制及黑人生活的视角（perspectives on slavery and negro life）等。（2）*Patriotic Gore*（Wilson，1962）：该书主要体现于文献价值，因为书中有11个章节论述的是林肯总统、格兰特、罗伯特·李、谢尔曼等南北方将军和相关事件，涉及文学作品评论的只有5个章节。（3）*A History of Civil War Literature*（Coleman Hutchison，2015）：该书包括 Context（社会历史背景）、Genre（体裁）、Figures（历史人物、作家）三大部分，汇编了22位研究者的文章。书名中的 literature 不仅仅指的是文学作品，还指与南北战争相关的文献资料的研究，包括日记（第九章)、回忆录(第十章)、叙述史(第十一章)。该书还涉及与内战相关的历史文化研究，如第二章探讨美国图书贸易与内战的关系，第三部分梳理和评价了与林肯(第十五章、第十六章)、道格拉斯(第十六章)相关的历史事件。其他章节大部分直接与文学研究相关。在社会历史背景方面，同时注重了时间与空间的跨度，时间上从战前斯托夫人的重要作品《汤姆叔叔的小屋》(第一章)到战后“美国文艺复兴”(第四章)，空间上涉及了跨越大西洋两岸的内战文学史(第三章)；体裁方面涉及了现实主义小说(第五章)，期刊小说(第六章)，诗歌(第七章)、儿童文学(第八章)；作家方面的研究包括了 Walt Whitman(第十二章)，Emily Dickinson(第十三章)，Herman Melville(第十四章)，Mark Twain(第十八章)，William Faulkner(第十九章)。特别值得一提的是，该书还收录了研究获普利策诗歌奖的当代作家 Natasha Trethewey(第二十一章)的文章。

第二类是围绕重点作家展开研究的文集或专著：(1) *An Armed America: Its Face in Fiction—A History of the American Military Novel* (Miller, 1970)：该书用了将近 40 页讨论南北战争，重点探讨了德福莱斯特、比尔斯和克莱恩三位作家，指出他们的作品中开创了美国现实主义的创作传统，是美国反战小说的源头。(2) *The Unwritten War: American Writers and the Civil War* (Aaron, 1973)：他认为多数作家没有能创作出一部能揭示内战深刻意义的小说，因此南北战争是一场“未被书写的战争”。(3) *Classics of Civil War Fiction* (Madden, David & Peggy, 1991)：这是一本由多位专家供稿出版的论文集，共包括 14 章，先后评介和论述了德福雷斯特、克莱恩、比尔斯、福克纳等在内的有代表性的内战作家。在前言部分，编者指出，出版这部论文集的一个重要目的在于表明内战并非如 Aaron 所言是“未书写的战争”。(4) *Just What the War is* (Schaefer, 1997)：主要讨论了比尔斯和德福莱斯特的作品，试图从他们的作品中揭露战争狰狞恐怖的一面，讨论“战争究竟是什么”，挖掘战争的本质和意义。(5) *Scars to Prove It*：*The Civil War Soldier and American Fiction* (Warren，2009)：该书收集了评价《红色英勇勋章》《杀手天使》《飘》等七部经典小说的四篇论文，主要强调了退伍军人回忆录对于内战小说创作的影响。沃伦指出作家尽其所能在缩小他们与那些撰写回忆录的老兵之间的时空和经验距离。

第三类为同时兼顾文学和其他艺术形式内战作品的研究，如 *Myth and Memory*：*The Civil war in Fiction and Film from Uncle Tom's Cabin to Cold Mountain* (David B. Sachsman, 2007)：该文集收录了 25 篇研究美国内战小说和影视的论文，时间跨度超 150 年。塞斯曼按照内战小说发展的年代顺序将这些论文分为了四部分，即战前奴隶制和国家权力争辩的相关作品、战争前后的内战文学、20 世纪对战争的重述和当代的内战艺术创作，认为这些作品是对内战的创造性回应。不过这种划分略显笼统，没有显示出不同时代美国文学发展对内战小说创作产生的影响。该书旨在通过这些论文展现出各个年代不同艺术媒介对于内战的创造性表现是如何塑造美国人对于战争的观点的。

总体上看，这些专著和论文集主要聚焦于 19 世纪、20 世纪的传统小说研究，对 20 世纪 90 年代以后当代美国内战小说的系统研究还比较缺乏。

国外研究当代南北战争小说的论文主要有两类。

第一类是针对与内战相关的社会问题所做的研究。Alisa Clapp-Itnyre (2006) 研究了 4 本出版于 90 年代的写给美国青少年的内战小说，关注到小说中性别与战争的关系，认为在这些书中年轻女性表现出对政治和军事的漠不关心，而年轻男性则常使用有力的、政治化的语言。这其实与历史记载并不完全一致，不过为我们研究近年来南北战争小说中女性形象的变化提供了参照。Bickford (2018) 重点研究了“9·11”之后美国历史小说家描写南北战争的作品发生的变化，主要体现在作品面向的群体的年轻化和对于战争的态度倾向的变化。

第二类是聚焦于作家作品的个体研究，涉及当代作品与古典作品的比较、历史与虚构的关系、艺术形式的审美研究、叙述视角的作用研究等。从数量上看，对于《冷山》《大进军》的研究相对较多。关于《冷山》有三篇文献是从作品与古希腊经典作品之间的渊源来探讨英曼归乡之途的精神内涵。Emily Mcdermott（2010）认为查尔斯·弗雷泽在小说中不断涉及“黄金时代”失落的天堂的经典主题。具体而言，作者最初传递了赫西俄德在《工作与时日》（*Works and Days*）中表达的关于人类发展不断走向堕落的悲观观点，而随着主人公最终完成身体上的和心灵上的归乡之旅，又唤起了维吉尔在《农事诗》（*Georgics*）中所表达的充满希望的观点，即黄金时代最终会归来，带来安宁与满足，从而取代战争与痛苦。最常见的是将小说与《荷马史诗》的《奥德赛》进行比较。Bill McCarron and Paul Knoke（1999）特别指出，该书体现的不是物质层面的奥德赛，而是精神层面的奥德赛，英曼和艾达共同完成的内心精神之旅，远远超越了传统意义上的英雄之旅。Ava Chitwood（2004）则注意到小说中同时存在的奥德赛的世界和赫拉克利特的世界，这是两个彼此矛盾的分别代表着史诗性的和哲学意义的世界。主人公直面艰辛生活的种种挣扎，以及故事情节的张力形成，都是两个世界交织汇合的结果。Piacentino（2002）从一个比较新的角度开展了研究，他关注到了弗雷泽关于种族关系的描写，认为《冷山》中跨种族的纽带关系反映了后民权时代社会对种族问题的观点和态度，体现了作家对于不同种族、不同宗教派别形成联盟的乐观性，进而指出小说的一个核心主题是强调拥有凝聚力的社区、稳定的社会和团结的民众的必要性。Byer（1998）察觉到小说中的“诗性特质”（poetic vision），她认为这种特质成就了《冷山》完美的结构，其中蕴含着历史、地方风俗、人物品性所给予的创作财富。关于《大进军》，Thomas Ware（2008）借用了莱夫利专著“小说打内战”的标题，以“小说仍在打内战”（Fiction Still Fights the Civil War）为题，探讨了历史真实与创作想象之间的关系，指出小说中的“进军”

是对一系列人物进行内在描写的媒介（inner vignettes of a range of characters），并且着重探讨了小说如何将军事遭遇的实际细节、历史事件同强有力的文化碰撞带来的人类恐惧相结合的问题。Scott Hales（2009）探讨了《大进军》中，如何将历史人物、历史事件与虚构想象无缝衔接，构建起一个暴力血腥、混乱无序、毫无意义的战争世界，给人与人之间的关联带来了无可调和的疏离与痛楚，从而掩盖了调和主义的视角和主题。对于其他一些小说，目前的评论和研究还不多，Casey Clabough（2008）在梳理了 *the Count of Concord*，*Fall of Forest* 等作品如何将新世纪的时代精神与历史叙述结合的基础上，探讨了在《少年罗比的秘境之旅》中视角的特色和作用。作家通过 14 岁少年的视角，对叙事进行过滤，从而削弱了小说中史实的重要性。除了以上两类之外，还有一些文献是对作家的专访，如对《南方的寡妇》作者 Robert Hicks，对《少年罗比的秘境之旅》的作者 Robert Olmstead 等的访谈。

二　国内研究现状

目前国内对于南北战争小说的系统研究还不多。罗小云（2019）将南北战争小说的发展划分为早期尝试、20 世纪后半期繁荣和新世纪再度崛起三个阶段，并提出南北战争小说发展中最突出的是以历史重建的方法探寻分裂的根源和治愈战争创伤的良方。李公昭是国内比较系统研究南北战争小说的学者，他在 2009 年发表的论文中，将美国内战小说大体分为两类，并回顾了美国评论界对内战小说正反两方面的评价，还评介了从 70 年代到 90 年代四部研究美国内战小说的重要著作。李公昭于 2012 年出版了美国战争小说研究的专著，这是一项有开拓意义的工作，其成果入选《国家哲学社会科学成果文库》。在该书“第二部分”（第四章—第八章），他详尽梳理了百余年来美国内战小说的发展史、批评史，按照不同作家的情感态度、价值取向、政治观点等对作品做了分类讨论，为国内南北战争小说研究提供了有益参考。该书还有两个值得注意的特色，一是在第八章中特别探讨了内战的现代叙说，涉及的最新的当代小说包括《冷山》和《大进军》。二是关注到南方女性作家群体作品中的立场倾向和艺术特征。王延彬（2014）在有关战争文学的博士论文中专辟一章探讨了美国南北战争小说的审美特征。总体看来，作者侧重于从作品主题、政治立场等角度梳理一些代表性作品的审美结构，对于作品艺术形式层面的审美研究并不多。胡亚敏（2021）的专著《战争文学》涉及了中国、亚非、欧美的战争文学，并从媒体功能、意识形态、战争创伤、科技、民族等不同侧面探讨了美国的战争文学。关于内战小说部分，该书的亮点在于关注到内战时期的黑人战争书写，是目前国内为数不多的将南北战争与黑人种族问题关联起来的研究。综上，目前国内还没有专门的南北战争小说研究的专著或论文集，相关成果大多是美国战争文学研究的一部分。

国内对20世纪90年代以来南北战争小说的研究主要集中于单一作家作品的评论，近几年发表的相关论文呈现增加的趋势。很多研究都注意到了历史题材小说中历史与想象、真实与虚构之间的关系。金莉（2007）、薛玉凤（2007）分别从历史的真实与文学遐想的结合和借古讽今谈战争的角度，评介了布鲁克斯的小说《马奇》。穆白（2008）从历史重塑、人物重塑的角度评介了《大进军》。张琼（2008）探讨了《大进军》的文化记忆元素如何对人们理解中的真实进行重组、建构、改写，达成意义填补的目的。朱云（2021）特别强调了《大进军》中“大人物”与“小人物”不同视角下多条叙事线索的交织，展现了由个体创伤折射国家创伤的历史画卷，并进一步阐释了进军的流动性在小说中以及美国文化系统中的意义。她还指出小说以“伪文献”的形式凸显个体叙述与见证的历史，还原历史可能的本真面目，展现了多克特罗历史叙事中的他者历史正义观。蔡玉侠（2017）关注到《大进军》中狂欢化的叙事策略对于复杂而多元化的历史的建构作用。胡亚敏（2022）关注《大进军》中“地方”与“空间”之间的关系，即人物从熟悉的“地方”

被连根拔起，抛入陌生而未知的空间，进而探讨了“地方”与“空间”的变迁与个体身份建构、民族身份建构之间的关系。李巧慧（2017）以《上帝鸟》为文本探讨了布朗起义中黑人对自由的不同态度、黑人与布朗运动的脱节、黑人觉醒的可能性以及书写对黑人觉醒的重要性。李慧娟（2020）从文本的历史性入手，探讨了《上帝鸟》如何参与建构历史，并进而从历史的文本性的视角，研究了小说重构历史的策略，重点关注了作家如何通过将大历史小写化，解构严肃的官方历史，凸显黑人的书写能力，展现黑人女性的领导力等方式，颠覆主流意识观念。

还有一些研究者针对具体文本从不同角度撰写了系列论文，加强了对当代重要作品的研究深度。唐微（2015）阐述了多克特罗创作观中叙述与现实、神话与历史、小说与见证等多方面的关系。唐微（2016）则关注到《大进军》中女性的成长问题，即艾米莉从一个战争受害者到历史见证者再到世界修复者的转变历程。唐微（2017）主要探讨了小说中的“摄影”作为一种历史见证所起的反讽和颠覆作用，突出了个体见证对于历史理解的伦理和认识论意义。董雯婷（2019）分析了《林肯在中阴》中荒诞和嘲讽的背后表现出的后现代小说对经验理性的排斥和历史不可知性的认识，同时指出小说中承载着的人文主义精神。董雯婷（2021）在另一篇论文中从另一个视角对该小说展开研究，她指出作家不仅继承了后现代的颠覆性传统，而且在讽刺与诚恳的叙事态度之间游走，并通过死亡叙事从诗学层面上重新概念化了那段美国历史。她认为作家致力于在奇幻性与合理性之间取得一种张力平衡，目标在于以晚期后现代的模式重写美国统一神话，具有明确的政治指涉性。

另有一些论文是对有南北战争背景，与南北战争间接相关的小说的研究。李靓（2018）发表的两篇文章主要探讨了《基列家书》中的记忆书写问题，其中一篇讨论的是记忆如何推动叙述者实现宗教身份认同，另一篇是关于个体记忆与历史叙述、集体文化记忆和自我身份认同重建之间的关系。胡碧媛（2016）探讨了《基列家书》中个体如何获得非时间性存在，从而实现现实与永恒的统一。

综合国内外的研究来看，对于美国当代内战小说的研究总体上有四点不足：（1）目前的当代内战小说研究集中于几部作品，具有一定局限性。主要表现在对于获奖作品（普利策小说奖、美国国家图书奖、福克纳小说奖）的研究多于非获奖作品。像《南方的寡妇》《少年罗比的秘境之旅》等同样给读者带来震撼的优秀作品，国内外的评论和研究都很少。另外，近五年出版的内战小说中，极具突破意义的《林肯在中阴》《无人幸免，2074—2095》也没有引起足够关注。（2）对当代南北战争小说的整体性研究还比较少，主要停留于单一作家的散点研究。目前的研究缺乏对当代内战小说总体特征、发展趋势的整体性分析和评价，缺乏与美国其他战争小说，如"一战""二战"小说的比较分析，更没有将内战小说置于世界文学背景下与其他国家战争小说进行横向共时的比较研究。（3）缺乏置于文学发展时代背景下的考量。研究者很少将作品置于新现实主义转向的大背景之下去进行考量，往往忽略掉写实与现代派、后现代派技巧交融的风格创新、演变在文学审美、历史反思、话语建构（参与当代意识形态建构）等方面的作用。同时，也缺乏在新现实主义框架下对当代内战文学的发展和流变的考察。（4）缺乏系统性的研究。目前的研究对作品阐释的视角各异，但是研究视角的选取具有一定主观性，且缺乏系统性，没有对作品中与战争相关的社会问题、哲学问题展开系统讨论和研究。

第四节 研究方法与本书的组织架构

本书采用的研究方法主要有三个。

一是纵向历时的对比研究。本研究将通过与早期内战题材作品的多角度对比，探讨当代内战小说的艺术形式创新、思想特征、精神内涵等。

比如在研究《冷山》《南方的寡妇》《无人幸免，2074—2095》《葛底斯堡的三个女孩》、*Never Home* 等作品中“新女性”人物刻画时，与《飘》《小妇人》等早期作品中的女性形象进行对比；在研究《少年罗比的秘境之旅》时，与《红色英勇勋章》中的“成长”主题进行对比；在研究当代美国内战小说的家庭悲剧和情感悲剧时，会和早期的内战小说中的战争加爱情模式进行对比。本书还通过近30年的历时对比研究，探讨当代内战小说的发展趋势问题，比如对《冷山》和《少年罗比的秘境之旅》“漂泊归乡”主题的对比。

二是文学与历史之间的关联研究。这里的历史既包括各种史料中所记载的历史，也包括南北战争小说发展的历史。本书自始至终关注当代作家对待历史的两种态度，即继承和解构。从继承角度看，涉及如何处理好历史真实性问题，指的是作家如何将对历史的严谨考证和研究，应用于作品的艺术创作中；还涉及对于传统作品的艺术形式、历史观、社会观、哲学观的沿传和继承。从解构角度看，将考察作家是如何以当代人的情感、信仰和价值观念重构美国内战重要历史事件、历史人物，以及如何打破传统战争小说所受的时代局限，重思与南北战争相关的社会问题和哲学问题。在继承与解构的平衡中，当代作品实现了对南北战争的历史重塑。

三是兼顾内部研究与外部研究。本书重视文本的内部研究，注重从内部形式（叙述视角、语言风格、文体风格、修辞、文本的结构）的角度探讨当代内战小说的总体特征和发展趋势。同时，本书也注重外部研究，关注到文本之外的历史文化、社会问题、道德伦理、哲学思考等层面。整体上，本研究是倾向于内外打通、内外兼顾的，没有将文本内部与文本外部割裂开来。首先体现在研究路径上将文本细读与外部研究问题相结合。本书注重文本细读，没有笼统地按照作家作品分章设节，而是以外部研究问题为导向，将涉及的作品的相关部分放置于历史的再建构、社会问题的再反思、跨越时空的哲学思考等不同维度之下进行精细化的深入剖析。这样，同一个作家、同一部小说会反复出现在多个章节。其次体现在对文本内部与文本外部关系的深入挖掘。《小说修辞学》中提倡关注作品“如何通过叙事技巧来践履文学的道德责任”。[①] 本书在探讨艺术形式创新的过程中，也关注到形式对于主题和思想表达以及更深层次道德责任和意识形态建构的作用。

本书的主体包含七大部分。第一部分将简要梳理美国内战题材小说从 19 世纪中叶发展至今的流变。第二部分重点归纳当代内战小说的主要特征、对传统的继承与发展、艺术形式上的突破与创新及最新发展趋势。第三部分将在文学新现实主义潮流的背景下，从对内战期间重要历史人物和重要历史事件的再书写两个层面探讨当代内战小说如何继承、颠覆和重构那段历史的，这其中涉及传统与现代后现代不同历史观的对峙碰撞与平衡交融。第四部分将探讨当代美国内战作家怎样以“他者”的身份穿越时空对战争历史洪流下一系列社会问题再反思。第一是奴隶制和种族问题。大部分以奴隶制问题为题材的当代小说都会涉及内战问题，同时大部分内战小说也都会涉及奴隶制问题，而与奴隶制相关的种族问题是直至今日美国社会都绕不开的重大问题。第二是宏大战争与微观家庭、个人情感之间关系的问题，其中包含了小说家思考这一问题时的当代视角和情感。第三是当代内战小说中女性形象刻画的问题，与以往战争小说不同，这些女性具有面向家庭、面向社会的治愈力，具有颠覆旧有社会秩序和政治格局的能力。这些问题中还隐含着异化问题，包括人与人的异化关系，以及人与外在环境的异化关系。第五部分将探讨新时期内战小说对生命的意义、战争的本质、情感的真谛所做的哲学思考，这其中既蕴含着传统现实主义中延传的人道主义精神，又包含着现代后现代层面的哲思。第六部分

① 周宪：《修订版序》，［美］韦恩·布斯：《小说修辞学》，华明、胡晓苏、周宪译，北京联合出版公司 2017 年版，第 2 页。

以历史、当下和未来为时间轴，考察当代内战小说在历史写实与形式内容创新之间的折衷，参与当下意识形态的话语建构，以及对于未来的想象与焦虑。第七部分总结全篇。

第一章

美国南北战争小说的历史流变

与南北战争对美国造成的巨大伤害相对应的是，160 多年来众多作家一次次重新书写内战，体裁多样，数量巨大。罗伯特·莱弗利在《小说打内战》（1957）中列举出多达 512 种小说，并以 10 年为一个时间单位统计了每个时段出版的数量，其中 20 世纪初的 10 年数量最多，达 110 本，其次是 19 世纪 90 年代 76 本，19 世纪 60 年代 69 本。[①] 艾尔伯特·梅嫩德兹（Albert Menendez）出版的《内战小说：注释文献》（*Civil War Novels*：*An Annotated Bibliography*，1986）更是列举出多达 1028 种的内战小说，并且也指出了三个创作高峰期，即战争结束后的 10 年，20 世纪的 30 年代和 60 年代。[②]

同时，评论界普遍认为，与创作数量相比，内战小说的质量还不高，梅嫩德兹认为算得上佳作的也只有六七十部，[③] 莱弗利认为高质量的作品不到 50 部。[④] 传世经典更是少之又少，到现在为止，还能为人们耳熟能详的有 19 世纪著名的《红色英勇勋章》（*The Red Badge of Courage*，

---

① Robert Lively, *Fiction Fights the Civil War*: *An Unfinished Chapter in the Literary History of the American People*, Chapel Hill: The University of North Carolina Press, 1957, pp. 20 – 21.

② Albert Menendez J., "Introduction", in *Civil War Novels*: *An Annotated Bibliography*, New York: Garland Publishing, 1986, p. X.

③ Albert Menendez J., "Introduction", in *Civil War Novels*: *An Annotated Bibliography*, New York: Garland Publishing, 1986, p. xi.

④ Robert Lively, *Fiction Fights the Civil War*: *An Unfinished Chapter in the Literary History of the American People*, Chapel Hill: The University of North Carolina Press, 1957, p. 13.

1895)，20 世纪米切尔 · 玛格丽特的《飘》（*Gone with the Wind*，1936）和迈克尔 · 萨拉的《杀手天使》（*the Killer Angels*，1974），它们先后获得普利策文学奖，约翰 · 杰克斯的《北方与南方》获全美图书奖。在埃蒙德 · 威尔逊所撰写的《爱国者之血：美国内战时期文学研究》（*Patriotic Gore*：*Studies in the Literature of the American Civil War*，1962）中，也惊讶于优秀的经典内战文学作品之少。哈佛大学的丹尼尔 · 艾伦教授则指出南北战争这样的重大事件，本应该为作家创作提供大量素材，然而像亨利 · 詹姆斯、马克 · 吐温、威廉 · 豪威尔斯等有巨大影响力的作家都对内战保持了沉默，他们的作品或许多少以内战为背景，却没有一部直接反映战争的，所以他的结论是，这是一场"未被书写的战争"（Unwritten War），艾伦认为这或许是由于战争过于残酷，内战期间意识形态、奴隶制和种族问题过于复杂，作家无从下笔①。在整个内战期间，美国伟大诗人艾米丽 · 迪金森（Emily Dickinson）一直平静地生活在马萨诸塞州西部小镇阿默斯特（Amherst），就她创作的 1700 余首诗歌来看，内战给她的思想没有带来什么冲击。或许这与她的生活环境有关，她居住在北方可以远离血腥残酷的战场，她的诗歌，是对内心世界的探索，可以指涉历史上任何一个时期，世界上任何一个国家、任何一个地区，唯独没有 19 世纪 60 年代的美国南方。因此，有学者认为，假如她生活在查尔斯顿或者萨凡纳，她将不得不在自己的诗篇中面对外部世界的真实。② 不过也有研究者从横向对比来看，认为相较于其他战争的战争文学，内战小说不仅数量多，质量也各领风骚，其中也不乏许多严肃优秀的作品，为后来的读者复原了那个时代的战争与社会历史。③

本章将梳理美国南北战争小说的历史流变，将内战小说发展分为四

---

① Aaron Daniel，"Introduction"，in *The Unwritten War*：*American Writers and the Civil War*，New York：Knopf，1973，pp. xxi – xxii.

② Judith Farr，*The Passion of Emily Dickinson*，Cambridge，1992，转引自［英］保罗 · 约翰逊《美国人的故事》（中卷），秦传安译，中信出版社 2019 年版，第 104 页。

③ 李公昭：《美国战争小说史论》，北京大学出版社 2012 年版，第 79 页。

个阶段，并选取每一阶段有较大影响力的作品，分析艺术形式、主题内容、政治立场上的特征和变化，通过纵向对比更清晰地审视当代内战小说的创新和突破。第一阶段以内战前的奴隶叙事和内战时期黑人参战故事为主，前者形成了推动内战发生的文化和舆论动因，后者是最早涉及内战与奴隶制关系的作品。第二阶段从内战后到“二战”，南北方作家作品带有鲜明的地域特色和政治立场。第三阶段为“二战”之后至20世纪90年代，这一阶段的作品情感和主题都发生了一定变化，叙事上大多依旧遵循现实主义风格，同时尝试吸收现代主义之长。第四阶段是本书重点探讨的90年代以来的当代小说，艺术形式在继承传统的基础上大胆突破，对内战相关问题的思考更具颠覆性。

第一节　内战前的废奴小说及内战时期的黑人战争书写

南北战争前后的内战文学主要以论说文为主，与战争直接相关的小说非常少。论说文带有明显的政治色彩，双方都企图通过论辩把过错和罪责推给对方，强调自己一方是无辜的。这一时期的创作风格主要有两种，一种是严肃正式的文体，影射性强，文风讲究雄辩和逻辑性，注重文章的修辞文采。另一种幽默调侃，使用方言反映日常的体验，因此文风简洁直接，避免烦冗的修饰，[①] 除此之外，不能忽视的是内战前的废奴小说和内战期间的黑人战争书写。

奴隶制是内战的重要起因之一，谈及内战自然无法回避奴隶制问题。内战前夕猛烈抨击奴隶制的废奴小说，虽不能算严格意义上的内战小说，但却直接助推了战争的爆发。最有代表性的是斯托夫人的《汤姆叔叔的小屋》（*Uncle Tom's Cabin*，1852），由于该小说与美国内战千丝万缕的联

① 朱刚：《新编美国文学史》（第二卷），上海外语教育出版社2002年版，第365页。

系，在 Hutchison 主编的 *A History of Ameirican Civil War Literature* 的第一章和大卫·萨斯曼汇编的《神话和记忆》内战文学论文集中都对其做了专题介绍和研究。本书将这类废奴小说纳入讨论的视野，关注它们对于内战的发生、发展的文化推动力，也为第四章探讨当代内战小说、当代非裔小说中的奴隶制问题提供一个对比性参照。《汤姆叔叔的小屋》呈现了奴隶制牢笼下黑人奴隶的悲惨生活，一经问世，便引起轰动，当年即售出超过30万册。此后，1856年斯托根据黑奴起义领袖的事迹创作了第二部废奴小说《德雷德：阴暗的大沼泽的故事》（*Dred：A Tale of the Great Dismal Swamp*），第一年就售出15万册。林肯在1862年12月2日与斯托的会面中，称其为“用作品促使这场战争发生的小妇女”，而《汤姆叔叔的小屋》的影响力更是体现在方方面面，气急败坏的南方人创作出30多部“反汤姆”小说以抵消其对奴隶制的刻画；小说儿童版问世；托普西娃娃、棋类游戏、活页乐谱、衣袜、手绢等众多所谓周边产品热销；小说还被改编成戏剧，在纽约及其他东部、中西部城市上演，还搬上了伦敦、都柏林、爱丁堡等海外城市的舞台。一些从未读过任何小说的人，将《汤姆叔叔的小屋》反复读了三遍，这或许与推广宣传中将对该书的描述与圣经中的意象关联起来，并淡化了其作为虚构小说的有关存在。[①] 为了满足那些渴求故事背后事实的人，斯托在转年便出版了 *A key to Uncle Tom's Cabin*，为小说中的奴隶制描写细节提供了大量文献证据。在谈及该书与内战的关系时，Reynolds 强调了在美国公共舆论所具有的巨大权威性以及小说对塑造舆论所发挥的作用。他认为，斯托在一个更加平等主义的基础上重新定义了美国民主，并通过改善边缘群体的生存处境来修正社会不公。[②] 也就是说，斯托所针对的是一个恶的

① Newman Judie, “Harriet Beecher Stowe and the ‘Book That Made This Great War’”, in Coleman Hutchison, eds., *A History of American Civil War Literature*, NY: Cambridge University Press, 2015, p. 6.

② Reynolds S. David, *Mightier Than the Sword: Uncle Tom's Cabin and the Battle for America*, New York: W. W. Norton, 2011.

制度，以及在这一制度下生存的社会群体，她在小说的前言部分也提到，奴隶制的邪恶在于一个坏的体制根深蒂固的邪恶，而非卷入其中的人的错误。[①] 这种制度违背人性，违背基督教教义，具有很强的腐蚀性。斯托对于奴隶制的道德批判也为北方的议员们所接受和采纳，并形成一股强大的舆论力量，助推了内战的发生。《汤姆叔叔的小屋》对于其他废奴小说的创作也产生了很大影响力，有代表性的是所罗门·诺瑟普（Solomon Northup，1808—1864）的作品《为奴十二载》（*Twelve Years a Slave*，1855），这是一部介于废奴小说和奴隶叙事之间的小说，是作家根据自己被绑架为奴的经历所作的。这些废奴小说及其他一些奴隶叙事作品无疑对南北战争的爆发起到了推波助澜的作用。罗小云在讨论废奴小说和战争之间关系的文章中还指出小说家试图提出针对奴隶制和联邦分裂的解决方案，包括推崇解救黑奴的地下铁道；提倡黑人以善行唤起基督教主人的良知，并最终放弃奴隶制；谴责一些激进人士为了废除奴隶制而提出的逐渐减少黑人数量的主张；批评政府绥靖政策等。然而，对于早已动荡不安的美国社会来说任何方案都已无济于事，只会激化矛盾，加速战争的爆发。[②] 直到21世纪的今天，有关奴隶制小说的创作还在延续，并且在新的时代开辟了新的颠覆性的视角，引起了一定的社会轰动，其中《已知的世界》（*The Known World*，Edward P. Jones，2003）和《地下铁道》（*The Underground Railroad*，2016），先后获得了普利策小说奖。与之相呼应，当代内战作品中对奴隶制各种问题以及战争与奴隶制的关系问题也展开了解构性的深度反思。

另一类是以美国黑人参加内战为故事背景的小说。威廉·威尔斯·布朗（William Wells Brown）于1867年出版的《克罗泰勒，有色女主人公，南方州的故事》（*Clotelle*，*or*，*The Colored Heroine*，*A Tale of the South-*

---

① Stowe Beecher Harriet，“Introduction”，in *Uncle Tom's Cabin*，Boston：Houghton，Osgood，1878，p. ii.

② 罗小云：《废奴小说与美国内战》，《英语研究》第十三辑，第140—144页。

ern States）或许是这类小说中最早的一部。早年布朗曾经创作过小说《科罗特尔，总统的女儿》（*Clotel*，*or*，*the President's Daughter*），后来他写了几个不同版本的科罗特尔的故事，并将其中一个版本进行了改编，增加了四章有关内战的故事，便成了《克罗泰勒》一书。克罗泰勒是黑白混血的科罗特尔的女儿，内战爆发后，她和黑人丈夫杰罗姆从海外返回美国，杰罗姆加入了一个黑人军团。在战场上，白人将军命令手下的黑人士兵冒着生命危险穿越枪林弹雨去抢回一名白人军官的尸体。黑人士兵奉命行事，几经周折，前三次都以失败告终，第四次终于成功完成任务，但杰罗姆也在这一过程中壮烈牺牲。黑人本是因为反对奴隶制，满怀对新生活的向往而参加的内战，但在战场上所面对的显性和隐性歧视无处不在，直到让他们付出血淋淋的生命代价。这种讽刺性的结局反映了从战前到战后黑人一直面临的生存困境。描写黑人参加内战的小说还有托马斯·温特沃斯·希金斯（Thomas Wentworth Higginson）的《一支黑人团的军旅生活》（*Army Life in a Black Regiment*）。在希金斯笔下，简单、温顺、孩子气的黑人奴隶穿上军装，加入战斗后仿佛变得成熟，成为了真正的男人，变得更像白人男性了。虽然希金斯是一位废奴主义者，但他的作品却采用了“进化话语”（evolutionary discourse），暗示了一种种族的等级论。[①] 19世纪末，还涌现了一批讲述黑人参与内战的小说，如保罗·邓巴的《狂热分子》（The Fanatics），弗兰西斯·哈珀的《艾欧拉·利若伊，阴影消逝》（*Iola Leroy*，*or*，*Shadows Uplifted*），苏西·泰勒的《追忆我的军旅生活》（*Reminiscences of My Life in Camp*）。在这些作品中，黑人卑微的身份继续以不同的形式固化下来，从奴隶叙事中白人黑人之间“主人/奴隶”的二元对立，水平转移为白人黑人之间“上校/仆人”的关系。[②]

早期的废奴文学间接地推动了内战的发展，是理解美国内战前后社

---

① 胡亚敏：《战争文学》，外语教学与研究出版社2021年版，第136页。

② 胡亚敏：《战争文学》，外语教学与研究出版社2021年版，第139页。

会文化语境的重要途径，当代非裔文学又以各种形式提及并强调内战的重要作用，可以说，这些作品是认识和思考美国内战的不可或缺的一部分，它们与美国内战文学紧密关联，在当代还构成了对于历史的解构性、反思性叙述语境，本书研究的内战小说正是在这样的语境下重新探讨战争以外的奴隶制问题、黑人遭受的歧视与压迫问题。当代内战小说对于这些问题的深度关注，则可以追溯到内战前后以黑人参战为背景的小说。总之，废奴小说及黑人战争书写构成了早期内战小说边缘却非常重要的一部分。

第二节 从内战之后到“二战”期间的南北战争小说发展

从南北战争之后到第二次世界大战期间有很多内战作品问世。有学者按照作品主题思想和情感表达的差异将它们大致分为了两类：一类是延续了库珀的套路，以战争加浪漫爱情故事为主；另一类是以现实主义的姿态表现战争、反思战争和批判战争。前者包括温斯顿·丘吉尔的《危机》（*The Crisis*，1901），詹姆士·波伊拉德的《继续进军》（*Marching on*，1927），约翰·伊斯顿·库克的《鹰巢的萨利》（*Surry of Eagle's Nest*，1866），托马斯·迪克逊的《豹纹》（*The Leopard's Spot*，1902），《宗派成员》（*The Clansman*，1905），等等，后者包括亨利·摩福特的《肩章》（*Shoulder-Straps*，1863），约翰·德福莱斯特的《瑞夫纳小姐从脱离到忠诚的转变》（*Miss Ravenel's Conversion from Secession to Loyalty*，1867），西德尼·拉尼尔的《卷丹》（*Tiger-Lilies*，1867），阿比恩·突尔基的《一个傻瓜的差事》（*A Fool's Errand*，1880），等等。[①] 不过为了最终顺利出版，这些作品还是添加了一些浪漫的元素，淡化了批判的尖锐

① 李公昭：《美国战争小说史论》，北京大学出版社2012年版，第80—81页。

程度，从而通过当时相对保守的出版商的“审查”，满足市场需求（如下文所述《瑞夫纳小姐从脱离到忠诚的转变》中就包含不少浪漫元素）。

这一期间的文学作品还有一个鲜明特色，那就是很多作品都抱有明确的政治立场，这与作家的成长背景相关，有些作家是北方背景的，有些则是南方背景的，战争在南北方人民之间留下了巨大的裂痕，政治立场和情感的对峙在战后几十年都没有完全抹除。还有些作家也在认真反思战争给整个国家带来的灾难，并试图去尊重和理解对方的观念和价值，不过作品中避免不了政治观点的间接表达。随着时间的推移，南北政治观点的对立在20世纪中后叶的文学作品中逐渐淡化直至消逝，当代内战小说中，作家以人的生存为出发点和落脚点参与政治话语建构或意识形态建构，解构战争的合理性、正义性。或许正因为如此，像《红色英勇勋章》这样能放下政治异见，直接思考战争本身的小说才能在这一时期的作品中脱颖而出，拥有了与当代内战小说共通的特质。[①]

一　北方作家：捍卫统一的主基调

一般来说，北方作家与当时正统、主流的内战观点比较一致，即这是一场废除奴隶制，维护国家统一的正义之战，他们视南方为叛军，反对分裂是理所应当、责无旁贷的，但由于无法割舍的民族、文化关系，又会不同程度地表达出对南方遭受苦难的同情，视内战为家庭分裂、兄弟之争。

---

① 李公昭教授在其《美国战争小说史论》（2012）的专著中按照南北方作家不同立场和情感对作品进行了分类，并将《红色英勇勋章》作为批判战争的反战小说源头置于新的一章加以分析。王延彬2014年完成的有关美国战争小说流变研究的博士论文也基本遵循了同一思路。罗小云2019年在《外国语文》发表的论文中，将《红色英勇勋章》划归为南北战争小说发展的第一阶段，不过她主要强调的是这一阶段南方作家以描写骄傲的南方的方式进行的重建和治疗以及北方作家对灾难深重的南方的安抚，并没有特别指出将该小说也划到这一阶段的原因及意义。笔者在进行纵向历时的梳理时，结合本书的研究目的和研究内容，并按照美国社会历史和文学史的发展变迁划分了南北战争小说史的发展阶段。针对《红色英勇勋章》，首先考虑的是发表时间，因此将其与其他带有南北方鲜明特色的小说一并归入了第二阶段，在此基础上，特别注意到了该作品在当时的突破性、超越性和与当代作品的共通性，也就是它能够跨越时代成为经典的原因。

出生于纽约州的哈罗德·弗雷德里克是北方的代表性作家。独立战争之后，美国虽然加快了工业化进程，经济快速发展，但像奴隶制的废与留，地区利益与国家利益关系等矛盾非但没有良方解决，反而日益加剧，直至南北战争爆发。《铜头》（*The Copper-head*，1893）便体现了对上述问题思考的结果。所谓“铜头”是指，南北战争期间对战争持有矛盾态度的北方人，他们既反对奴隶制本身，又反对北方对南方的武力平叛。小说中的重要人物比奇就是这样一位“铜头”，尽管他认为奴隶制是错误的、邪恶的，但同时也认为南方各州对于是否留在联邦有自主决定权，北方不应该肆意干涉，甚至发兵镇压，自然他的观点受到家乡主流废奴主义者群起而攻之。书中所刻画的另一位重要人物吉·哈加多恩则是坚定的废奴主义者，也是比奇的政敌，无奈他们的儿女杰夫和埃丝特却陷入热恋之中，这令比奇气愤不已。不止于此，比奇的儿子杰夫还要加入联邦军，上前线血战南军，这直接导致他们父子断绝关系。后来，埃丝特与比奇进行了一场长谈，深深打动了他，让他认识到很多事情并不是非黑即白这样简单，他与儿女，与左邻右舍之间的矛盾在于固执己见，缺乏沟通、理解和包容。这番夜谈彻底改变了比奇的态度，他邀请哈加多恩共进早餐，化敌为友，而他们的儿女也终成眷属。小说中以两个家庭为代表反映了内战期间不同政治观点的激烈冲突，不过两家从对立矛盾到最终和解，也具有一定的象征意义，传达了这一阶段内战小说的一个重要主题，即内战是一场家庭内部的兄弟之争，并带有着强烈的调和南北关系的理想主义色彩。正如布莱特所指出，文学是战后重新凝聚起南北方利益的强有力的媒介，其中不少作品可以划归为“情感调和主义”流派（sentimental reconciliationist）。[①] 另外，麦金雷·坎特的《永久铭记》（*Long Remember*，1934）也延续了内战是兄弟之战的观点，不过却没有《铜头》那样美好完满的结局，而是在主题上更加突出了战争

---

① Blight W. David, *Race and Reunion*: *The Civil War in American Memory*, Cambridge: Belknap Press of Harvard University Press, 2001, p. 211.

的荒谬残酷。

与弗雷德里克、坎特等相比，约翰·威廉·德福莱斯特代表了正统的北方立场。德福莱斯特出生于康涅狄格州，他未曾上过大学，但会多门外语，曾游历欧洲，内战爆发时立即从欧洲返回美国组建志愿部队，加入联邦军，后来担任上尉。六年多的军旅生涯，德福莱斯特参加了多场重要战役，积累了丰富的写作素材。他对内战的看法符合北方主流的观点，在小说《瑞夫纳小姐从脱离到忠诚的转变》（以下简称《瑞》）（*Miss Ravenel's Conversion from Secession to Loyalty*，1867）中，作家借由瑞夫纳医生之口表达了政治立场，南方的制度是邪恶的，这场因废除奴隶制而导致的战争是正义和伟大的，必将以正义战胜邪恶而告终。小说主要讲述的是在联邦军驻扎的新奥尔良地区，女主人公莉莉·瑞夫纳与卡特上校、卡尔本上尉之间的情感纠葛，她先是与治军有方、作战英勇却有着这样那样道德瑕疵的卡特上校结为夫妻，卡特虽然爱着妻子，却经不起诱惑，婚内出轨，后来他被任命为准将，并阵亡于战场。瑞夫纳父女决定迁居北方波士顿，卡尔本也带着病体来到这里接受瑞夫纳医生的治疗。在此期间，瑞夫纳小姐爱上了一直在耐心等候她，品德高尚的卡尔本。篇名的“转变”主要是指女主人公在经历了一系列情感历程后，对于战争立场的改变，具体而言，就是从支持南方分裂，脱离联邦到忠诚于北方联邦政府的转变，配合了作家整体的创作意图和意识形态观念的传递。在小说发表后的转年1868年1月，德福莱斯特在《国家》杂志发表文章，首次提出“伟大的美国小说”这一概念，在他的构想中，伟大的美国小说应该是那些能覆盖美国所有地域和文化领域画卷的作品，通过描写美国经历的情感及行为方式勾勒出“美国灵魂”。[①] 不难看出他在文学中所寄予的联邦统一的期许，或许《瑞》就是按照这样的理念创作的。

---

① 参见 Buell Lawrence, *The Dream of the Great American Novel*, Cambridge, Mass：Harvard University Press, 2014, p. 24。

此外，《瑞》开启了美国内战小说用现实主义表现战争的先河，小说注重细节场面的描写，力求客观、真实地再现战场的恐怖，反映出战争引发的困惑和道德缺失。作家还注重典型环境下人物塑造的逼真性，既有概念化的扁平型人物，又有性格复杂矛盾的浑圆型人物。德福莱斯特认为《瑞》中包含了道德现实主义、政治现实主义和经济现实主义。[①]同时，德福莱斯特在现实主义中还交融了浪漫主义的元素，德福莱斯特指出作家以现实主义的手法表现了被战争撕裂的社会的各个方面，但也不愿剥离掉浪漫传奇、浪漫爱情（Romance）中基本的叙述弧（narrative arc），由此创作出一种别具吸引力的过渡性文本，使得政治要素和个人要素融合在一起卷入历史的危机中。小说结尾婚姻的完满和国家的统一交织于一起，可以将小说定位于团圆的浪漫故事/再统一的传奇故事（romance of reunion）。从小说中的人物刻画来看，卡尔本可被看作是“英雄现实主义”（heroic realist）的代表，在他身上既有传统的骑士精神和情怀，又有戎马生涯中形成的军人责任感，使其务实、勤勉、有明确的目标感。进而，Finseth 将卡尔本的英雄类型和国家的伟大联系起来，如小说中所说“Like the nation, he has developed, and learned his power”, and it “is in millions of such men that the strength of the Republic consists.” Finseth 进一步指出，德福莱斯特的小说预示并引领了从 Whitman 的《战时备忘录》（*Memoranda during the War*）到 Loreta Janeta Velazquez 的《战争中的女性》（*Woman in the Battle*）等作品中特有的内战现实主义与浪漫传奇、浪漫爱情交融的文体风格和叙事逻辑。[②] 总之，《瑞》在对战争进行现实主义描述的同时，还包含了众多浪漫主义元素，这种浪漫有普通个体在战争中建功立业的英雄主义理想，有对战争中的英雄事迹进行审美主义（aesthetic）倾向的浪漫化讴歌，有故事发展、人物经历的浪漫

---

① Finseth Ian, “The Realist's Civil War”, in Coleman Hutchison, eds., *A History of American Civil War Literature*, NY: Cambridge University Press, 2015, p. 66.

② Finseth Ian, “The Realist's Civil War”, in Coleman Hutchison, eds., *A History of American Civil War Literature*, NY: Cambridge University Press, 2015, pp. 66 – 67.

传奇色彩，有爱情和家庭层面的圆满幸福，还有对国家层面南北统一后重建伟大国度的信心与希冀。可以说，《瑞》超脱了那些单纯的战争加浪漫爱情的“浪漫”，融入了从微观到宏观层面更广阔的浪漫元素。更重要的是，通过历时对比可知，所有这些浪漫元素都是那个时代一些战争文学作品所特有的，在当代的内战小说中都不复存在。

二　南方作家的南方情怀

具有南方背景的作家在小说中所表达出的态度、情感与北方作家还是有显著差别的。他们的作品有美化奴隶制的倾向，常将战前的南方描述为一片安宁、平静、祥和的土地，有些作家怀念南方旧有的生活方式、文化习俗、社会秩序，同情南方战败的遭遇，流露出浓浓的南方情结。库克的小说《鹰巢的萨利》虽然涉及了多场重要的战役，但却淡化了战争的血腥与残酷，并且通过加入主人公与梅姑娘之间曲折的爱情故事，使得战争浪漫化，延续了库珀笔下的“绅士战争”模式。库克出生于弗吉尼亚州的大户人家，从小耳濡目染，有着深深的南方情结，因此，他的文字中自然而然地流露出对战前南方社会秩序理想化的描述，以及对弗吉尼亚优雅的贵族骑士传统的怀念与骄傲。面对战争，库克既同情南方的处境，也不吝笔墨展现南方将士的英勇无畏。

而在拉尼尔创作的《卷丹》和斯塔克·杨创作的《这么鲜红的玫瑰》（下称《玫瑰》）（*So Red the Rose*，1934）中，内战再无一丝一毫浪漫的色彩。拉尼尔也曾抱着保家卫国的满腔热血走上战场，第一年的军旅生活还算风平浪静，然而后来被捕关押在战俘营的一年经历不仅摧毁了他的身体，也大大改变了他对战争的看法。他在小说中毫不掩盖地揭示了战争的荒谬残忍，给人民带来的灾难，这一点在杨的作品中也有所体现。《玫瑰》中有一个格外令人动容的场景，阿格尼斯来到墓地悼念亡子，回忆起几年前在夏洛战场为儿收尸的感伤情景，此时她的眼前仿佛映现出战场上野蛮厮杀、血流成河的场景，她感到那些年纪轻轻便战死沙场的士兵都是自己的儿子。除了对于战争本质的批判，两部作品还都留下了浓郁的南方情怀烙印。拉尼尔在《卷丹》中不遗余力地表现了南方士兵无所畏惧、英勇作战以及被捕后在狱中的不屈不挠和对南方邦联的忠诚。《玫瑰》更加强烈地捍卫了南方旧有的文化、价值观念。在杨的笔下，战前的南方安宁、美好、祥和，人与人之间的关系友善、融洽，处处洋溢着幸福。不幸的是，战争毁灭了一切。杨所希冀的不是恢复奴隶制度，而是重建南方规范和谐的秩序，重树自律守法负责的观念，重振悠久优雅的南方传统，从而填补战后思想领域的真空地带。一定意义上讲，小说并非以内战或密西西比为直接主题，而是整个全部南方文化的问题。① 当然，也并非所有南方作家都是支持南方的，像乔治·凯布尔的《塞维亚医生》，波伊德的《继续行军》都表达了对奴隶制、南方分裂主义和战后继续实行的种族主义的否定和批评。

南方作家中，最著名的莫过于米切尔·玛格丽特，她花费 10 年之久创作的长达 1037 页的《飘》（*Gone With the Wind*，1936）一经问世，即引起轰动，一天内销售 5 万册，一年发行多达 200 万册，深受广大读者喜爱，随即也引来了评论界的广泛关注，被马尔克姆·考利称为“种植园传说的百科全书”。② 小说于 1937 年获得普利策奖和美国图书出版商协会奖，并且好莱坞以高价买下版权，1939 年成功将其改编成电影。伴随着荣誉而来的也有各种麻烦，米切尔生活中的宁静被彻底打破，因为版权问题，官司缠身，此后 10 余年直至去世，她再无作品公开发表。米切尔出生于美国南部的亚特兰大，在南北战争期间，她的家乡曾被联邦军占领，幼年时，她常听父辈们讲起战争，心灵中也逐渐种下写一部内战小说的种子。成长背景使然，她的视角中战前的南方是一片乐土，奴隶制绝非邪恶的制度，种植园主与奴隶之间的关系是和谐的，内战则是

---

① Young Stark，“Not in Memoriam, But in Defense”，in *I'll Take My Stand*，New York：Harper，1930，p. 34.

② 张英伦、吕同六、钱善行等：《外国名作家大辞典》，漓江出版社 1989 年版，第 557 页。

联邦军的侵略，给南方带来无尽的灾难。因而《飘》也曾招致不少人的诟病与抨击，认为作家以狭隘的地域观为南方辩护，甚至美化奴隶制，这或许是评论界一直未将它列入经典之列，而是定位于通俗小说的原因之一。不过浓烈的南方家园意识、家园情感并不是小说的全部。作家塑造了斯嘉丽、瑞特以及米兰妮、阿希利夫妇两组不同气质、不同性格、不同命运的人物形象，反映了作家对南北战争、南方文化的衰落和南方今后的发展等一系列问题的独特见解。[①] 在战后重建塔拉庄园的事业中，斯嘉丽显示出过人的智慧、胆略，以及为达目的不择手段，不惜一切代价的一面，瑞特也无视传统道德，比较富于冒险精神，他俩与文弱、优雅、保守的南方淑女米兰妮和彬彬有礼，极具绅士风度，遵循南方旧有伦理道德的阿希利形成鲜明对照。斯嘉丽和瑞特最终在艰难的处境下生存下来，而米兰尼病逝，阿希利穷困潦倒，不同的人生结局在一定程度上折射出米切尔的观点，即南方的过去虽然美好且令人向往，逝去的一切固然令人感伤、悲情，但南方的衰落是无可挽回的，只有像斯嘉丽、瑞特这样敢于挑战传统、挑战固有的社会准则，逆风前行，努力适应形势、新环境才能顽强地生存下去，南方亦需要新生。南方作家作品中的南方情怀延续了美国“地方色彩”文学的特色。一定程度上说，战后大部分美国小说家都是“乡土文学家”，他们描写的是自己所熟悉的特定地域。南方作家更流露出留恋那片土地，沉湎于过去，将过去的生活理想化的倾向。

战后几十年南北方作家作品中蕴含的不同政治观点和地域文化特色反映了战后几十年南北方社会对于内战认知的差异。诚如沃伦在其专著《内战的遗产》（The Legacy of the Civil War，1961）中所指出的，面对战败的结局，南方缺乏自我反思、自我批判之精神，并且以一种“伟大的托辞”（The Great Alibi），将其贫穷、落后，遭遇的不幸都归

① 李公昭：《美国战争小说史论》，北京大学出版社 2012 年版，第 117 页。

咎为殖民的历史、废奴主义者和战争，从而寻求自我安慰和解脱。北方则在“美德的宝库”（The Treasures of Virtue）的借口下，完全美化了战争的目的，宣扬战争的正义性，掩盖了这背后的利益驱动，忽视了战争给国家和人民带来的灾难。“伟大的托辞”和“美德的宝库”成为了南北双方的“道德避难所，使其拒绝面对战争带来的灾难性后果，逃避战争责任”。[①] 在这样的时代背景下，南北方背景的作品带有鲜明的立场也不足为奇了。

三　放下政治异见批判战争本身的佳作

如前所述，战后几十年的南北战争小说大多都持有鲜明的政治立场，史蒂芬·克莱恩的《红色英勇勋章》是其中少有的能放下政治异见的佳作，作品也初具一些现代主义风格。故事讲述的是主人公亨利·弗莱明，一直对军旅生活抱着理想化的幻想，企盼着能够从军打仗。他不顾母亲劝阻参加了联邦军，入伍几个月来日复一日的重复性机械训练让他放下了对战争不切实际的虚妄想象。战争打响之后，看见战友一个个负伤，却不见敌人的踪影，弗莱明在恐惧中仓皇逃跑。后来听说敌人溃败，他为自己临阵脱逃的举动愧疚不已，想重新归队，又怕被耻笑。当他路遇一名被吓得失去理智的士兵时，头部遭到袭击而受伤。第一天战斗结束的晚上，弗莱明返回部队，谎称伤口是作战所致，受到战友们的赞扬和拥护，第二天作战，他如同疯了一般奋不顾身地冲在了最前线。部队士气大受鼓舞，最终取得胜利。内战之后 6 年才出生的克莱恩，从未上过战场，然而他对战争细节的逼真描写，尤其是普通士兵在战壕里的惊恐万状的刻画，使得很多老兵都误以为他参加过内战。而且，作家还精准地把握了主人公心理发展的全过程，包括参战前的幻想、第一次面对战争的恐惧、逃跑后的耻辱、返回前线的忧虑、再次作战的英勇。Finseth

---

① 吴瑾瑾：《历史的沉疴——南北内战与罗伯特·潘·沃伦的文学创作》，《山东大学学报》（哲学社会科学版）2013 年第 3 期。

认为《红色英勇勋章》深刻地关注到人的主观性结构是如何决定战争体验、战争记忆以及战争表述的。他将之称为“印象派现实主义”（impressionistic realism），亦即通过一个士兵的体验来传递描绘战争的迷雾。[①] 出色的人物内心和精神世界的描写，使得以现实主义为主的《红色英勇勋章》具备了现代小说的一些特质。

非常难得的是，这部完成于19世纪末的经典小说已经抛下了政治成见、地域偏好，而是将批判的目光直接对准战争本身。故事的背景或许是弗吉尼亚北部的钱瑟勒斯维尔之战，但作品中没有提到具体的战场，没有提到南北方的总统、内战名将，甚至连作品中许多人物的名字都没有交代，而是代之以“高个子士兵”“衣衫褴褛的士兵”“大嗓门的士兵”等，主人公弗莱明在多数时候也被称作“青年”。可以说，《红色英勇勋章》是第一部描写战争却又不清楚交代情节的小说。[②] 克莱恩说：“我所描写的战斗应该成为一种类型，所以不能有真实名称。”[③] 作家笔下的战争具有了一定的普遍意义、形而上的象征意义，他的目的在于揭露战争的野蛮残忍，战场上的士兵如同野兽与机器一般毫无理性、毫无人性，他关注的是恶劣条件下人的价值和尊严。因此，《红色英勇勋章》主题上具有了反战性质，被认为是美国第一部反战小说，在弗莱明送给豪威尔斯的小说赠书扉页上也赫然印着反战诗歌。从情节设置上看，小说也超越了传统现实主义的战争叙事。Finseth 认为作家被荒诞性（the absurd）、巧合性（the co-incidental）、随机性（the random）所吸引，展现了现实中的陌生性，故事情节偏离读者的预期（fall short of, surpass or defeat our expectations）。克莱恩的其他内战小说，特别是收入在《小军团》（*the Little Regiment*，1896）中的故事，并不是从本体论领域通过足

---

① Finseth Ian, "The Realist's Civil War", in Coleman Hutchison, eds., *A History of American Civil War Literature*, NY: Cambridge University Press, 2015, p. 72

② 朱刚：《新编美国文学史》（第二卷），上海外语教育出版社2002年版，第139页。

③ LaRocca J Charles, *The Red Badge of Courage, An Historically Annotated Edition*, New York: Purple Mountain Press, 1995, p. ix.

够的表征来解释现实的，而是将现实看作松散的反常的时刻的组合（agglomeration of odd moments），现实中细节的含义是不确定的（uncertain），依托语境背景的（contextual），个性化的（individual）。[①] 这些都使克莱恩的小说具有了指向现代主义的特点。

综上，从注重人物心理刻画、主题内容的反战倾向、故事情节的设置等方面来看，《红色英勇勋章》与当代内战小说拥有了跨越时空的相似性、共通性，或许正因为如此，《红色英勇勋章》能够在众多持有南北方情感和政治观点的内战作品中脱颖而出，成为代代相传的经典。

第三节 “二战”之后的南北战争小说：超越政治立场的反思

第二次世界大战后，美国随即就迎来了以“二战”为题材的战争小说热，这些作品视野宽广，思考深入，不过基本以写实为主，以反思和批判为目的，艺术表现手段的创新较少。这股战争文学热潮在一定程度上也促进了内战小说新作辈出。但在数以百计的内战作品中，不少都流于俗套，很快就被读者忘却，真正有一定影响力的并不多，其中有代表性的包括舍尔比·福特的《夏洛》（*Shiloh*, 1952），迈克尔·萨拉的杀手天使（*The Killer Angels*, 1972），约翰·杰克斯的内战系列小说《北方与南方》（*North and South*, 1982）、《爱情与战争》（*Love and War*, 1984）和《天堂与地狱》（*Heaven and Hell*, 1987）等。由于已经和内战拉开了一段时间距离，这些作品和前一阶段相比又有了明显的变化。“二战”后的小说家往往能超越意识形态的差异，摒弃对立的政治观念、狭隘的区域情感，关注战争的残酷性、毁灭性，及其对人性的摧残和扭曲。从艺术形式方面看，这些作品不再局限于传统的现实主义叙事

① Finseth Ian, “The Realist's Civil War”, in Coleman Hutchison, eds. , *A History of American Civil War Literature*, NY: Cambridge University Press, 2015, p. 73.

手段，而是在叙事视角、文体风格等方面寻求突破，具有了一定的现代主义特色。

《夏洛》讲述的是1862年4月发生在夏洛的一场非常惨烈的战役，双方参战人数超过10万，逾2万人阵亡或被俘，最终北方获胜，也几乎扭转了战争的形势。福特对于历史研究表现出浓厚的兴趣，在创作之前做了大量的调查考证，力图虚实结合，真实还原再现这场伤亡惨重的战事。在《夏洛》发表的两年后，他还出版了三卷本的巨著《内战的叙述》（*The Civil War*：*A Narrative*，1958，1963，1974），书中未做任何注释，而是在遵循史实的基础上，以小说叙述的方式，生动地讲述了内战期间的重要的人物和事件，展现了福特同时作为一名作家和史学学者的功力。《夏洛》的创作留下了一些现代派的特色，福特非常注重人物内心活动的深度挖掘与刻画，并且在叙述上呈现了视角的多样性，每一章都分别以不同的联邦和邦联官兵的视角讲述战争。不过，或许是由于福特兼具历史学家的身份，艺术形式的创新又有所保留。小说中的军官也好，士兵也好，语言风格都基本一致，没有大兵语言，只有英国绅士的流畅、优雅文笔，[①] 有些章节读着甚至像传记、回忆录。这样一来，传统的上帝视角的全知叙述者似乎以另一种方式走入了小说。

《杀手天使》的作者萨拉被誉为“新时代的海明威”，他对于当代内战小说发展的影响体现在两个方面。一是他的家族通过设置文学奖项，推动了内战小说的创作。二是他的作品体现了新现实主义影响下形成的创作风格，可以看作当代内战小说创作风格转向的发端之一。《杀手天使》于1975年获得了普利策奖，然而却并未产生太大反响。1993年，CNN斥巨资将小说改编为长约6小时的大片《葛底斯堡》，获得了巨大成功，人们也重新认识了迈克尔 · 萨拉，该小说随即成为销量超250万册的全美畅销书。萨拉的影响力不止于此，他的儿子创作了《杀手天

① 李公昭：《美国战争小说史论》，北京大学出版社2012年版，第150页。

使》的前传《众神与将军》(*Gods and Generals*, 1996) 和后传《最后一战》(*The Last Full Measure*, 1998),并用《杀手天使》带来的高额版税创设了“迈克尔·萨拉内战小说奖”。本书研究的当代小说之一《大进军》也获得了该奖项。萨拉的父亲来自北方,母亲则是南方人,这一南北交融的家庭背景促使他得以用更加包容的视角看待南北双方在政治立场、价值观念上的差异,更深入地思考战争的本质。《杀手天使》以美国内战中极其惨烈的葛底斯堡战役为背景,讲述了发生在1863年6月29日到7月3日四天内的战斗情况,全书共分为四大部分,围绕着双方大军集结、南军击退北军、南军企图进一步偷袭、南军最终大败于葛底斯堡的主要情节而展开。这部创作于20世纪70年代的小说的新现实主义特色体现在处理历史的方式和艺术形式创新上。从对历史的态度来看,萨拉非常重视现实主义所尊崇的真实再现。在创作之前他做了很多功课,阅读了大量参战军人的日记、信函、回忆录等,确保了对战争场景真实、细节化地重现。他的研究还致力于发掘一些长期被忽视、被淡忘的史实,并将其融入小说创作中,比如他指出了北军骑兵在战争中发挥的作用,以及钱伯伦上校所率领的缅因州第二十志愿步兵团的英雄事迹。[①] 这样的开拓性蕴含着一丝后现代的解构意识,凸显了小说的历史价值。更多的创新体现于艺术形式上对于现代主义风格的吸收。在叙述视角上萨拉打破了单一的上帝全知视角,每一章都以一位不同的指挥官为标题,并从他的视角展开叙述,多重视角共同构建出战役的全景。本书研究的当代小说之一《南方的寡妇》也采用了类似的叙述视角。与其他很多现代主义作家一样,萨拉注重刻画和呈现人物的心理现实,读者感受到的是这些人物的复杂性,看到的是在危机四伏、生死攸关的战争环境中,罗伯特·李、钱伯伦、皮吉特、汉考克、朗斯特里特等南北军官丰富的精神世界。对于忠诚、友谊、事业和荣誉充满矛盾的内心思索,引领他们

① 沙青青:《杀戮天使与新时代的海明威》,《书城》2008年第2期。

有些人走向悲剧，另一些人取得人生的辉煌。

总体上看，福特和萨拉的文字与早期的作品相比，淡化了南北之间经济体制、社会文化、意识形态的矛盾。在《内战的叙述》中，福特极尽详细地描述了具体战事，却并未探究发生战争的根源，事关政治、社会变革、种族歧视的问题被统统搁置。读者感受到的是“诗意”的叙述，[①] 冷泉港战役是“eight holocaustic minutes”，火山口之战时的“lurid moonscape”，邦联军屠杀被困的联邦士兵仿佛是“the shots were directed into a barrel of paralyzed fish”。《杀手天使》中，交战双方为了各自的理想而战，作家给予了充分的理解与尊重。但这不意味着他们的作品中没有政治立场的表达，并且这种表达与特定的时代背景也有着密切关系。Robert Toplin 指出，美国人对于卷入第一次世界大战的悔恨直接影响了历史学家看待内战的方式，他们认为南北战争本是可以避免的。这种观点在“二战”之后发生了变化，“美国加入这场反法西斯压迫，争取自由的斗争，显然影响到了对于历史的阐释。内战成为了一场良战（Good War），这是抵御种族主义邪恶，带来了领土扩张的战争。在这样的语境中，对于道德问题的考量占据了重要的位置”。[②] 也就是说，特定的历史环境下，美国社会会形成对于内战的特定观点和审视视角，而这又进一步体现在文学创作上。以《杀手天使》为例，Kevin Grauke 认为萨拉通过艺术加工，升华并宣扬了 1863 年联邦军在战场上的荣耀和爱国之情。此外，“二战”后不久美国就卷入了旷日持久的越战，大众对战争前景普遍担忧。[③]

---

① Graham T. Austin，“Civil War Narrative History”，in Coleman Hutchison，*A History of American Civil War Literature*，NY：Cambridge University Press，2015，p. 172.

② Toplin Robert Brent，“Ken Burns's *The Civil War* as an interpretation of History”，in Robert Brent Toplin，*Ken Burns's The Civil War*：*Historians Respond*，New York：Oxford University Press，1996，p. 24.

③ Kevin Grauke，“Vietnam，Survivalism，and the Civil War：The Use of History in Michael Shaara's *The Killer Angels* and Charles Frazier's *Cold Mountain*”，*War*，*Literature & the Arts*：*An International Journal of the Humanities*，Vol. 14，Issue 1/2（2002）.

第四节 20世纪90年代以来的南北战争小说：对内战的当代反思

通过对各个阶段内战小说发展的梳理与进一步对比可见，20世纪90年代以来的作品在获奖、影视化、海外译介方面都显现出更强的社会影响力，尤为重要的是，这些小说还反映了美国主流对于战争及相关的一系列历史问题、社会问题的深度思考。这也凸显了对当代南北战争小说深入研究的意义所在。

随着时代的变迁，近30年来的美国内战小说从形式、主题到价值判断都与以往的作品有了诸多差异，我们必须以发展的眼光将这些作品置于当代的社会背景、文化背景之中进行审视。在《大众文化之下的内战》（*The Civil War in Popular Culture*，1995）一书中，Jim Cullen考察了20世纪一系列由南北战争提供灵感的文艺作品是如何重写历史的，并揭示了不同时代社会和政治压力对作品创作所产生的影响。在他看来卡尔·桑德堡为林肯所写的传记应该置于大萧条的时代背景中去理解，"那是一个充满社会动荡和心理混乱的年代，林肯可以同时代表着自由与平等、秩序与民主、磨难与胜利的理想"。[①]《飘》，尤其是女主人公斯嘉丽的解读应放置于"现代性的时代中"，在这个时代"女性挣脱了长久以来束缚她们希望的女性气质、女性身份"。[②] 70年代南方摇滚乐乐团的音乐作品充满了内战时期南方邦联的地域特色，这是对"民权运动及其在白人中所带来的恐惧和愧疚"的回应。[③] 也就是说，在各个时代艺术家

① Jim Cullen, *The Civil War in Popular Culture*: *A Reusable Past*, Washington: Smithsonian Institution Press, 1995, p. 45.

② Jim Cullen, *The Civil War in Popular Culture*: *A Reusable Past*, Washington: Smithsonian Institution Press, 1995, p. 106.

③ Jim Cullen, *The Civil War in Popular Culture*: *A Reusable Past*, Washington: Smithsonian Institution Press, 1995, p. 199.

们都赋予了内战以新的内涵，并融合了属于那个时代的社会政治因素和大众文化心理因素。因此，我们才会看到沃伦在其专著中所述的那个南方人寻求“伟大的托辞”，北方人借口“美德的宝库”的年代中，大量持有对立的南北政治立场的作品问世。同样，在论及当代美国内战小说的发展时，也无法忽略宏观的创作背景，尤其是21世纪初美国先后经历了“9·11”恐怖袭击事件，在海外参与或主导的阿富汗战争、伊拉克战争、利比亚战争，同时在美国本土因种族矛盾而引发的恶性事件屡屡发生。在这样的时代背景下，拥有敏感心灵、敏锐视角的作家们对战争相关问题的思索和书写从未停止，并且凝聚了当代人的信念、理想、价值。Bickford 的一项实证研究显示，“9·11”事件之后美国南北战争小说的创作发生了较大变化，作家的作品更多的面向年轻阅读群体，倾向于建构支持战争的叙述，歌颂勇气、牺牲和爱国精神，并有意回避对于战争中暴力的渲染。[①] 该项研究选取的小说、读者群体的代表性以及结论的可靠性都有待进一步探讨（本书研究的多部作品都是反例），但从另一方面可以看出作品中的时代性，学者们普遍认同重大社会事件深刻影响和改变着历史小说中的历史观、战争观、生死观。

因此，当我们解读20世纪90年代以来的美国内战小说对于战争的批判和思考时，不能忽略作品中折射的当代人的信仰、理念和立场。当作家群体在跨越了一个半世纪的今天再次重写内战时，作品中的情感和主题也都发生了很大变化。通过纵向历时对比可见，大部分小说中已经几乎看不到任何地域性特色的政治立场表达，既没有早期北方作家作品中对战争光荣、正义的宣扬，也不会像南方作家那样流露出对旧南方生活方式、风土民俗的怀念留恋，对南方过往社会秩序、制度规则的辩护美化，以及对战败遭遇的同情。对于战争，只有严肃的批判，绝不会掺入任何浪漫爱情的元素以消磨批判的尖锐性。读者看到的是一个个难以

---

① Bickford H. John, “American Authors, September 11th, and Civil War Representations in Historical Fiction”, *Journal of Social Studies Education Research*, Volume 9, No. 2, 2018.

挽回的家庭悲剧、情感悲剧。如果说20世纪50—70年代的作品中还有一丝鼓舞越战作战官兵士气的意味，那么本书研究的近30年来的小说中则很难能察觉到类似的态度倾向。从一篇篇作家专访到小说中人物形象的塑造、悲剧氛围的渲染，都传递出强烈的反战、厌战情绪。在战争的极限条件下，人的生存状态、生命价值等涉及终极意义的人本主义问题成为了当代作家思考的核心，而有关种族问题、性别问题、异化问题等社会问题的批判也具有了有别于传统的颠覆性。

从艺术形式方面来看，当代内战小说在传统叙事和实验创新的融合中寻求突破。早在“二战”结束后，美国迎来战争小说创作热潮，现实主义和现代主义两种路线相结合的尝试就已开始展开。当时，大部分作品在手法上继承了现实主义传统，以求真实再现战争历史。同时，一些作家开始融入现代主义的叙述手段，欧文·肖在小说《幼狮》（*The Young Lions*，1948）中，使用了3个不同的人物视角，把巴黎、柏林、非洲、伦敦、诺曼底等各个战场串联起来，还安排了大量人物心理描写。诺曼·梅勒的《裸者与死者》（*The Naked and the Dead*，1948）在主要情节中剪贴拼接上官兵的日常生活，以蒙太奇的方式倒叙插入每个人参军前的生活，叙述如同电影镜头一般，从一个场景切换到另一个场景。对于现代主义艺术形式的吸收，为战争小说的创作开辟了新的路径。同时也应该看到，即便是在20世纪60年代美国具有后现代特色的实验主义小说大行其道时，现实主义作品依旧拥有大量的读者群体，战争小说的主要基调仍然是现实主义的。70年代以来，美国小说新现实主义潮流基本形成，也逐渐影响了美国内战小说的创作。不过，直到90年代，不少内战小说依旧以传统的叙事方式为主，形式上的创新还比较少。近30年来，当代内战小说不仅延续了新现实主义转向以来的创作倾向，而且在吸收、借鉴现代主义、后现代主义方面较前一阶段更具突破性，更加多样化，有力支持了作品情感与主题的表达。艺术形式的发展为美国内战小说的创作注入了新的活力，也是本书研究的重点之一。

第二章

当代美国南北战争小说的发展与创新

当代美国内战小说的发展与创新，既有对传统的继承，也有在形式、内容、主题等各个方面对传统的解构与创新，在继承与解构相融合的基础上重塑了南北战争的历史。这些作品为读者提供了透视美国文化和文学发展，了解当代美国主流价值观念和意识形态的重要窗口。

应该注意到，从文学发展的时代背景来看，美国新现实主义潮流为当代内战小说提供了艺术形式创新的土壤，反之，当代内战小说也成为了新现实主义文学中不可或缺的一分子，小说的创作实践也在促进着相关的理论发展。现实主义一直为美国作家所情有独钟，尽管“二战”后美国文坛出现了令人眼花缭乱的各个流派，但现实主义依旧拥有旺盛的生命力和大量的读者群体。随之 20 世纪 70 年代中后期新现实主义也顺理成章地成为了一股主流。美国新现实主义以现实主义为主调，融合了百余年来各流派的发展优长，却又非简单的艺术形式的大拼盘大杂烩，哲学思想和方法论的拿来主义，而是合理、巧妙的吸收，融于本我的使用，令其具备持续的发展动力。鉴于这样一个整体的时代背景，本书将在新现实主义潮流的视域下，探讨当代美国内战小说的总体特征，对传统的继承与发展，艺术形式上的创新与突破，以及近年来的最新发展趋势。

第一节　新现实主义潮流下当代南北战争小说的总体特征

新现实主义被认为是一种“高度成熟的现实主义”,① 为传统现实注入了新的活力。当代美国作家正是在这样一种潮流之下回头重写南北战争的。一方面，他们大多以严肃严谨的态度，查阅了大量历史文献、回忆录、传记、日记、新闻报道等相关资料，使得故事的讲述、人物的刻画保留了符合那个时代气质的典型性和逼真性；另一方面，作家们又不断寻求题材选择、写作风格、叙事模式、叙事技巧等方面的突破和创新，作品中现代主义和后现代主义的印迹随处可见，折射了属于当下的时代特征。不过，新现实主义的根本与基础依旧是现实主义，即便当读者阅读《林肯在中阴》这样的作品，惊讶于小说中叙事层面和语言风格方面的大胆实验，并习惯性地把它划归为后现代时，乔治·桑德斯却提醒我们不该忽视小说中的现实主义成分，并称其为“情感现实主义”（emotional realism）。他反对在自己的作品中泾渭分明地划分现实主义与现代、后现代主义，他说：

> 在谈及写作时，人们倾向于搞二元对立。我不懂为什么一个学生会跑来对我说：“我不清楚是应该风趣还是应该严肃。”有时他们会将这种对立引向具体的人“我或者想成为 Kerouac,② 或者想成为 Flannery O'Connor”。③ 我不明白为什么这些写作问题以彼此对立的形式呈现……所以当然你所能做的一件事就是打破这种对立的稳态。

---

① 姜涛：《当代美国小说的新现实主义视域》，《当代外国文学》2007 年第 4 期。

② 杰克·凯鲁亚克（Jack Kerouac，1922－1969），美国“垮掉的一代”的代表作家，主要作品有自传体小说《在路上》《达摩流浪者》《荒凉天使》等。

③ 弗兰纳里·奥康纳（Mary Flannery O'Connor）（1925. 3. 25—1964. 8. 3），美国短篇小说家、评论家。作品有南方哥特式风格。

如果你喜欢 O'Connor 和 Kerouac，可以把他们置于两极的一端，那么谁在另一端呢？在这本新小说中（指《林肯在中阴》），它就是一种现实主义。但我对写一本真正的现实主义小说又没有多大兴趣。所以，我将之称为情感现实主义。①

桑德斯对他所言的“情感现实主义”做了进一步解释：

这就是说让小说与我的，或者说我们的真实情感生活和谐共鸣……我想要记住每一个经历过的情感状态，并料想还有很多从未经历过的。在这个外在世界中，所有我曾经历过的，还在继续……人类的思想到底为我们带来了什么？我们有什么样的经历、偏见、冲动和欲望？那些欲望如何展现在现实世界中？这赋予我的作品以意义，因为小说中仅有三个活着的人，所以我不知道我们是否能称之为现实主义，但我想这看上去确实有了更多**情感现实主义的空间**。换言之，能够直接抒写悲伤而非一带而过。②

可以说，当代内战小说呈现了历史写实与现代后现代的技巧、主题、精神、情感相互交叠，彼此影响的总体特征。

具体而言，这些作品体现了如下的一些特征。

一是在创作倾向上，尊重历史的真实，在艺术表现上，强调客观逼真地反映战争之下的百态人生。当代内战小说既会涉及林肯总统、谢尔曼将军、约翰·布朗这些彪炳史册的人物，也会关注到像卡丽·麦加沃克这样曾被忽视却同样令人钦佩的普通人的命运抉择，既会以作家祖辈的故事为写作素材（如《冷山》），也会以过去的作品中未被重点书写的

① Larimer Kevin, "The emotional realist talks to ghosts", *Poets & Writers Magazine*, Vol. 45, Issue 2 (March-April 2017).

② Larimer Kevin, "The emotional realist talks to ghosts", *Poets & Writers Magazine*, Vol. 45, Issue 2 (March-April 2017).

人物为主人公（如《马奇》）。然而，不论是大人物还是小人物，大事件还是小事件，毕竟南北战争已结束将近 160 年，任何一部作品都无法做到传统现实主义所追求的“让文学对生活表现出镜子般的忠实”那种程度的再现。不过当代内战作家虽然借鉴现代主义和后现代主义的艺术风格，却并没有完全隔绝文本和历史的关系，过度追求小说的自我指涉性。在面对历史时，现实主义的真实性、客观性是众多作家所追求和遵循的。他们往往秉持着科学严谨的态度，写作之前历经数年求索，查阅了大量的史料，力图真实、客观地呈现历史洪流之下，典型环境中的典型人物、典型人生，令今日之读者，仿佛穿越时空，身临其境地见证战争中的悲欢离合、生离死别。

二是注重虚与实的巧妙结合，有效地表达作品主题。虚与实的结合是新现实主义小说的一个重要特征，作家会设置充满想象力又不失合理性的虚构人物、虚构环境，并能将虚构与现实有机融合。王守仁教授在其专著中专章介绍和评述了 E. L. 多克特罗、菲利普·罗丝等人的新现实主义小说，这些作品的一个共性特点是“将虚构的人物置于人们熟悉的历史语境之中，与人所共知的历史人物并存，还经常使用不同的叙事手法”。[①] 当代南北战争小说从新现实主义中撷取养分，主要从两个方面进行虚构。一方面是将虚构人物置于真实的历史语境中。作家会精心虚构出一个个鲜活的人物，他们是战争洪流之下的普通人，或出现在真实的战场，或参与到真实的历史事件中，或在后方承受着生活的重压，而且他们还可能与真实的历史人物发生种种密切关联和交流。作家通过叙说他们的故事，尽可能真实地重现战争之下普通人的人生百态。另一方面是将真实的历史人物置于某些虚构的语境中，从而达成对历史人物的解构和重塑，对某些历史事件的审视和反思。实与虚的巧妙结合，最终都是为了有效地表达作品的思想和主题。

① 王守仁等：《战后世界进程与外国文学进程研究（第一卷）：战后现实主义文学研究》，译林出版社 2019 年版，第 173 页。

实际上，小说创作中的虚与实一直处在此消彼长的动态变化中，而其运动变化轨迹也反映了小说观念随时代的变迁。盛宁认为20世纪以来，小说的叙述倾向由写实占主导逐渐向虚构占主导转变，并将这一过程划分了三个阶段。第一阶段是20世纪初，小说的观念延续于19世纪现实主义小说，主要强调写实。同时，小说作为虚构艺术的形式特征也渐渐开始被强调。第二阶段兴起于20世纪二三十年代到五六十年代，以现代主义作品为突出代表，从根本上动摇了传统小说所认定的现实指涉性。既然在外部的世界难以寻求到一个完整统一的客观存在，人们则诉诸于内心的印象世界以获得某种赖以安身立命的“真实”。第三阶段肇始于20世纪60年代，伴随着结构主义、后结构主义思潮的盛行，现实与文本的界限日趋模糊，而且在当代小说中大有一种以虚构取代现实的趋向。① 这里提及的第三阶段虚构占主导的趋势和倾向也影响着当代南北战争小说的创作。传统现实主义也有虚构，但仍以写实为主，其历史价值往往在于为我们提供了特定历史时期的生动鲜活的社会全景。一般而言，现实主义的战争文学作品全面展示了战场的残暴血腥，寻常百姓的家破人亡、流离失所。从继承的角度来说，当代内战小说在主题和内容上延续了对战争带来的种种不幸的写实性描写。从突破和创新来看，当代内战小说又不断扩展着虚构想象的空间。不过虚构并不意味着漫无目的的遐想，有的虚构是为了更好的写实，为了故事情节的合理，叙事推进的顺畅。有的虚构则是以怪异的人物形象和荒诞的故事情节，破坏和解构传统战争叙事的固化单维模式，映衬出一个混乱不堪的战争时空背景。这种虚构也是一种表现现实的方式，以更具讽刺性或更具穿透力震撼性的方式展示历史真实。

以本书研究的几本小说为例。《马奇》的故事原型源于超验主义者布朗森 · 奥尔科特的经历，不过作家却虚构了一场场战争，还虚构了马

---

① 盛宁：《现代主义 · 现代派 · 现代话语——对“现代主义“的再审视》，北京大学出版社2011年版，第141—142页。

奇的随军牧师身份。实际上，内战爆发时，布朗森已经61岁，根本未参战。《大进军》则融合了荒谬怪诞的人物，其中有一个叫阿里的南方逃脱士兵，行为举止看上去有些莫名其妙，难以捉摸。在后来一起同行的白人摄影师卡尔文的眼中，他就是一个疯子，先伪装成北方士兵，又伪装成死去的卡尔普先生，行为极其反常。直至小说接近尾声时，读者才恍然大悟，原来阿里的一切疯狂行动，都是为了最终行刺谢尔曼这个更加疯狂的目标。《少年罗比的秘境之旅》虚构了罗比一路上目睹的各种离奇诡异事件，而《林肯在中阴》则直接以众鬼魂作为叙述的重心，《无人幸免，2074—2095》则虚构了一场未来内战。以上五本小说，前两本以写实为主，虚构为辅，三四本转变为虚构占据主导，最后一本几乎全部是虚构，对于现实只存在着间接影射的关系。其中，针对《林肯在中阴》的虚与实结合问题，乔治·桑德斯有过精彩的论述，"当眼前全是鬼魂四处打转时，我认为必须有个实在的基础——让读者确保自己仍在现实世界中——相信这是一个真的故事"① 作家处理的方式是在大量援引历史资料的同时，还虚构了几乎可以以假乱真的"史料"，他说，"我看到最可信的'真实'就存在于我读过的史料记录中……我心想：等一下，可以这样写吗，一字不差地挪用原典吗？我对自己说：'拜托，这是你的创作。想怎么写随你。'之后我又有灵感，要捏造一些'假史料'。"② 可见，即便这样将鬼魂世界引入到战争小说的作品，也不是漫无边际地虚构，而是虚中有实、实中有虚，虚构为了更好地映照现实，写实又让虚构有了边界，有了真实感。

三是创作模式的多元化。大部分作品遵循着顺时线性的叙事原则，在这样一个传统的宏观层面的叙事框架下，融入了各种现代、后现代叙述技巧、表现手法。有些作品以不同人物的不同视角构建故事或推动故事主线

---

① 编辑室：《痒，抓就是了——专访乔治·桑德斯》，见乔治·桑德斯《林肯在中阴》，何颖怡译，时报文化出版公司2019年版，第505页。

② 编辑室：《痒，抓就是了——专访乔治·桑德斯》，见乔治·桑德斯《林肯在中阴》，何颖怡译，时报文化出版公司2019年版，第505页。

发展；有些作品追求文体形式的创新，在局部采用了断裂、拼贴、黏合的碎片式叙事方式，并融合了书信、日记、传记等多种文体于一体；有些作品在语言风格上求新求变。还有的作品注重以内视点呈现人物的心理现实，比如在《南方的寡妇》中就有类似如下的大段内心独白冥想：

> 我常想，等我老了，我会记得什么——是那些士兵本身，还是我做的关于他们的梦？我猜想会是梦，即便是在最初的几天里，在我醒着的时候，这些梦也会挤进来，让我分辨不清什么是真，什么是假。这并不怎么让我担心，因为玛丽亚向我承认，只要一睡下，就很难分清周围的一切是真是假，她常常发现自己看着一个人，弄不清他是不是真的人，他的伤是不是真的……

类似地，在多部当代内战小说中都出现了两种现实的交织，一种是对战争整体和局部客观描写形成的传统观念下的现实，另一种便是类似于心理现实主义提出的完全按感受生活那样对事物的整体性做出判断形成的现实感。后者以主观感受和体验为第一性，后来发展为被现代主义作家广泛采用的意识流和内心独白的表现手法。在《林肯在中阴》中就出现了多段意识流叙述，主要描写守墓人在昏昏沉沉似睡似醒状态下看到林肯总统来到墓园时的情景。

第二节　当代南北战争小说对于传统的继承与发展

既然是从新现实主义潮流下谈当代美国内战小说对传统的继承与发展，就有必要厘清传统现实主义的一些基本特征，以及当代小说从传统现实主义中继承了什么，是怎样继承并发展的。具体来看，当代内战小说对传统的继承可以体现为注重对内战历史的真实再现，注重塑造战争典型环境中的典型人物以及对于传统叙事模式的遵循和发展等。

一　注重对南北战争历史的真实再现

各国现实主义作家都注重真实地再现现实。有些作家用了生动的比喻来解释现实主义与社会生活之间的真实再现关系。法国作家司汤达继承了文艺复兴时期的“镜子说”，主张艺术应该像镜子一样真实地直面人生，反映现实，在他的第一部小说的序言中写道：“丑恶的人在镜中掠过，这难道是镜子的错误吗？难道不该考察镜子是朝着那些人吗？”[①] 俄国现实主义作家别林斯基用了土壤与植物的比喻，强调文学来源于生活，必须植根于现实的土壤中，忠实地体现现实。他认为“现实之与艺术和文学，正如同土壤与在它怀抱里所培育的植物一样”。[②] 有些作家提出了作品真实再现现实的方法和策略。巴尔扎克特别注重通过细节真实再现现实，他指出：“小说在细节上不是真实的话，它就毫不足取了。”[③] 这些细节包括作品中所描写的细节应该符合那个时代的习俗，故事情节中的细节应该符合常识，人物言行的细节与人物性格相符等。法国作家福楼拜则强调要选择精确的语言。他总结出了“一字说”，即作家只可用唯一的词去表达一个事物，“说明他的动作的，只有唯一的动词，限制他的性质的只有唯一的形容词”。[④] 作家需要去搜找这唯一的名词、动词、形容词，准确地描绘不同的事物，如实地反映现实。美国小说家亨利·詹姆斯将现实主义真实性原则拓展到人的精神心理层面，在他看来内心的真实成为小说家应该关注的非常重要的一面。詹姆斯极其看重艺术家的主观经验和现实之间的关系，他认为这种经验可以延及认识领域，而当认识具有了想象力的时候，就可以“把生活中最小的跳动转化成可以

① 伍蠡甫：《欧洲文学简史》，人民文学出版社 1985 年版，第 240 页。

② ［俄］别林斯基：《别林斯基选集》（第三卷），满涛译，上海译文出版社 1979—1980 年版，第 700 页。

③ 伍蠡甫：《西方文论选》（下卷），上海译文出版社 1979 年版，第 173 页。

④ 郭绍虞：《语言与文学》，《学术月刊》1981 年第 2 期。

显现的东西。”[①] 可见，尽管不同国家的现实主义作家对于现实主义怎样表现现实各有见地，但他们都比较一致地看重再现现实的效果，以各种方式追求再现的真实性。这些都构成了现实主义的基本传统和根基，对此，M. H. Abrams 从读者接受的角度有过精要的概述，他指出现实主义小说应该面向普通读者展示生活和社会存在的本貌，让他们觉得小说中的人物可能确实存在，这样的事情可能会发生。[②]

对于现实主义的历史小说而言，所要再现的是历史的现实，所致力达到的是再现时的相对合理性、准确性、真实性。如果说现实主义作家为描写当下的社会现实，需要脚踏实地地搜集大量文献资料，需要特别注重对社会的观察分析，那么在重现历史时，则往往需要在前期做很多更为艰辛、更为漫长的历史考证工作。当代美国内战作家对于传统现实主义的继承与发展，首先就表现在无论是重写历史上的大人物大事件，还是描写普通人物的人生百态，都会以研究者的姿态，收集大量史料，并进行细致入微地归纳整理和分析探究。这些确保了作家能够在作品中比较科学、比较逼真地复现那段历史，而不是任由想象力不受约束的驰骋。

《冷山》中男主人公英曼的形象主要来源于查尔斯 · 弗雷泽的曾叔父，同时还加入了他的曾祖父的部分特征。作家的父亲曾简要讲述了曾叔父负伤逃离战场，返回家乡的故事。作家尽可能地让《冷山》的故事情节，契合发生在曾叔父身上的旅途经历，他说我尽量让故事的基本轮廓能反映他生活中的事实。[③] 然而，作家从父亲那里听到的讲述非常简短，只是一个粗略的框架，对于其他一些细节，他主要求助战争记录和国家档案。而这样的考证研究工作早已开始，持续数年，正如他在采访中所说，我贴身准备好笔记本，做了大量的背景研究：历史的、自然史

---

① 刘保瑞等译：《美国作家论文学》，三联书店 1984 年版，第 46 页。

② Abrams M. H. , *A Glossary of Literary Terms*, Beijing: Foreign Language Teaching and Research Press, 2005, p. 260.

③ *An Interview with Charles Frazier*, https://www.bookbrowse.com/author_interviews/full/index.cfm/author_number/239/charles-frazier.

的还有其它相关的。[①] 在谈到逼真地描写19世纪的乡村生活以及内战时的女性时，查尔斯·弗雷泽说到自己在图书馆阅读了很多旧的日志和信件。这样一种研究或许出于发自内心深处的热爱，因为他曾经有很长一段时间，不带任何目的的去了解当地的历史风俗、植物学常识。

《马奇》的作者杰拉尔丁·布鲁克斯塑造的随军牧师马奇是经典内战小说《小妇人》（*Little Women*, 1868）中一笔带过，未被详细书写的人物，其人物原型为路易莎·梅·奥尔科特的父亲布朗森·奥尔科特。布朗森是一个非常有名的废奴主义者、教育家、超验主义思想家，同时也是超验主义哲学家、文学家爱默生与梭罗的挚友。马奇的许多言行和生活经历都取材于布朗森的事迹。在《马奇》的后记中，杰拉尔丁写道，她从布朗森的日记、信件和传记中获得了灵感。其中，日记就有61本，哈佛大学图书馆还收藏着满满37卷的信件手稿，同时参阅了富兰克林·桑伯恩和威廉·哈里斯所作的两卷本回忆录，奥德尔·谢泼德所作的传记。[②] 此外作者还阅读了随军牧师的回忆录以及有关逃亡奴隶的回忆录。除了文字档案之外，杰拉尔丁得到了专业医生的指导，了解了“设立于沃尔特里德军队医疗中心的国家健康和医疗博物馆内收藏的西科尔斯的脚以及内战中其他可怕的医学遗物”,[③] 她还考察了当地很多迷人的博物馆。这些工作使得作者掌握了大量有关南北战争的历史资料。

在《南方的寡妇》全书的结尾，罗伯特·希克斯额外奉献了一个穿插着回忆录、书信、照片、画像的“作者按”，生动详细地介绍了被认为是“整个内战期间最血腥的五个小时”[④] 的富兰克林之战，以及

① *An Interview with Charles Frazier*, https://www.bookbrowse.com/author_ interviews/full/index.cfm/author_ number/239/charles-frazier.

② ［美］杰拉尔丁·布鲁克斯：《马奇》，张建平译，人民文学出版社2007年版，“后记”第304页。

③ ［美］杰拉尔丁·布鲁克斯：《马奇》，张建平译，人民文学出版社2007年版，“后记”第308页。

④ ［美］罗伯特·希克斯：《南方的寡妇》，张建平译，人民文学出版社2007年版，“作者按”第354页。

小说中故事发生的主要场所——麦加沃克夫妇居住的“卡恩顿大屋”，并且以细腻而充满崇敬的笔调讲述了卡丽 · 麦加沃克的生平，尤其是富兰克林之战中收治伤员的故事，在自家墓地旁的两英亩土地上埋葬1500名邦联战士的故事，以及战后几十年如一日看守战士墓地，收养新奥尔良孤儿院里的孤儿的故事。有些故事没有被写入小说主体，但显然触动了作家内心的柔软，在他看来，麦加沃克女士活在她的小说的这些篇页里，是一个值得铭记的人。从富兰克林之战到卡丽 · 麦加沃克本人不应被遗忘，这里“有一个重要的、更大的故事需要讲述并被记住”。① 作家是在20世纪80年代中期加入为修复卡恩顿而建立的一个非营利性组织后开始意识到这个地方非同寻常的历史的，并且仔细研究了历史细节，不仅给读者推荐了历史学家的著作，还在专访中说道：

> 我遇到了一些（富兰克林镇）后代，和他们交谈，读了我能读到的东西。几乎所有的工作都是在田纳西州中部完成的。这里有许多优秀的历史学家和学者，如托马斯 · 卡特赖特和埃里克 · 雅各布森。威廉森县的历史学家之一里克 · 沃里克提供了宝贵的资源。关于这场战斗也有很多第一手的记述。当我着手研究的时候，大概有40多篇（部）关于富兰克林战役的重要论文和书籍。②

E. L. 多克特罗在创作《大进军》之前也做过大量阅读与研究。他曾读过历史学家约瑟夫 · 格拉特哈（Joseph T. Glatthaar）的《向海洋进军之后》（*The March to the Sea and Beyond*），该书从士兵的角度描述

---

① ［美］罗伯特 · 希克斯：《南方的寡妇》，张建平译，人民文学出版社2007年版，“作者按”第359页。

② Randy Rudder, “How a Historical Fascination Became a Best Selling Novel: Untried at Fiction, Robert Hicks Found a Way to Turn the True Story of a Civil War Matriarch into Compelling Fiction”, *Writer*, Vol. 120, Issue 2 (Feb. 2007).

了谢尔曼将军[①]作为军队统领领导的战争。多克特罗重点阅读过格兰特[②]和谢尔曼的回忆录，并在《大进军》获奖后的采访中盛赞谢尔曼，他说“谢尔曼令我着迷，他是一位优秀的作家，像格兰特那样出色，他们是我们能够读到的最棒的作家和将军”。[③] 多克特罗还查阅过内战中的士兵日记，加之曾经有两年在德国服兵役的经历，都帮助他精准逼真地塑造出小说中的细节。多克特罗非常热衷于研究历史和写历史，一生共创作十二部作品，其中多部作品串联起来了从南北战争开始到20世纪六七十年代美国历史的一些重大事件。

《上帝鸟》整部小说的故事以南北战争前的布朗起义为背景，詹姆斯·麦克布莱德也非常注重人物刻画的真实性。他在采访中说道：“废奴主义者并不像西部那些粗犷的人，也不像约翰·布朗本人。他们主要是到处演讲、参与政治，因此在这本书中没有太多位置。这是一本关于真实的人做着真实事情的小说，有一些情节是虚构的，但大部分是真实的，实实在在发生的。”[④] 在史料考证研究中，作家注意到布朗和道格拉斯[⑤]之间的好友关系，在小说中也着意展示这样的友谊，相互的信任以及布朗对道格拉斯最后没有参与行动的失望。

乔治·桑德斯的作品往往具有浓郁的现实主义气息，笔下的人物或者是美国历史上的失败者，被放逐者，或者是历史上的成功者，他们走上了通往荣誉、名望和财富的路径。[⑥]《林肯在中阴》再次聚焦于历史风

① 威廉·特库赛·谢尔曼（1820年2月8日—1891年2月14日）美国内战时期联邦军著名将领，陆军上将。地位仅次于格兰特将军。

② 尤里西斯·辛普森·格兰特，美国南北战争后期任联邦军总司令，后当选美国十八任总统。

③ Lev Grossman, “10 Questions for E. L. Doctorow”, *Time Magazine*, Vol. 167, Issue 10 (3/6/2006), p. 6.

④ https:// www. npr. org/2013/08/17/212588754/good-lord-bird-gives-abolitionist-heroes-novel-treatment.

⑤ 弗雷德里克·道格拉斯（Frederick Douglass，1817—1895）作家、政治活动家、美国废奴运动领袖。

⑥ Rando P. David, “George Saunders and the Postmodern Working Class”, *Contemporary Literature*, Vol. 53, No. 3 (2012).

云人物。小说以 1862 年 2 月内战期间，美国总统林肯 11 岁的儿子威利因伤寒症去世，作为父亲的林肯偷偷溜去公墓看望棺材中已经死去的儿子的历史故事为素材，表现了“那个时刻的内在精神”。[①] 在语言风格上，乔治 · 桑德斯力图真实再现。他曾苦学那个时代的说话方式，以致于小说写完后，必须重新学习现代英文。[②]

Laird Hunt 在写 *Never Home* 之前，同样做了很多研究，他指出了人们一个普遍误区。很多人习以为常地认为参战的士兵异乎寻常地了解眼前的战争，包括将军在哪里，敌人有多少，每个部队的装备如何。然而他所阅读的战争日志、信件却没有这方面的证据。恰恰相反，不少士兵往往很盲目地随波逐流，对将要参与的战争知之甚少。他在人物刻画时也注意到了这一点，笔下的主人公 Ash 通常只了解近在眉睫的一些具体情况，对整个战场更宏大的背景所知寥寥。关于人物刻画的真实细节，作家的观点给人留下了深刻印象，他说：“我广泛深入而且心满意足地阅读了内战的文献。但我没有理由用我所拥有的知识去影响 Ash 对内战的认知。”[③] Hunt 致力于表现出人物面对战争时从心理到行为转变的真实状态。

这些作家在回头重写南北战争之前，都阅读了丰富的史料，有着深厚的历史积淀，然而他们并非单纯为了写作而研究，而是被那段历史所深深吸引。这其中包含着对那些曾经叱咤风云的大人物，还有绝不向命运低头的普通人物的由衷钦佩、深深怜悯，或是更复杂的情感交织，更包含着对历史和当下问题的凝视和反思。多克特罗说：“如果你不能认真思索内战，就无法深入思考这个国家。内战所抹除的罪恶，内战所带来的罪恶，都是我们骨子里的基因。”[④] 因此，作家们首先是以严肃严谨甚

---

① 吴明益：《推荐序：无处可寻，故无处不在——关于〈林肯在中阴〉》，见乔治 · 桑德斯《林肯在中阴》，何颖怡译，时报文化出版公司 2019 年版，第 7 页。

② 何颖怡：《译后记——无奈的唠叨提醒》，见乔治 · 桑德斯《林肯在中阴》，何颖怡译，时报文化出版公司 2019 年版，第 494 页。

③ Hunt Laird, *Never Home*, New York: Little, Brown & Company, 2015, p. 254.

④ Lev Grossman, “10 Questions for E. L. Doctorow”, *Time Magazine*, Vol. 167, Issue 10 (3/6/2006).

至敬畏的态度回望内战、研究内战，力图从整体框架上呈现具体的一场战争、一个事件、一个人物的本原，同时注重把握特定时空下典型环境的客观与逼真，这种逼真甚至已经细化到19世纪中叶的风俗习惯、语言习惯以及交往习惯等。

二　注重南北战争典型环境下典型人物的塑造

卢卡奇将现实主义的创作特征总结为真实性、典型性和历史性，前文已经对当代南北战争小说中的真实性和历史性做了归纳，这些小说对于传统的继承和发展的另一个体现就是典型性，这其中包含典型的环境和典型的人物。典型环境是指能够反映现实中一些根本特点的有代表性的环境。恩格斯曾指出，除了细节的真实，现实主义的现实性“暗示的是对典型环境的忠实的再现”。[①] 巴尔扎克在讨论典型环境时指出，生活中的主要事件需要用典型表达出来，具体而言，有在种种式式的生活中表现出来的处境，有典型的阶段，[②] 而这就是他着意追求的准确。典型人物也是传统现实主义小说中必不可少的，巴尔扎克说在典型人物身上具有那些在一定程度上和他相似的人们最鲜明的特征，因而，“典型是类的样本”，[③] 在各种典型和很多他的同时代人之间可以找出共同点。典型环境和典型人物不是割裂的，现实主义作家倾向于从人物所处的宏观的社会历史背景出发，描写典型环境下典型人物性格的形成过程和本质特征，反映一个时代的基本风貌。也就是恩格斯所指出的现实主义需要“真实地再现典型环境中的典型人物”。[④]

当代美国内战小说在重写战争时注重描写典型环境中的典型人物。

---

① Wellek René, “The Concepts of Realism in Literary Scholarship”, *Neophlogus*, Vol. 54, No. 1 (1961).

② 马新国：《西方文论史》，高等教育出版社2002年版，第234页。

③ 巴尔扎克：《“一桩无头公案”出版序言》，转引自《古典文艺理论译丛》1965年第10期。

④ ［德］恩格斯：《致玛·哈克奈斯》，载马克思、恩格斯《马克思恩格斯选集》（第四卷），人民出版社1995年版，第684页。

作家在研究历史的基础上，主要塑造了四种典型环境：

（1）前线战场。主要是尽可能真实地再现战场厮杀的血腥残酷。这是各类战争小说中最常见的一类典型环境，不过，并不是当代内战小说中最主要的情境，甚至有的作品中关于战场的描写内容很少。当代作家更关注于战争背景下人的成长和蜕变，人性的压抑、扭曲和挣扎，人与外界关系的异化。相比起来，其他三种典型环境更便于展现人的细微的、渐进的变化历程。

（2）战地医院。主要描写战地医院救治重伤在身的伤员的恶劣环境，在《马奇》《南方的寡妇》《大进军》中都设置了战地医院中的情境，成为展示人物性格、心理活动以及人物关系发展变化的重要的典型环境。关于战地医院的描写，也得到了史料的支撑，据记载内战时期的医院比战场更加血腥，截肢手术是“内战外科的商标”，在葛底斯堡战役中，一些外科医生唯一在做的就是截肢，这些伤员大部分是17—20岁的青年，他们有些人把枪放到枕头下，为的就是保护四肢不被截掉。沃尔特·惠特曼在战争中对医院的走访或巡视超过600次，以各种方式帮助了10万多名士兵，也在他的诗集中记录下战地医院中的一些灾难性经历。路易莎·奥尔科特在华盛顿的前线医院做了一个月的护理工作，后因染上伤寒而回家养病，她在《医院速写》（*Hospital Sketches*，1863）中记录下了可怕的医学实践经历，在许多要点上，她的意见都跟惠特曼不谋而合。①

（3）漂泊在路上。这里应该置于整个战争背景之下来看待具体环境的形成，结合文本，又可分为“漂泊归乡”和“逃亡在路上”的情境。其中，《冷山》和《少年罗比的秘境之旅》都设置了“漂泊归乡”的典型环境，一个是逃离战场漂泊归乡，一个是少年赴战场寻父，漂泊往返之旅。《大进军》等则为多位不同的人物设置了“逃亡在路上”的典型环境。在海明威的《永别了，武器》中也有类似的主题和环境，但在

① ［英］保罗·约翰逊：《美国人的故事》（中卷），秦传安译，中信出版社2019年版，第101—103页。

传统内战小说中却不常见。

（4）战场后方的家园和乡土。这是与前线战场直接相对的一个典型环境。《冷山》中其中的一条主线是围绕艾达展开的，她放下了优雅的艺术追求，日日辛苦劳作，守护着家园，期许着恋人的归来。*Never Home* 中守望于家园的则是柔弱的丈夫。《南方的寡妇》中，麦加沃克在战后的几十年一直守候着家园，同时也是战亡士兵的墓园。

多部小说中同时出现了两个或两个以上的典型环境，更重要的是展示了环境与人物之间的密切关联。当代内战小说中每个重要人物的性格特征、心理活动、行为模式的生成都脱离不开战争下特定的典型环境的影响。与传统战争小说中的人物形象有所不同的是，他们又被赋予了当下的时代特质和精神，因此成为美国内战文学中代表一个群体的新的典型形象，如第三章所讨论的新的历史人物形象、新的英雄形象，第四章所讨论的新的女性形象等。

三　当代南北战争小说对于传统现实主义叙事模式的继承和发展

当代内战小说继承了传统现实主义小说模仿和再现历史现实的传统，与之相应的是，这些作品整体上遵循着传统现实主义的叙事模式，总的来说，包括小说情节的完整性、叙述的连贯性和故事的可读性。[①] 这样的叙事模式，有助于真实全面地再现历史。从完整性来看，每一部小说都有始有终，有比较明确的开端、发展、高潮和结局。从连贯性来看，各部小说的情节都有清晰的因果逻辑关系和线性发展的时间顺序。有的小说是两条线索并行推进，如《冷山》中英曼的归程和艾达在家乡的守候两条主线并存，《林肯在中阴》中现实世界和中阴鬼魂界的故事并存，而像《大进军》《南方的寡妇》更是多条线索交替推进，但都没有影响到叙述的前后连贯性和故事展开的

① 王守仁：《新编美国文学史》（第四卷），上海外语教育出版社 2002 年版，第 244 页。

有序性。从读者接受角度来看，传统现实主义的叙事方式确保了作品的可读性。

以上是对现实主义叙事模式的继承，除此之外，从审美价值再发掘的角度来看，19 世纪西方成熟的现实主义作品大多讲求完美的故事结构和曲折动人的故事情节，因为情节和结构不仅仅是文学形式，它们被视为“呈现复杂而深邃的人类社会与人的精神生活的载体”。[①] 今日的新现实主义小说同样注重情节的曲折动人与结构的完美设置，并且将拼贴、蒙太奇、马赛克等写作技巧和一些文字实验融入现实主义的整体叙述风格中，二者衔接有效而巧妙，这样有助于作品在真切地关注现实生活时，展示错综的社会关系，深刻揭示新的时代、新的生存环境下人的复杂多变和焦虑不安的精神情感世界。当代大部分内战小说在一定程度上继承和发展了这一点，注重情节的悬念铺设、跌宕起伏，虽然谈不上完美精致，但也不会像 20 世纪的西方现代主义、后现代主义文学那样呈现解构故事本身和淡化情节的倾向。一句话，当代内战小说总体继承了传统现实主义注重结构与情节的倾向，整体结构是稳定的、完整的、清楚的，在局部尝试着各种叙事创新，一些情节是精心设计、扣人心弦的。整体和局部巧妙的衔接组合不仅形成了形式上的审美效果，更有利于比较逼真地呈现那段历史。

总之，批评家普遍认同的美国现实主义的三大要素，即基于观察和历史文献而来的细节真实，情节、环境、人物的行为符合常规，对人性的表现采取客观的态度，[②] 在诸多当代新现实主义风格的南北战争小说中依旧清晰可见。同时，对于传统现实主义的继承还体现在对战争的人道主义批判和哲思上，对于一些与战争相关问题的持续关注上，这将在后面章节专题讨论。

---

① 蒋承勇：《“说不尽”的“现实主义”——19 世纪现实主义研究的十大问题》，《社会科学战线》2021 年第 10 期。

② Becker J. George，“Realism：An Essay in Definition”，*Modern Language Quarterly*，10（June 1949），pp. 2 – 6.

不过在讨论对于传统的继承时，不应局限于一般意义的现实主义，还应细化到对内战文学中的现实主义的继承与革新。美国的内战小说的诞生和发展与美国的现实主义相生相伴，从一开始就烙下深刻的现实主义印记。美国现实主义虽然在19世纪后半叶逐渐成熟，而其根源或可追溯到19世纪50年代的废奴叙事，这些作品揭露了奴隶制黑暗的社会现实，起到了对抗西方文化中塑造的黑人神话的作用（combating the myths regarding blackness in western culture）。① 内战期间，又出现了所谓的“解剖式现实主义”（anatomical realism）的文本，如战争日记、信件、回忆录，忠诚地捕捉到战争和生活的细节，反映战争对人的摧残，这些文本成为了内战文学中现实主义元素的根源和范式。战争的残酷与暴力超乎人们的想象，19世纪晚期的作家，如Stephen Crane，John William De Forest，and Ambrose Bierce等人的作品，以及在Harper's和Atlantic等期刊登载的小说、诗歌、散文都力图展示真实的战争，并且尽可能地以“去浪漫化”（deromantize）的方式去描述战争，契合了“走到幕后”（going behind the curtain）的现实主义主张。所谓“走到幕后”就是要逼真地描述伤残的身体、血染的战场，挑战了美国社会普遍弥漫的英雄主义、浪漫主义的战争观。② 进而，Finseth提出“内战现实主义”（Civil War realism）的概念，认为准确地传递战争的深层心理和文化意蕴需要新的表征现实的策略，这种策略应能够敏感地捕捉到主观性对于现实的扭曲。内战现实主义不仅应该在文本上记载下“真实”，比如伤员的神情、战斗的进程，还需挖掘意识本身（知觉、感情、想象、记忆等）如何决定战争现实的书写和存续。③ 由此可见，现实主义在内战文学中一直存在，

① Finseth Ian, "The Realist's Civil War", in Coleman Hutchison, eds., *A History of American Civil War Literature*, NY: Cambridge University Press, 2015, p. 72.

② Finseth Ian, "The Realist's Civil War", in Coleman Hutchison, eds., *A History of American Civil War Literature*, NY: Cambridge University Press, 2015, p. 64.

③ Finseth Ian, "The Realist's Civil War", in Coleman Hutchison, eds., *A History of American Civil War Literature*, NY: Cambridge University Press, 2015, p. 71.

且不是固化的、一成不变的模式，反之内战文学的发展也促进了美国现实主义文学的发展。从最初的对奴隶制的批判，到内战结束后一段时期出现的现实主义加浪漫爱情浪漫传奇模式的叙事，再到19世纪晚期“去浪漫化”再到注重人物主观性的现实主义，可以说，“内战现实主义”的内涵随着时代的变化也在变化，呈现出动态性和开放性。因此，在谈及对现实主义的继承时，需要看到当代的内战小说从不同时期内战小说中都继承了什么，继承后又有了怎样的变化和革新。

第三节　当代南北战争小说创作的突破与创新

当代内战小说创作上的突破与创新之一体现在题材的多样性，除了以一场战役、历史事件、历史人物为背景，以写实为重的传统题材之外（如《大进军》《南方的寡妇》《上帝鸟》等），还有以往内战小说中很少见的探险题材（Adventure Fiction）《少年罗比的秘境之旅》，鬼魂和魔幻题材的《林肯在中阴》，包含了间谍题材的 *Harper's Donelson*（2020）。当代内战小说不仅题材丰富，而且在艺术形式上有各种突破，主要体现在叙述的视角、文体风格等方面。

一　叙述视角的多元化

当代美国南北战争小说不再局限于传统的上帝全知的外视角，而是体现了叙述视角的多元化，最突出的一点就是在叙述中会由多个不同的甚至矛盾的视角共同构建故事全貌。申丹在梳理了热奈特、曼弗雷德·雅恩等学者沿着不同方向提出的视角分类后，按照观察者是处于故事之内还是故事之外划分为“外视角”和“内视角”两种，并进一步细分为九种视角，其中“外视角”包括：1）全知视角，2）选择性全知视角，3）戏剧式或摄像式视角，4）第一人称主人公叙述中的回顾性视角，5）第一人称叙述中见证人的旁观视角，“内视角”细分为：6）固定式人物有限视角，7）变换式人物有限视角，8）多重式人物有限视角，9）第一人称叙述中的体验视角。[①] 本书参照了这种分类方式，并结合文本分析，发现其中2）、3）、4）、5）、8）、9）几种视角在当代内战小说中会反复交替出现。除了视角的多种变化之外，有的小说还在整体和局部采用了不可靠的人物的不可靠叙述的视角。

（一）多重视角的叙述

小说《马奇》分为两个部分，叙述的主视角先后发生了三次变化。第一部分第1—13章主要由马奇以第一人称叙述，第二部分第14—17章以马奇的妻子玛米的第一人称视角进行叙述，最后的第18章、第19章再次转换为马奇作为第一人称叙述视角。其中马奇的部分在第一人称叙述中的体验性视角中，还穿插了回顾性视角，即“作为主人公的第一人称叙述者从自己目前的角度来观察往事”。[②] 由于现在的“我”（马奇）置于往事之外，因此，这是一种外视角。小说最巧妙的就是设置了夫妻二人两个不同的“我”的视角。在小说前半部分，读者被带入马奇这个“我”的视角，去看待家庭关系、奴隶制问题、战争问题。然而，令人惊讶的是，在小说后半部分，读者从玛米这个“我”的视角中，看到了她与丈夫对待相同问题截然相反的观点。有些观点是通过玛米的心理活动表露的，完全出人意料，因为在马奇的讲述部分，夫妻二人看上去是如此地琴瑟和谐。不同视角的设置令读者嗟叹，表面平静顺和的二人，实则情感的潮流暗涌，隔阂已深却从未有效沟通，这才是这个家庭的本真面目。值得一提的是，在以马奇为叙事人的前半部分文体上也很有特色。故事的讲述由书信和叙事交叉进行，这些信都是写给妻子玛米的家信，写的或是当下正经历的战事或是奴隶种植园中的见闻。而叙事部分娓娓道来，有些是回忆，如第三章和第四章，这样在这两章中，就从信

① 申丹、王丽亚：《西方叙事学——经典与后经典》，北京大学出版社2010年版，第95—97页。

② 申丹、王丽亚：《西方叙事学——经典与后经典》，北京大学出版社2010年版，第95页。

件描写的当下直接跳跃到马奇对于过去的回忆；其余章节的叙事部分讲述的则是眼前的见闻和思索，于是在书信和叙述部分又形成了无缝对接。

《南方的寡妇》的叙述视角更具特色。小说以几个关键人物的视角共同呈现富兰克林之战的前前后后，并在每一章交替地以一个人物的视角为主线推动情节发展，其中最主要的是卡丽·麦加沃克和扎卡赖亚·卡什维尔两人的第一人称叙述主视角，包含了回顾性视角，见证人的旁观视角和体验视角。同时，还穿插了有限全知视角和南北方士兵的第三人称人物的有限视角。对此，罗伯特·希克斯曾调侃说“如果我知道如何从一个全知视角去写作，我会这样去做。但我从不知该怎样使用这样的视角”。[①] 实际上，这种别具匠心的视角的使用具有几重作用。第一，小说中大部分篇幅都使用的是第一人称体验式视角，这种视角“通过人物正在经历事件时的眼光来观察体验，因此可以更自然地直接接触人物细致、复杂的内心活动”。[②] 这样细腻的心理描写在小说中随处可见，给读者带来的阅读体验是，可以直接进入麦加沃克和卡什维尔丰富的精神世界，跟随他们观察和思考战争、情感、生死。比如当麦加沃克屏息听着弗雷斯特将军走入自己家门并自言自语说着什么时，她思绪飞扬想到了已故的孩子，感情真挚而动人：

> 亲爱的妈妈：
>
> 我们失去了玛莎，她去跟我们的主耶稣团聚了。我一直守在她的身边。即便在奄奄一息的时候，她还抓住我的手说，一切都会好起来的。我不必担心，她说，我们的救世主会带她回家。然后她从床上稍微抬起点身子，看着上天，微笑着，然后倒下去，死了。她

① Randy Rudder, “How a Historical Fascination Became a Best Selling Novel: Untried at Fiction, Robert Hicks Found a Way to Turn the True Story of a Civil War Matriarch into Compelling Fiction”, *Writer*, Vol. 120, Issue 2 (Feb. 2007).

② 申丹、王丽亚：《西方叙事学——经典与后经典》，北京大学出版社2010年版，第104页。

临终时很安静。她非常美丽。(30)

第二，使用不同人物的不同视角提供了对同一事件的多重审视。同时，交叉视角的使用还有助于营造小说的叙事氛围。小说共分为三大部分，这种营造氛围的作用在前两部分尤为明显。第一部分讲述的是1864年11月30日从黎明到黄昏的一天。其中前九章聚焦于战争开始前南北军的备战和小镇居民的生活。作家在每一章通过将同一时刻不同人物视角的观察与叙述进行蒙太奇式的时空并置，从多角度渲染了战前的紧张与压抑，并缓缓推动着时间线由早到晚的前行。从第十章到第十七章和整个第二部分，则分别采用了几位参战士兵、麦加沃克太太和卡什维尔的第一人称主视角以及其他一些小镇居民、麦加沃克家的成员第三人称视角，不同视角共同呈现了战场上极度疯狂血腥的氛围和战后临时做战地医院的卡恩顿大屋内伤病累累的惨状。多重视角彼此交织，给予了读者身临其境的体验，战争带来的压抑感、危机感扑面而来。第三，这样的叙事处理方式既可把握宏观的格局与框架，又可雕琢微观的细节与状态。外在的有限全知视角可带领读者俯瞰富兰克林之战的全局，内在的第一人称、第三人称有限视角则让我们深入最重要人物的心理现实，体验他们于战争洪流之下的所思所想、所感所悟。

《大进军》主要采用了选择性全知视角，即全知叙述者选择限制自己的观察范围，往往仅揭示一位主要人物的内心活动。很多英美现当代短篇小说都选用这一模式。[①] 小说不是以一个或几个人物为核心而展开的，而是几十个人物的命运随着进军一一铺展开来，每一章都是讲述其中几个人物的故事，但故事在这一章并没有完结，下一章又讲述其他人物故事，几组人物故事交替出现，共同推进小说情节，直到进军结束。这样每一章也就如同一个短篇小说或者中篇小说的一部分，整部小说就

① 申丹、王丽亚：《西方叙事学——经典与后经典》，北京大学出版社2010年版，第95页。

如同将若干中短篇小说拆分后重新拼装在一起。在每一章中，都有一位可以洞察一切统领全书的全知叙述者，不过这个叙述者的观察范围受到了限制，随着情节的铺展，仅仅揭示一位或几位人物的心理活动和行动。小说中还会有视角的变换，从主要的选择性全知视角切换到第一人称回顾性视角或第一人称体验式视角。例如，当谢尔曼在要塞的地窖看到躺在死人旁边的士兵，他开始了一段关于生死的思考，随着这种思考的深入，视角也发生了变化。起初是选择性全知视角，以第三人称“他”的叙述而展开，然后又转换到第一人称体验式视角“我们并不知道它除了是一种深深的耻辱之外还是什么，我们生来就不理解它”。似乎在自言自语，又似乎在沉思，进而是一大段以“我”为视角的叙述，意识流动从总统会怎样看待死亡，到士兵怎样看待死亡，到女性对于死后的认知，到回想战争中生命的无常，再到自己死去的儿子，最后想到了战争对于他的意义“我要在我正在进行的这场充满杀戮的战争中夺取永生。我要世世代代地活下去”。虽然全知视角也能展示人物的内心活动，但毕竟不如通过人物当前正在经历体验或者回顾性的第一人称视角来观察和思考问题来得自然真切、细腻透彻。这样的视角切换在小说中还有多处，使得读者可以一步一步、非常深入地走入不同人物的内心。其实，除了叙述视角之外，多克特罗在多部作品中还从不同方面进行叙述技巧的实验，比如在《拉格泰姆的时代》中，他以马赛克的拼贴方式，交替推进3条情节线索，将虚构的人物和历史上的真实人物糅合在一起。在《潜鸟湖》（*Loon Lake*，1980）中，也摒弃了线性叙事，围绕着不同的中心事件相继展开，探讨了爱情、金钱、欲望等主题。

《林肯在中阴》中全篇没有全知叙事者，更像是戏剧式或摄影式的视角，也就是故事外的叙述者“像是剧院里的一位观众或像是一部摄像机，客观观察和记录人物的言行”。[①] 这样的叙述视角，在现代主义作家

① 申丹、王丽亚：《西方叙事学——经典与后经典》，北京大学出版社2010年版，第95页。

海明威的短篇小说中常常使用，如《杀人者》《白象似的群山》。以《白象似的群山》为例，小说中男女主人公在火车站前讨论一个简单手术的问题，然而他们从何而来，将到何处去，之前发生了什么，各自的性格特点如何，都一概不知，也没有一个全知的叙述者告诉读者这一切，只是如同架了一台摄像机，拍摄下他们争论的全过程。桑德斯在小说中也采用了这样的摄影式视角，特别是在中阴界的叙述中没有一个外在的叙述者，没有任何的背景介绍和评论，全部是鬼魂的对话，作家只是记录下了众鬼魂你一言我一语的喧嚣，仿若一幕热闹的话剧，读者也只能从这些对话中知晓人物的前世生活、性格特点和内心活动。创作《林肯在中阴》之前，桑德斯长期从事短篇小说写作，他还常常亲自为自己小说的电子有声读物配音，[①] 使其呈现出广播剧的形式。他的作品也确实一定程度上有声话剧的特点，这里没有一个高高在上的权威声音引领读者，而是166个人物先后登场，交替发声，其中以罗杰·贝文斯三世、汉斯·沃门和艾维力·汤姆斯牧师三个人物为主，常以他们的对话引入新的人物登场或者推动情节前进，因此，故事讲述似乎常常进入这几个固定人物的有限视角，不断转换。不过，中阴界部分总体上还是外在的戏剧式摄像式视角。这样的处理方式比较利于小说主题的表达，摄像式的外视角本身具有较强的逼真性、客观性，而将该视角用于一个完全虚构出来的世界，则营造出一种特殊的真实感，似乎这喧哗吵闹、荒诞诡谲的中阴界真实存在，仿佛就是现实世界的一个缩影，可以说某种程度上象征了四分五裂、血流成河的联邦。

（二）叙述视角的不可靠性

"不可靠叙述"（或译为不可信叙述）是韦恩·布斯在《小说修辞学》中提出的一个概念，指"当叙述者为作品的思想规范（亦即隐含的作者的思想规范）辩护或接近这一准则时，这样的叙述者称为可信的，

---

① Biedenharn Isabella, "How George Saunders Got the Greatest Audiobook Cast in History for *Lincoln in the Bardo*", *Entertainment Weekly*, (17 Feb. 2017).

反之，称之为不可信的”。[①] 也就是说，布斯认为在作者创作的不同作品中，都有一个代表作家立场和态度的“第二自我”，即隐含的作者。当叙述者的言行与隐含的作者的思想规范相近或相同时，叙述者是可靠的，如果两者相反或不一致，叙述者就是不可靠的。值得注意的是，布斯是在探讨叙述者与作者、人物、读者之间的 5 种距离时提出的不可靠叙述的概念的，并且指出不可靠的叙述者与隐含作者之间的距离是最重要的一种距离。进而，布斯提出了两种不可靠的叙述类型，一种涉及故事事实，另一种涉及价值判断。在他看来，当某个事实通过作品中的人物叙述而传递时，读者需要判断究竟是否为客观事实，是否被人物的主观性所扭曲。[②] 后来，布斯的学生费伦对不可靠叙述的界定做了进一步拓展，包含了“事实/事件”轴上的不可靠报道，“价值/判断”轴上的不可靠判断和“知识/感知”轴上的不可靠解读。《南方的寡妇》中的一些情节是由人物的不可靠叙述推动的，《林肯在中阴》鬼魂人物众多，一些前世有严重道德瑕疵，满嘴污言秽语的鬼魂的讲述同样不可靠，而《上帝鸟》从头至尾整个故事都是由一个不可靠叙述者讲述的。

在《上帝鸟》中，作者詹姆斯·麦克布莱德设置了一个“我”，是心智发展不成熟，阴差阳错被迫伪装成女性的黑人孩童“洋葱头”，他以第一人称体验式的视角讲述约翰·布朗的故事。这个“我”的身份则很可疑，相应的，他的叙述也并不可靠。按照布斯的理论，首先从事实轴来看，便是“我”的真实性以及他所讲述的故事的可信性。在小说伊始，作家便以“罕见黑人历史资料重见天日”为序言揭示了“我”（洋葱头）的来历。在麦克布莱德的笔下，这些历史资料的曝光过程并不寻常：

（美联社）特拉华州威明顿市 1966 年 6 月 14 日报道：一场大火

① ［美］韦恩·布斯：《小说修辞学》，华明、胡晓苏、周宪等译，北京联合出版公司 2017 年版，第 148 页。

② 申丹、王丽亚：《西方叙事学——经典与后经典》，北京大学出版社 2010 年版，第 82—83 页。

> 烧毁了该城最古老的黑人教堂，却让一份内容离奇的黑奴记载资料得以重见天日，该资料精彩地描写了一段鲜为人知的美国历史。

这份资料是由小说中的“洋葱头”亨利·沙克尔福德口述，教堂信众同时也是由一位厨师兼业余历史学家的希金斯记录的。资料中所记载的其实就是小说后面的主要内容。然而作家却似乎有意让读者对资料的真实性抱有疑问。记录者希金斯本身就与众不同，生前被教众称呼为“奇葩老执事”，他“是本地议会会议的一大奇观”，人们甚至不知他去世时的确切年龄。而他记录下的“洋葱头”的信息的准确性更是令读者疑惑，“记载这段生平的时候，沙克尔福德先生的年龄是一百零三岁，但他又写道‘也许不止这个岁数。洋葱头比我年长至少三十岁’”。因此，教众们宣布“计划将沙克尔福德先生的生平交给一位黑人历史专家进行甄别”。相应地，通过“洋葱头”之口叙述的故事中也充斥着各种疑点。比如，他以带有童稚的口吻讲述了著名的废奴主义者费雷德里克·道格拉斯被他的性别伪装所迷惑，企图非礼霸占他的全过程。道格拉斯一边义愤填膺地谈论着白人奴隶主对黑人的压迫，一边步步紧逼，贴近“洋葱头”的身体，意欲动手动脚。“洋葱头”则机智地表示希望和道格拉斯饮酒放松，并凭借强劲的酒量喝倒了道格拉斯，而逃过被侵犯和被发现私密的结局。这样的故事听来颇为荒诞，难以取信读者，麦克布莱德本人在专访中也直言不讳地说道：“我相信道格拉斯本人不可能在起居室中喝着威士忌去追一个 12 岁左右的男孩或女孩，和那个时代的大多数男性一样，他对妇女抱有陈旧的观点，看一看这些人可能会如何表现是很有趣的。”①

除了真实性之外，就是这个“我”对事件的价值判断的可靠性问

---

① Goldenberg Judi, “Pw Talks with James Mcbride—Flawed Heroes”, *Publishers Weekly*, Vol. 260, Issue 28 (July 2013).

题。“洋葱头”一直男扮女装，教众都以为他是个女人。在希金斯的记载中，他“涎皮赖脸，瞎碰一个名字叫蜜桃的小鬼……”，而且还有“一颗恶棍的心”。在故事推进中，“洋葱头”无时无刻不在伪装自己，掩饰真实身份，谎言也便成了这位叙述者的“家常便饭”。这其中固然有自我保护自我防卫的原因，但当他面对布朗憨厚老实甚至有点傻里傻气的儿子弗雷德时，依旧是谎话连篇，以至于他在和布朗父子相处时，形成了“该信的不信，不该信的轻信”的关系。在派克斯维尔镇用作妓院的旅馆中，“洋葱头”靠着伪装身份骗过很多身边人，过得如鱼得水，不仅远离旅馆后的奴隶窝棚，而且在面对那些黑奴时还表现出高高在上的姿态。这样一个不那么道德的“我”所引起的问题是，他的叙述是否可靠，是否对于事件给予了恰当的伦理判断。

布斯认为叙述者和隐含作者之间的距离可以是道德上的、理智上的、身体上或时间上的。[①] 麦克布莱德在小说中安排了这样一个黑人孩童作为叙述者可谓别具匠心。“洋葱头”不仅生活的时空远离作者，而且在身体、心智上也远未成熟，更由于本能防卫外加习惯性伪装使得其道德水准存疑。这种巧妙的人物设置似乎意在说明叙述者的言行大大偏离隐含的作者的思想规范，根本无法代表作者对于历史的认知和判断，他的讲述无论是从事实轴还是从价值轴来看，都存在诸多的不可靠性。因此，对于读者来说，“我”所口述的堪萨斯之战和布朗起义相关故事细节的真实性、准确性及其中所夹杂的道德价值取向需要特别加以甄别判断，也留下了更多的阐释空间。

二　语言风格方面的突破

当代内战小说还在语言风格方面寻求突破。这种突破有对现代主义

---

① ［美］韦恩·布斯：《小说修辞学》，华明、胡晓苏、周宪等译，北京联合出版公司 2017 年版，第 146 页。

陌生化手法、疏离感理念的吸收，有对后现代主义实验创新技巧、杂乱去中心化理念的汲取，却又不是完全照搬，同时兼顾了传统现实主义所追求的真实感。主要包括了如下两种形式。

一类作品吸取了一些现代主义作品的语言风格。现代主义小说叙述的片段是从多种多样的生活经验中提取的，包括一些被认为不适合放在传统文学作品中的东西，与之相随的是使用了看似不入流的语言，包括那些黑人、未受过教育或口齿不清的人所说的粗俗不堪的俚语、方言等，传统的高雅的文字一直被看作是表达真理和文明的声音，在现代主义中却失去了权威。或许正是因为如此，海明威说，现代美国文学的传统从马克·吐温的《哈克·贝利费恩历险记》开始，吐温的小说里美国地方方言逐渐取代当时统治美国文坛的英国习语，使用各种构词手段首创了4000多方言词汇，句子层面善用平行、不完整句，十分口语化，人物对话特别注重幽默和讽刺效果。这样的语言风格在《上帝鸟》中都有体现，因此众多的评论都将两部小说联系到一起。还有的作品则是从语言表达层面，在现实主义与现代感之间寻求平衡。在《冷山》中，查尔斯·弗雷泽刻意使用了一些属于过去时代，现在已不再使用的词语，如piggin，spurtle，keeler等。由于故事的背景设置于阿巴拉契亚山脉南侧，作家还特意寻求属于那一个地区的语言感觉——一种特有的语言节奏。他说，他想发掘的是特定地域语言中的音乐感而不仅仅是语言和发音上的异常。弗雷泽回想起的是孩童时期，老人们的交谈方式，他们拥有真正的阿巴拉契亚的口音，在作家的耳中如音乐和律动一般。① 这样的处理，可以尽力消除时间与空间的隔阂，比较逼真地呈现内战时期美国南方的乡土风俗，承继了现实主义的传统。同时，作家还特别强调，他意欲在语言中营造出一种奇异性、他者感（a sense of otherness），让读者体验到的是一个不甚了解、截然

---

① *An Interview with Charles Frazier*, https://www.bookbrowse.com/author_interviews/full/index.cfm/author_number/239/charles-frazier.

不同的物质世界。[①] 这便有了俄国形式主义所提出的“陌生化”的意味。什克洛夫斯基在《作为手法的艺术》中说：“艺术的手法是事物的‘反常化’手法，是复杂化形式的手法，它增加了感受的难度和时延。”[②] 弗雷泽就是通过词汇的选择、语言节奏的掌控、语言音乐感的营造来延长感受的过程，增大感受的难度，形成独特的陌生感。因此《冷山》中语言风格的选用，从目的上看可以极尽真实地反映内战中的点点滴滴，从理念上看体现了作家创作的现代意识。其他的作品中也有类似的处理方式。杰拉尔丁·布鲁克斯为了决定《马奇》中不同人物的说话口吻，先后参考了托马斯·诺克斯的《篝火与棉田》、哈丽雅特·雅格布斯的《一个女奴隶自己撰写的、她生活中的事件》。罗伯特·希克斯在创作《南方的寡妇》时，尝试复制重现 19 世纪的南方方言，为此他翻阅了当时的信件，特别研究了一些文化程度很低的人所写的信，发现他们通常按照语音特征（phonetically）进行书写。[③] 这样的处理方式，既遵循了现实主义传统，从语言风格上客观逼真地再现了时代的整体风貌和气质，又赋予了作品以跨越时空的极具现代性的陌生感、疏离感，延长了审美时间，增强了审美强度。

另一类作品在语言使用上尝试了颇具后现代风格的更大胆的写作实验。《大进军》的语言特色体现在话语的使用上。叙述话语是一部小说中的重要组成部分，在传统小说中，作家可以通过人物对话来塑造人物，推进故事情节发展，读者可以通过人物话语来判断人物的性格特征、身份特征等。诺曼·佩奇在其专著《英语小说中的人物话语》中，将话语分为了直接引语、被遮蔽的引语、间接引语、平行的（parallel）间接引

---

① *An Interview with Charles Frazier*. https://www.bookbrowse.com/author_interviews/full/index.cfm/author_number/239/charles-frazier.

② ［俄］什克洛夫斯基：《作为手法的艺术》，载什克洛夫斯基等《俄国形式主义文论选》，方珊等译，生活·读书·新知三联书店 1989 年版，第 6 页。

③ Randy Rudder, "How a Historical Fascination Became a Best Selling Novel: Untried at Fiction, Robert Hicks Found a Way to Turn the True Story of a Civil War Matriarch into Compelling Fiction", *Writer*, Vol. 120, Issue 2 (Feb. 2007).

语、有特色的间接引语、自由间接引语、自由直接引语、从间接引语"滑入"（Slipping into）直接引语8种，而不同的话语形式则会产生不同的意义和效果。[①] 多克特罗在小说中除了偶用间接引语、自由间接引语，主要使用的是直接引语（不带引号）和自由直接引语。自由直接引语忠实记录人物话语，不带引导句和标点符号。有学者也将仅省略引号或仅省略引导句的表达形式划归为自由直接引语，[②] 实际上这是一种处于直接引语和自由直接引语之间的"半自由"的形式。[③] 按照这一标准，大进军中大部分使用的是自由直接引语和"半自由"式的引语。作家将两种引语无缝衔接地糅合进小说的叙述中，"形式"服务于小说主题的表达，赋予了"内容"以新的意义，形成了进军持续向前的流动感、无停歇的急迫感。而在小说情节的一些关键时刻，作家还将变化的叙述视角和两种引语交替使用，以一种形式上的错乱感有力地表达了人物内心激烈的情感。比如下面一段，艾米莉在离开相处一段时间的军医萨特里厄斯之前，内心的蕴含着无比的愤懑：

①Had he said anything but what he said, had I been given the chance to change my mind, had he told me how much I was needed, had he tried to convince me that there was some attestable humanity in all of this, I would have stayed. I would have continued with him.（这一句使用了自由直接引语，以艾米莉的视角来看待相处的这段时光，表达出她愤怒的控诉，对萨特里厄斯已忍无可忍，他们之间短暂的感情即将告终。）②Two A. M.? Not an hour at which calm and rational decisions are likely to be made, he said（引用萨特里厄斯的话语，是介于自由直接引语和直接引语之间的半自由形式）③His watch in his

① Page Norman, *Speech in the English Novel*, London: Longman, 1973, pp. 35 - 38.

② Leech Geoffrey and Michael Short, *Style in Fiction*, London: Longman, 1981, p. 322.

③ 申丹、王丽亚：《西方叙事学——经典与后经典》，北京大学出版社2010年版，第147页。

hand and this—Emily in the doorway and dressed in the black mourning she had worn the night she rode from her home, at her feet her portmanteau—this, like everything else subject to diagnosis.（加入一句作家全知视角的叙述，描述了二人此时此刻一触即发的对峙状态下的一个静态画面）④I was overtired, possibly hysterical, and acting rashly. What was to be done? A sedative? Brandy? A caress? The pained, wondering look in those widened exquisitely ice-blue eyes. Had he neglected me? I wanted to touch my hair, arrange my dress. I felt ugly and grown old. On his tunic were the darker stains of Union blood. He' d been making notes.（由前句的全知叙述，跳入艾米莉第一人称体验式视角，这里似是她激烈的内心活动，又似她喃喃自语，表达内心的强烈不满。此句使用了自由直接引语。）⑤You must not reduce life to its sentiments, Emily. I have just seen a man with a spike protruding from his skull. Imagine! Propelled by a bursting fire of some sort, an explosion, with such force as to drive into the brain. And yet the patient smiles, he converses, he has all his faculties. Except the one. He remembers nothing, not even his name. You must tell me what that means.（使用自由直接引语，从前句直接跳入了萨特里厄斯的话语。艾米莉情绪已经非常不稳定，而萨特里厄斯却以一种缺乏人文关怀的冰冷理智谈论着一个特殊的战场伤员。）⑥It means he is fortunate, I said.（同前方的第二处）⑦A smile.（可以是选择性的全知视角，也可以是艾米莉的视角。从上下文来看，更应是后者，即从艾米莉的眼中看到的笑容和后续一切。两个单词，言简却意味着更大的爆发即将到来。）……Of course, I knew I was going from something to nothing. I knew what comes of principled feeling. It is a cold, dark life, the life of principled feeling. It is my brother Foster's life in the grave. But I wanted to go home, if it was still there, and to walk the rooms and remember what the

Thompsons had been, and reread the books and hold again the things I held dear, and live alone and wait there for that army of which this army on the march is just the fanfare. I had not yet seen the orphan asylum. I had not seen the children alone but for the black woman. I wanted to go home and sit and wait. I would say goodbye to dear Pearl. I would admit to Mattie Jameson for the last time that I was indeed Judge Thompson's daughter from over in Milledgeville（以艾米莉第一人称体验式视角，再次转入她的所思所想，再次使用自由直接引语，不过与前述不同的是这句交叉使用了一般现在时、一般过去时、过去完成时等时态，表明此时她的思绪已经非常混乱，情绪近乎崩溃。）……

这里可以和19世纪现实主义小说《简·爱》中，简爱反驳罗切斯特的那段铿锵有力的话语进行比较：

"I tell you I must go" I retorted, roused to something like passion. "Do you think I can stay to become nothing to you? Do you think I am an automation?—a machine without feelings? and can bear to have my morsel of bread snatched from my lips, and my drops of living water dashed from my cup? Do you think, because I am poor, obscure, plain, and little, I am soulless and heartless?—You think wrong!—I have as much soul as you,—and full as much heart!"

两部小说都表现出女性人物的不满和愤怒，表现出她们的成长和女性意识的觉醒，但形式却截然不同。在《简·爱》中完全是通过直接引语，以大篇幅人物对话的方式表达出情感和态度，这是一种最传统的方式。而在《大进军》中，作家则突破了形式的约束，使用了自由和半自由直接引语，两种引语呈现出的既像是艾米莉不断延展的意识流动和激烈的内心活动，又像是她声嘶力竭、持续不断的控诉，但究竟是其所言所语还是所思所想，边界已然模糊，读者也无法准确辨清是哪一种。奔涌的思绪和话语似乎交织在了一起，时而外在静止内心翻腾，时而势不可当地大爆发将心里话倾泻而出。萨特里厄斯的言语部分则表现了这个人物的冰冷、机械、无情。两种引语形成了高密度的话语空间，带领读者直抵艾米莉的内心，感受到她不断升级、无法抑制的怒火。更重要的是叙述视角的来回切换配合自由直接引语、半自由直接引语的使用，形成了一种形式上的凌乱感、压迫感。也就是说，作家没有像传统现实主义那样，单纯地以人物话语和心理活动来表达人物的情感，而是通过形式上的凌乱感，映衬了艾米莉此刻内心的凌乱、焦躁和失落。

语言风格的突破在《林肯在中阴》中体现得更加淋漓尽致，甚至某种程度上可以说，这是目前语言最具颠覆性的一部美国内战小说。小说中166个出场人物众声交杂，译者何颖怡在译后记中梳理了描写不同人物时的行文风格：主角威利·林肯思绪飞扬时没有标点，作者以空格取代断句；有人讲话，形式仿古，亦无标点；中阴界叙述者，作者均以姓名小写处理；有人讲话，处处激昂夸张，句中词语全部大写不断（史东中尉）；有人思维跳跃，不断以括弧插入；有人似乎气喘，总是破折号插入；有人文质彬彬，行文仿文艺复兴体，又极端疲惫恐惧，错字连篇；有的下里巴人，脏话连天。[①] 比如墓园守夜人曼德斯看到林肯来祭奠死去的孩子的那个场景。曼德斯的意识是由半睡半醒向逐渐清醒过渡的，因此前一部分的意识流动如同在梦境中，并无标点符号，后一半才有了断句和标点。黑人 Elson Farwell 生前在奴隶主面前卑躬屈膝、忍气吞声，努力做好每一件工作，期盼能得到主人赏识，改善自己的生活，他死后满心悲怨，痛恨命运的不公，恨不得能有机会报复自己的主人。Farwell

---

① 何颖怡：《译后记——无奈的唠叨提醒》，见乔治·桑德斯《林肯在中阴》，何颖怡译，时报文化出版公司2019年版，第493页。

似乎一边倾诉，一边思绪飘荡，口头讲着眼前事，脑中意识自由流动，语言形式上体现为一个接一个括号的使用，“Lying there it occurred to me with the force of revelation, that I (Elson Farwell, best boy, fondest son of my mother) had been sorely tricked, and (colorful rockets now bursting overhead, into such shapes as Old Glory, and a walking chicken, and a green-gold Comet, as if to celebrate the Joke being played upon me, each new explosion eliciting fresh cries of delight from those fat, spoiled East children) I regretted every moment of conciliation and smiling and convivial waiting, and longed with all my heart (there in the dappled tree-moonshade, that, in my final moments, became allshade)”Tobin Muller 因为生前干着繁重的体力活，临死之时上气不接下气，所以说话断断续续，从语言形式上体现为没有完整的句式结构，且每一个小分句都用破折号连接“Lugged seventy-pound pipe-lengths up Swatt Hill—Come home hands torn to hell & bleeding—Rolled gravel nineteen hours straight& look how I am rewarded—Edna & girls shuffling in and out, gowns stained attending me—Always worked hard, worked cheerful—once I am better will get right back at it……”中阴界中的艾迪·布朗和贝丝·布朗夫妇生前十分放荡，对自己的子女也经常不管不顾，他们喝得酩酊大醉、不省人事，被马车碾压而死，尸身都没有好好安葬。他们语言最大的特色就是粗俗，满嘴污言秽语，甚至骂自己的儿女都用了最肮脏的词汇，有时说话还颠三倒四，令读者不知其所云。普林斯上尉（Captain William Prince）目睹了战友吉尔曼在激烈的战事中（Tom Gilman）阵亡，他命令士兵即便踏入地狱之门也要复仇，之后便不知发生了什么，直到来到中阴并在这里给家中爱妻写信，和布朗夫妇正好相反，他的文字复古，非常优雅，因此写下“It was a terrible <u>fite</u> as I believe I <u>rote</u> you. Tom Gilman is <u>ded</u> as I believe I rote you. But He who preserves or destroys by his Whim saw fit to preserve me to rite these lines to you…Trees hang down. Breece blows. I am somewhat blue & <u>afrade</u>. O my dear I have a foreboding. And feel I must not linger. In this place of great sadness. He who preserves and Loves us scarcely present. And since we must endeavor always to walk beside Him, I feel I must not linger……"[①]可以说，作家几乎将南北战争前后社会上各个阶层可能出现的各色人物全部写入了小说中，他们生前有着迥异的生活境遇和生活状态，也就注定了他们有着大相径庭的话语风格。小说本身如同一片实验场，通过不同人物汇集了各种语言形式的实验。在传统现实主义小说中，情节的推动、主题的表现主要靠人物的行动，而语言发挥的作用并不大，往往只是作品与读者之间一扇透明的窗，“透过它读者可以看到现实生活，作家的职责就是保持这扇窗的明净透亮”。[②] 后现代的实验小说则有淡化主题和人物形象的倾向，完全变成了一种语言游戏，即“语言成为小说的真正主人公”。[③] 新现实主义调和兼容了传统现实主义和后现代主义对待语言的方式，既修正了前者单纯把语言当作模拟现实的工具的态度，也改变了后者将语言视为绝对主体的极端方式，大大扩充了语言的作用，赋予了语言遣词造句层面的修辞性功能。《林肯在中阴》即是这样的新现实主义小说，语言形式上的实验创新不是为了单纯地追求标新立异，而是其本身具有深层的修辞性指向。千变万化的话语风格汇集在一起，一方面呼应了中阴界鬼魂生前的万千境遇，另一方面更是被战火摧残得四分五裂的联邦的象征隐喻。另外，小说中中阴界的部分，完全将叙述者的声音抽离出去，只是靠着众鬼魂的对话推动情节，还有意淡化了“谁谁谁说”这样的话语标签，只是在每一段对话的最末标注了是哪个鬼魂在发声。后现代的小说中，人物对话的直接引语的使用是一种形式创新的实验手段，也大大增加了叙事的真实感，新现实主义小说借鉴了这一方式，剔除了一些话语标签，用以

---

① 这里 fite，ded，rote，afrade 分别对应现代英语中的 fight，dead，wrote，afraid 等词。

② Lodge David，“Language of Fiction：Essays in Criticism and Verbal Analysis of the English Novel”，London and New York：Routledge，2002，p. 5.

③ 杨仁敬：《美国后现代派小说论》，青岛出版社 2003 年版，第 35 页。

营造真实的叙事艺术效果。[①] 这种真实感显然不是让读者去想象、构建和体验一个喧嚣吵闹的鬼魂世界，而是使我们仿佛身临其境地置身中阴界所隐喻和象征的那个凌乱不堪的黑暗的战争时空。

第四节　美国南北战争小说发展的最新趋势

21 世纪以来，美国内战小说在新现实主义主潮下又有了新的发展，题材丰富、形式多样，对于诸多问题的思考也有了与过往截然不同的视角，尤其是近几年来创新的步伐越来越大，呈现出由主要吸收现代主义之长向大胆借鉴后现代主义风格过渡的倾向。

这一点从《冷山》与十多年后出版的《少年罗比的秘境之旅》的对比清晰可见。两部小说的共同点在于，故事都以主人公的“漂泊归乡”为主线，他们见证了战争、暴力、死亡之后，开启了充满艰难险阻的探寻与救赎的征程，一心返回能抚慰受伤灵魂的家乡。段义孚在《空间与地方：经验的视角》（*Space and Place*: *The Perspective of Experience*）一书中区分了空间与地方之间的差异：“地方代表着安全，空间代表着自由，我们总是与其中一个相连，同时渴望另一个。”[②] 人类需要地方赋予的安全感和归属感，家乡在这方面具有不可替代的作用，那里贮存着一个人最纯真的童年记忆，也是一个人魂牵梦萦的心灵寄居，象征着人类从幼年到暮年的生命起点与终点。同时人类又不断渴望空间流变的无限可能性，战争则可把未知的空间转变成已知的、明确的、流动的处所。然而在杀戮、征服或见证尸横遍野的战场后，身心疲惫的人们渴望着回归可以依恋的家园。空间与地方的辩证运动视角，有助于探讨人类为什么总是不断发起战争，为什么很多士兵在战后依然向往回归家园。[③] 从这个

---

① 佘军：《美国新现实主义小说研究》，博士学位论文，苏州大学，2013 年，第 167 页。

② Tuan, Yi-fu, *Space and Place*: *the Perspective of Experience*, Minneapolis/London: University of Minnesota Press, 2001, p. 3.

③ 胡亚敏：《战争文学》，外语教学与研究出版社 2021 年版，第 217 页。

角度看，两部小说的归乡书写着主人公相似的心路历程。

不过，两部小说又有显著的差异。《冷山》中，无论是历经磨难，跋山涉水，一心返乡的英曼，还是他在路途中遇到的形形色色的普通人，大多困囿于清冷孤寂之中，折射了作家对于被卷入战争的芸芸众生的现代主义情感关切。而《少年罗比的秘境之旅》中罗比的寻父和归乡之途，则以少年独特的视角，描述了一路上所遇到的种种怪异哀恸，直至最惨烈的暴力。作者以一种超现实的手法，展示了疯狂战争背景下的种种诡异与怪诞，体现了当代美国作家以后现代的视域对南北战争的再思考和再批判。

说起《冷山》，从艺术特征看，小说一定程度上采用了现代主义文学普遍运用的象征隐喻的神话模式，因而，学者们常将小说与《荷马史诗》的《奥德赛》进行比较。James Polk 在书评中认为《冷山》将奥德赛故事中的大部分内容重置于了 19 世纪的美国。[①] Ava Chitwood 甚至细致归纳了小说与史诗故事主线之间的 7 处相似情节，两位主人公都为失去的同伴举行了象征性的葬礼；都遇到了河边洗衣服的女士；都在一个迷幻性的地方（intoxicating places）被灌醉耽搁时间；都遇到了偏爱动物的人短暂地收留了他们；都和与世隔绝的巫师般的女士短暂共处；都曾从怪兽般的敌手中脱险；回到家乡后都曾彻夜长谈。[②] 不过，在弗雷泽的笔下，英曼并没有像奥德赛那样被塑造为一个有勇有谋、不屈不挠的战斗英雄，而只是一个逃离部队，身体和心灵都伤痕累累的普通士兵，一路下来大部分时间孤身一人、历尽艰辛、狼狈不堪。不仅人物形象如大部分现代主义作品所刻画的那样平凡而卑微，没有波澜壮阔的史诗中可歌可泣的英雄事迹，而且小说中还营造了以孤独为主的现代主义特色的叙事氛围。换言之，孤独，成为了当代作家穿越时空，为那场残酷的

---

① Polk James, "New York Times Book Review: American Odyssey", *New York Times*, (July 13 1997).

② Chitwood Ava, "Epic or Philosophic, Homeric or Heraclitean? The Anonymous Philosopher in Charles Frazier's *Cold Mountain*", *International Journal of the Classical Tradition*, Vol. 11, Issue 2 (Fall 2004).

战争中渺小、无助的生命个体所赋予的最深沉最浓郁的情感。

英曼艰辛漫长的归途是孤独的，他走过的荒野小径，“没有看到任何人类的踪迹，更没有人能回答他到底在哪里”。从外在客观原因来看，他选择人烟罕至的偏僻路途，是为了躲避民兵的追杀，而外部环境又映衬出内心的孤寂，望着远处的山峦，有一瞬间他觉得“如此崎岖的山区一定可以容纳一个人隐身其间”。在长途跋涉中，英曼时常沉浸于个人的精神世界，陷入大量的回忆与沉思之中。一路上与静默相伴，“甚至语言的使用成为日益严重的问题。他对语言越来越缺乏信任，在人生的一些重要时刻，解谜替代了语言的使用”。[①] 不过，对于英曼这样一个独行者而言，也渴望着心灵的寄托，因而，当他走进流浪的吉卜赛人的营地时，很快就找到了某种归属感。当晚独自在营地外的树林里入睡时，艾达走进他的梦乡，成为孤独旅途中的情感支柱。直到他受骗后被民兵逮捕又死里逃生，才意识到自己本就没有吉卜赛的灵魂，只能独自在一个破碎的世界上流浪，除了磨难一无所有。当英曼最终历经千辛万苦返回到艾达身边，他知道自己最需要摆脱的是孤独，也为不再踯躅而行而感到自豪。然而这样的时光毕竟短暂，不久便在与民兵们的对决中中弹身亡。这种由外在环境与灵魂深处彼此呼应形成的孤独，还萦绕在小说中形形色色的人物身上，构建起了故事的叙事氛围，比如小旅馆马厩中的货郎奥德尔是孤独的，他离家出走，只身一人，四处漂泊，寻找恋人——黑人女仆露辛达；在艰难时刻给予英曼食物和药物的牧羊婆婆如白云深处的隐士一般，以至于英曼会问“生活在这里，不感到孤单寂寞吗?”还会想象“自己隐居在冷山上，住在同样荒凉、寂寞的地方……活得像牧羊婆婆一般，单纯而遗世独立。这是一幅十分动人的图景”；失去丈夫的萨拉同样孤独，她向英曼讲述起自己的过往，似乎倾诉可以让茕茕孑立

① Chitwood Ava, “Epic or Philosophic, Homeric or Heraclitean? The Anonymous Philosopher in Charles Frazier's *Cold Mountain*”, *International Journal of the Classical Tradition*, Vol. 11, Issue 2 (Fall 2004).

的自己感到一丝安慰，她怀抱病中的孩子唱歌，歌声孤寂而哀伤。还有守候在冷山的艾达与鲁比，她俩虽彼此陪伴，却也无法摆脱时时袭来的孤单，这种内心的情感常常与自然界中的万物形成呼应。譬如，面对暮色中灰蒙蒙的群山，艾达感受到“这个地方似乎笼罩在一种巨大的孤独之中”，她的父亲曾向她解释“只有非常单纯或冷酷的心灵才感受不到孤独”。后来，在她们由城里采买返回冷山的路途中，遇到孤独的苍鹭，她们产生强烈内心共鸣，艾达为它作画，鲁比甚至觉得与它之间有说不清的纠葛。鲁比的孤独感或许与幼年孤零零的生活有关，她自小就没见过母亲，而父亲斯托布洛德对她又几乎是不闻不问，不管不教，经常接连离家数日不归。南北战争开始后，父亲就参军了，鲁比更是一度陷入了孤立无援的境地。

再回到人物形象，孤独，是现代“反英雄”的一大特征，他们是这个孤独世界的囚居者。[①] 英曼正是这样孤独的旅者。这份孤独首先源自他所接触的外在环境。无论是荒无人烟的群山野径，还是途中所遇的形形色色形单影只的人，都衬托了这种内在的孤独。但更重要的是，这份孤独已根深蒂固地深植于灵魂，使得英曼与战争蹂躏下残酷荒谬、支离破碎的世界渐行渐远、格格不入。即便他最终与艾达重逢厮守，那幸福的时光也是短暂的，不久便在与民兵的对峙中中枪身亡。总之，英曼身上已再无传统的战争英雄英勇无畏的影子，一路归途，他将自己牢牢锁在疏离于外界的罩子里，沉浸于个人世界中。

与《冷山》中英曼的孤独旅途不同的是，《少年罗比的秘境之旅》中的罗比无论是外出寻父，还是归乡途中，一路上所见所闻充满了诡异与怪诞，使得小说中的世界仿佛介于现实与魔幻之间。罗比刚刚踏上行程，在老莫佛的店中，就遇到了奇怪的人和事，令人印象最深刻的是一个一直倒立行走的男孩，莫佛坚信这样一个颠倒的男孩，罗比从未见过，

① 沈建翌：《人应当怎样生存下去——美国当代“反英雄”形象浅析》，《外国文学研究》1980 年第 4 期。

也从未听过。在这里，罗比带走了一匹“漆黑如炭”的马，自此小说便萦绕在奇异的氛围中。在黑暗中他听到树林里传来神秘的赞美歌的合唱声，谜一样的出现又谜一样的消失，无处溯源；经过白骨累累阴森恐怖的死亡谷时，感受到的是怪异的寂静。随后遇到的驱赶奴隶的马车队伍，他经历的是非常诡异的阴森气氛，仿佛不存在于大自然的事物在诞生，好像那是从地狱里逃脱的队伍。在前往寻父的路途中，遇到的最不可思议的人，要属身材矮小，乔装女人的赶鹅人，他的身上“爬满了虱子”，“光裸的手臂和手背也爬满挣扎蠕动的虫子”，说话的时候，“被虫子覆盖的眼皮便开始颤动”，样貌十分惊悚可怖。作者将如此怪诞且不同寻常的情节构筑在现实世界中，辅以语言、行动细节及故事情境的精确性，呈现了典型的魔幻的现实化。后来这个赶鹅人将罗比骗到自己的房子，暴力抢走他的黑炭马。罗比苏醒后，在楼上的卧室里看到了更加骇人的一幕，一位被杀的女人“靠墙坐着，脖子上被捅了一刀，刀子还插在伤口上……大腿上都是肿胀的肠子，还流到呈八字形张开的双腿之间”。自此遭遇之后，大地在罗比的眼中变得更加怪异。不久，他就目睹了最撕心裂肺的强暴。而那个蹂躏蕾秋的人，也不时做着古怪的举动，最令人震惊的是他“从火焰中拿出铁棍，把烧红的那端朝光裸的腿上伸过去。毛发和肉烧焦了的味道飘了出来……痛得龇牙咧嘴……”经过艰辛的旅程，罗比终于找到父亲，在战争留下的废墟中陪同奄奄一息的父亲度过生命的最后时光。对于罗比来说，父亲的逝去是人生中一个重大转折时刻，他感受到神秘声音的召唤，经历了由男孩到男人的蜕变，而这一切都笼罩在非同寻常的仪式感中。

小说中营造着一种接近魔幻现实主义的氛围，“将奇异怪诞的幻觉与触目惊心的现实有机地联系起来，将神奇怪异与日常所见事物有意地结为一体，以虚实交错的艺术方式来达到干预现实、超越现实的最终目的”。①

① 习传进：《魔幻现实主义与〈宠儿〉》，《外国文学研究》1997 年第 3 期。

而这样的诡异，在罗比带着蕾秋返回故土的路途中愈加凸显。其中，最为难以捉摸的是短暂收留他们的老妇人，“她就像一缕半残的幽魂，在屋子里四处移动……似乎对她自己而言都有点古怪；他们也问过她，却无法从她口中得知这到底是不是她的房子”。乃至在即将离开时，“他们不禁开始怀疑她到底有没有真的出现过”虽然不像《百年孤独》那样编织了超越现实的魔幻细节，也不像《宠儿》中那样直接将鬼魂和现实世界交融起来，但小说中勾勒的这个似人似鬼的人物，渲染的亦梦亦幻的气氛，让读者隐约感受到魔幻现实主义的痕迹。此后，诡异怪诞也是一路相伴，他们入住的马厩离奇失火，而失火的原因，罗比却怎么也想不明白。当返乡路途临近终结，再次来到老莫佛的杂货铺时，发现“没有迹象显示这里最近有人活动……既寂寥又阴森”。此外，小说中还塑造了自然界中随处可见的奇特意象，比如怪异飞升的秃鹫，奇怪死去的老鹿等。这种无处不在的诡异，以及时时出现的接近于魔幻的现实化场景，或许传递了这样一种暗示，即战火纷飞之下的美利坚就是如此怪异荒诞，无可理喻。

欧姆斯德的作品大都会融入真实的历史背景和虚构的艺术想象，基调冰冷晦暗，艺术形式上敢于突破。2012 年出版的《最寒冷的夜晚》（*the Coldest Night*），亦是一个战争加爱情的故事，17 岁的亨利 · 柴尔斯（Henry Childs）擅长棒球和刷洗马匹，他与富有却霸道专制的法官之女摹茜（Mercy）陷入热恋，却被横遭阻挠。于是这对情侣私奔至新奥尔良，摹茜的父亲和兄长追寻到他们的踪迹，几乎杀掉亨利，并把摹茜带走。伤心的亨利加入了海军，参加了朝鲜战争，见证了战争的残忍，勉强求得生机，存活下来。当他重返西弗吉尼亚时，虽然依旧年纪轻轻，精神上已然苍老。小说中吸收了现代后现代技巧，用了多个叙述声音讲述故事，叙述的调子有时是神秘的，有时是超现实的，人物对话风格短促、简洁，颇具特色。另一部小说《遥远的闪亮之星》（*Far Bright Star*，2010）讲述的是年迈的美国远征军退伍老兵拿破仑 · 柴尔斯（Napoleon

Childs）集聚起一个骑兵部队去搜捕墨西哥大盗庞哥·维拉（Pancho Villa）的故事。然而这次行动却是徒劳无功的，拿破仑发现庞哥一伙在墨西哥沙漠困苦的环境中来去自如，他们却有如命运捉弄，总是落后于这群匪盗几个小时。后来，他的队伍还遭遇了袭击与残忍屠杀，拿破仑身心也遭受重创。小说中渲染了环境的恶劣难忍，战争的毫无价值以及主人公无谓的抗争。可见，欧姆斯德的创作风格上一以贯之地留下了后现代的印记，内容上常涉及战争和暴力，故事氛围阴暗，跳跃于现实与超现实、魔幻现实之间，凸显了极限环境的荒诞，人的渺小无助以及无意义甚至绝望的反抗。这些特点都在《少年罗比的秘境之旅》中有所体现。

有相近主题的《冷山》和《少年罗比的秘境之旅》之间的差异，某种程度上反映了南北战争小说近年来的一个发展趋势，即从借鉴现代主义向更多地融合后现代主义叙事风格过渡。如前所述，创作于21世纪前10年的《马奇》《南方的寡妇》《大进军》等作品从语言风格、视角变化上吸收了现代主义叙事技巧。近十年的几部内战小说则在形式和内容上更大胆地借鉴了后现代主义风格。*Never Home*、《葛底斯堡的女孩》《无人幸免》等作品颠覆了战争中男性女性固有的社会角色，讲述了女强男弱，女子征战，女子改变世界的故事。《林肯在中阴》在叙述形式上极具原创性，作家在让中阴鬼魂千言万语讲述各自故事并推动林肯与威利之间故事主线前行的同时，还大量援引书信、报纸和其他历史文献讲述林肯一家的故事和战场战事的进展。不过，桑德斯并没有停留于简单的引用，而是和读者玩起了文学的游戏。他所援引的文献不全部为真，有一部分完全是杜撰出来的，虚实结合，令读者真假难辨，以致译者曾纠结是否要做一一查证。[①] 这样的叙述形式也拆解了传统长篇小说的叙事结构，小说结构松散，没有精心策划的黏合性、完整性。在其他一些

---

① 何颖怡：《译后记——无奈的唠叨提醒》，见乔治·桑德斯《林肯在中阴》，何颖怡译，时报文化出版公司2019年版，第493页。

叙事细节的设计上，《林肯在中阴》也别具一格。中阴界的故事是以鬼魂的对话形式展开的，与一般小说角色对话的方式不同，桑德斯的处理方式是一律先出现人物对白，最后才以小写的方式标出人物的名字。这样做的目的是使中阴故事与文献叙事部分格式统一，因为文献部分都是先引用段落，再在引用文字后标明出处。统一之后，避免了形式上的不一致，避免了“看起来就像在生者与死者之间划上一条泾渭分明的界限”① 一样。这种安排的另一个好处就是使读者在阅读时经历一小段困惑，不知是谁在讲话。对此，桑德斯有一段有趣的解释“倘若我们发现自己置身中阴时，应该也会同样地感到一时困惑和失去方向”。② 作家通过艺术形式上变化繁多的精巧设计，为读者营造了一个陌生、怪异的鬼魂世界。总之，《林肯在中阴》虽有清晰的故事脉络，完整的故事情节，但在文体风格、叙事结构、叙事技巧方面却大胆实验，留下了浓重的后现代印迹。《无人幸免》在叙述虚构的二次内战故事的同时也穿插了不少“史料”“文献”，不过都是编造出来的发生在未来的“史料”，从而保留了一些新现实主义小说文体混合的特征，但从形式到内容上更具颠覆性。

《冷山》与《少年罗比的秘境之旅》都采用了现实主义基调回头重写了南北战争那段美国最黑暗的历史。两部小说在“漂泊归乡”的主题框架下，从表现孤独寂寞演变到呈现诡异怪诞，一定程度上反映了新现实主义特色的美国内战小说在主题内容和创作技巧等方面不断寻求突破，呈现出从主要吸收现代主义之长向大胆借鉴后现代主义风格过渡的倾向。当然，这种过渡不能判定为一种长期的、定式的倾向，它更多地印证了当代作家为从新的角度重塑南北战争做出了种种尝试。

---

① 编辑室：《痒，抓就是了——专访乔治·桑德斯》，见乔治·桑德斯《林肯在中阴》，何颖怡译，时报文化出版公司2019年版，第506页。

② 编辑室：《痒，抓就是了——专访乔治·桑德斯》，见乔治·桑德斯《林肯在中阴》，何颖怡译，时报文化出版公司2019年版，第506页。

第三章

当代美国南北战争小说对历史的再建构

南北战争小说作为历史题材小说，是新现实主义作品所普遍关注的三大题材之一（即后现代美国社会的时代生活、历史书写、当代美国民众的精神世界），那么我们就可在新现实主义的整体视域下研究当代南北战争小说对历史的继承、解构与重塑。从继承的角度来看，当代小说家面对内战历史时基本抱有尊重与敬畏的态度，注重从整体到细节的接近真实。在故事叙述中，遵循着传统的现实主义的方式，力求达到一定程度的逼真性。但这并不意味着对历史的简单复现，当代内战小说无处不留下对历史的凝视、质疑、反思，甚至局部的解构，尤其是在后现代主义的审视下，“连历史的撰写都难以满足以往占主导地位的‘现实主义’或‘实证主义’标准，那作为与历史更为不同的文学当然也不可能提出任何站得住脚的现实主义论断”。[①] 这里暗含了后现代的一个基本主张，就是“根据事实进行客观性重构这一说法只是个神话而已”。[②] 因此，他们笔下的历史人物往往是立体、多面、复杂、充满自我矛盾的；他们所重述的历史事件，在细节上包含着不确定性和颠覆性。有的文本内部甚至自我解构，在文体形式的创新、叙述视角的多变和文字嬉戏的实验中颠覆历史的单一性，呈现历史的多种可能性。有继承亦有解构，在此基

① 巴特勒·克里斯托弗：《解读后现代主义》，朱刚、秦海花译，外语教学与研究出版社 2015 年版，第 61 页。

② 巴特勒·克里斯托弗：《解读后现代主义》，朱刚、秦海花译，外语教学与研究出版社 2015 年版，第 61 页。

础上进行历史重构。所谓的重构并非完全无视历史，对历史漫无边际地重新书写，而是在全面掌握史实之后，“从现当代的角度对现存历史文本中史实的等级次序、史实间的因果关系等进行新的阐释……引出迄今人们尚不曾这样理解的新的意义”①。换言之，通过历史重构，当代内战小说会挖掘历史人物被忽视的另一面和历史事件中被隐匿的细节，使这些曾经不被重视的另一面和微末细节，从幕后走向前台，从边缘走向中心，成为关注的焦点。当代内战小说还会从不同角度审视人们习以为常的有关战争的传统叙事，重新看待战争中人与人、人与国家之间的关系，揭示出人类在面对危境时本能的情感表露和生存选择。在不可逆转的宏大战争潮流之下，每个人不管是声名显赫的历史人物还是籍籍无名的普通人都有着平凡卑微纠结的一面，最真切地显示出人的本性。这些角落中的细节常常被历史叙述和传统文学有意无意地遗忘、抹除，而当代作家在重构内战叙事时，则给予了它们前所未有的重视。

第一节　不同历史观的对话、调和与平衡

当代美国作家是在新现实主义转向的大背景下重新书写内战故事的。新时期的现实主义历经后现代的浸染，对于如何看待历史不可避免地留下了后现代史观的印记，同时，对20世纪60年代前传统现实主义审视历史、思考历史的方式又并非完全排斥。新现实主义调和、平衡了两种对立的历史观，以更符合时代精神的历史认知方式来面对南北战争。

后现代历史观最突出的特色在于其颠覆性和解构性。近现代的史学对于历史的分析研究都是建立在启蒙运动以来重视科学的基础之上的，将历史演变看作线性、连贯、统一的过程，形成了探索发展规律，重视历史进步的倾向和观念，研究方法上重视实证研究，注重理性和逻辑。这种对于

① 盛宁：《现代主义 · 现代派 · 现代话语——对“现代主义”的再审视》，北京大学出版社2011年版，第135页。

历史的认知方式在后现代语境下遇到了很大挑战。解构主义是后现代思潮的重要思想核心和理论来源，主张颠覆和推翻传统形而上学的领域中、稳定的结构中一切概念、范畴、规则和固有的确定性，相应地，所谓的求解历史真相，追求历史真理也不过是一厢情愿的幻想而已。后现代代表性的思想家福柯在《知识考古学》（1969）中，明确提出人们根本不可能知晓真实的历史。福柯的很多著作采用了史学研究的形式，不过却力图用“考古学”和“谱系学”代替传统史学。他的早期著作主要采用考古学的研究方法，福柯认为传统史学注重的是连续性，而考古学的关键是非连续性。连续性的历史将人的意识视作所有历史发展的根源，保证了主体的中心地位，非连续性则拒绝真理，否定这种主体霸权。在《疯癫与文明》中，福柯写道，为了探索这个领域，“必须抛弃通常的各种终极真理，也绝不能被一般的疯癫知识牵着鼻子走”，“我们在谈论那些重置于历史之中加以考察的行动时，应该将一切可能被视为结论或躲在真理名下的东西置于一旁”，[①] 因此，他将自己的研究称作“沉默的考古学”，主要是挖掘被历史总体性压制而陷入边缘的“沉默”的文化现象，颠覆总体性、规律性的真理，还历史以偶然的、断裂的、被尘封的本真面貌。后来，在尼采的影响下，福柯的研究转向谱系学。谱系学拒绝追求起源，而是注重探究来源，目的在于打散连续性的起源论。谱系学家会在散落的事件中寻求奥秘，发现偶然和偏差，推翻真理的存在。可以说，谱系学延续了对传统历史学的批判。如果说传统的历史研究将目光投向崇高的时代，着眼于神圣、高贵的事物、人物，自认为能够以客观、公正、严谨的视角呈现历史的真实，那么谱系学则关注最普通的底层群众，致力于剥除统治者对历史的粉饰和伪装，恢复历史的本来面目。

历史观的“后现代转向”与哲学的“语言学转向”密不可分，也就是重视语言在历史叙事建构中的作用。在这一转向过程中，海登·怀特

① ［法］福柯·米歇尔：《疯癫与文明》，刘北成、杨远婴译，生活·读书·新知三联书店2012年版，第1—2页。

（Hayden White）和弗兰克·安克斯密特（Frank Ankersmit）起到了关键作用。海登·怀特的著作主要有《元历史：十九世纪欧洲的历史想象》（1973）（下称《元历史》），《话语转喻论》（1978），《形式的内容：叙事话语与历史表现》（1987）等。在怀特看来，历史早已逝去，人们永远无法发现和复原真正的历史。人们看到的只能是关于历史的叙述，或者是被“编织”过的历史。同时，“历史的语言构造形式同文学上的语言构造形式有许多相同的地方”①，也就是说，历史学家用特殊的情节结构、修辞方式对历史进行重新编码，像戏剧、小说中的叙事技巧那样，抬高和重视一些因素，贬低和压制其他因素，加之个性塑造、主题重复、声音的变化等，使之有了故事感。因此，历史不可能只有一种版本的讲述，有多少种阐释，就有多少种历史。怀特甚至借用弗莱的文学形式划分，认为历史叙事的构造也有悲剧、喜剧、传奇、讽喻四种形式。除了叙事结构之外，他还发现历史文本在语言运用上的文学性。在他看来，为了让我们了解那些久远的事件，“把陌生转化为熟悉，把神秘的过去变为让人易于理解的现在，历史学家使用的唯一工具就是比喻语言的技巧”。② 怀特进而分析了 A. J. 泰勒关于魏玛共和国的历史叙述，认为正是文本中的修辞因素决定了读者对历史的理解和想象。他在其著作《元历史》中的两项理论贡献之一便是确立历史作品普遍存在的诗学本质。正如他在该书中指出，他所做的工作是“针对某种实证主义的历史观念的”，目的就是为了解构和破除“历史科学的神话”。③ 与这一观点有异曲同工之处的是，安克斯米特强调历史中的美学特质，即历史写作在满足科学理性的研究需求的同时，也包含着内在的审美要素。他还将“表

① ［美］怀特·海登：《作为文学虚构的历史文本》，载张京媛主编《新历史主义与文学批评》，北京大学出版社 1993 年版，第 161 页。

② ［美］怀特·海登：《作为文学虚构的历史文本》，载张京媛主编《新历史主义与文学批评》，北京大学出版社 1993 年版，第 174 页。

③ ［波兰］多曼斯卡·埃娃编：《邂逅：后现代主义之后的历史哲学》，彭刚译，北京大学出版 2007 年版，第 15 页。

现”等美学研究的范畴纳入到历史研究中。20世纪90年代以来，安克斯米特开始用“历史表现”的概念替换他曾使用的“历史叙事”“叙事实体”等术语，以避免将“叙事”的概念与“讲故事”直接联系在一起。这种表现（represent）是对历史上曾经的在场（present）而如今的缺席（absent）的再现，将已不复存在的或被遗漏的历史的某些部分的重新呈现。不过，他的这种努力，并没有改变叙事主义历史哲学的基本内容，从本质上看，还是在“讲故事”。[①] 我们所阅读的不少后现代作品就是在这样的历史观影响下进行创作的。

现实主义看待历史的方式和后现代主义几乎是格格不入的。这源于传统现实主义对于真实、客观反映现实的追求。美国现实主义的旗手豪威尔斯在《批评和小说》里指出作家应该按照原来的样子描写生活中的男男女女，作品不该对生活撒谎：

> 以我们都熟悉的那种动机和热情来激活他们……不要染上雕琢之气，要使用方言和大多数美国人都会说的语言——各地不会矫揉造作的人们说的那种语言——毫无疑问，这种小说前途无量，不仅令人愉悦而且十分有用。[②]

现实主义作家为了准确描写生活，达到细节的真实，往往不遗余力地做大量的考证工作。面对历史时亦是如此，即便跨越了时间的长河回溯过往，现实主义依旧追寻着准确的、真实的历史陈述。而且，现实主义文学中蕴藏着厚重的历史意识，这种历史意识是作家的一种自觉选择。无论是记录当下社会生活的方方面面，为后世留下一部当代史，如巴尔扎克在写《人间喜剧》时所宣称的“法国社会将是一个历史家，我只能

---

① 于沛：《后现代主义和历史认识理论》，《历史研究》2013年第5期。

② 朱刚主撰：《新编美国文学史》（第二卷），上海外语教育出版社2002年版，第286页。

当它的书记”，[1] 还是重述消逝于历史长河中惊天动地的大事件、普普通通的万千众生，都力图于尽可能的接近于真实再现，以期记录下特定时期宏大的社会图景。这与后现代主义认为历史真相根本无从探寻，将历史看作话语建构、叙述编织的历史观是冲突和对立的。

盛宁非常生动地阐释了两种主义对待历史问题时观点的碰撞交流。他指出，如今很多人趋向于称历史为“话语”，这样，历史不再是对于过去孤立事件的记载，而成了所记录的事件之间具有某种内在的联系，反映某种理解方式的文本。基于这种历史观，“我们或许会为自己过去的幼稚而感到羞愧”。可是，在认识到“历史”即“文本”后，人们不该忘记也不得不承认，“历史文本”绝不是完全关于“虚无”（nothingness）的文本，也并不是可以随意拿来阐释的文本，其本质上仍是对过去事件的记录和叙述。无论“历史”这个词本身的意义发生了什么样的变化，它始终还是指代人们心中所想的那些真正发生于过去的事情。[2] 虽然盛宁并没有直接使用“现实主义”和“后现代主义”这样的称谓，但事实上就是指的两种主义下的历史观。他的这段论述充分揭示了在后现代之后的语境下，人们在面对何为历史、如何认知历史、如何重构历史等问题时的矛盾心态。一方面是对后现代主义历史观的逐渐接受与认同，另一方面也有对后现代历史观的反思与挑战，表露出一种重归传统的驱动。同时，这两种态度倾向并非完全水火不容，而是在对立对抗中交流互动，寻觅着对话融合的潜在路径和可能性。这便汇聚了客观的外在需求和推动力，促使当代更具包容性的历史观的形成。其包容性体现在容许矛盾的同生共存，并在求同存异的框架下，形成你中有我、我中有你、调和统一的格局。新现实主义就致力于兼容并蓄这两种看似根本对立的历史观，构建一种更为包容的看待历史的方式。当人们执着于寻找唯一的、

---

① 郑克鲁：《外国文学史（上）》，高等教育出版社 2006 年版，第 227 页。

② 盛宁：《人文困惑与反思——西方后现代主义思潮批判》，生活·读书·新知三联书店 1997 年版，第 159—160 页。

权威的历史真相时，会有另一个声音告诉我们，其实历史不过是像文学作品那样被讲述出来的一种文本，有虚假的主观编造，有意识形态带来的偏见，有被忽视遗漏的侧面，有被刻意掩埋的声音，等等。当我们迷惑于后现代所呈现的所谓历史多元时，现实主义又会指引我们，即使存在多种视角的历史版本、历史阐释，将它们拼拼凑凑，大体可以还原出一个相对真实的历史。新现实主义作品即是在这两种历史观中徘徊、抉择、平衡，寻求一种相对可靠的历史重建。

当代美国内战小说是在新现实主义潮流下重新书写历史的，也必然会在两种历史观的调和与平衡之中重新审视历史，既有对传统的尊重与传承，相信历史在一定程度上是可以复现的，也有突破与颠覆，有对历史文本化观念的接纳。具体而言，历史人物虽然依旧是稳定的综合的个体，却也有了激烈的内在对立性、矛盾性和自我解构性。历史事件的描写虽然总体上符合史籍记载，却有了不同的侧面，有了令人意想不到、大为惊叹的过程和结果。不过读者在若有所思，颇受启发后会觉得这样的讲述并非完全异想天开，而是一种很具真实感的可能性。

第二节　对内战前后重要历史人物的再书写

当代南北战争小说这样的以历史题材为背景的小说必然会常常涉及对历史重要人物的重新书写，特别是注重对这些人物性格特征和精神世界矛盾性、对立性、多面性的展示。在《小说面面观》中，福斯特将人物塑造划分为“扁平型”（flat character）和“浑圆型”（round character），扁平型人物往往是单一的、定型的、极易辨识的，浑圆型人物一般具有复杂特征，且这些特征之间会相互矛盾，不过“能够‘唤起’更亲密的感觉，在读者的记忆里，他们成为了‘真实的人’，看似莫名的熟悉”。[①] 在传统现

---

① 胡全生：《后现代主义小说中的人物与人物塑造》，《外国语》2000 年第 4 期。

实主义作品中，虽有浑圆型人物，却由于上帝视角的小说家经常从幕后直接跑到幕前对人物品头论足，做权威定性，导致人物还是难免缺乏立体感。而当代新现实主义倾向下创作的小说则不仅人物是浑圆的，而且注重他们心理现实和情感的细腻变化，刻画出的人物既是“逼真的、可知的、典型的、外在的，同时又是个性的、内省的”。[①] 当代内战小说即是在这样的背景下，以新的历史观、人物观认知和书写战争中的人与物的，总统和军事将领虽是威名远扬的一代英豪，但同样会像普通人一样敏感脆弱、焦灼矛盾、挣扎沮丧，笼罩于他们坚硬的外壳下的是至深亲情和似水柔情。他们身上还有着诸多缺点，更会做出丑陋的可笑的举动，呈现出的是更丰满更多面的英雄人物形象。

事实上，在文学史上，探讨人性复杂莫测本质的经典小说、戏剧不在少数，这些作品塑造了不少兼具善与恶、正与邪、刚与柔、勇与怯等冲突对立品质的经典人物，表现出人物多面、立体的特征。他们身上占据主导的是一种或几种的主要品质，但在一些特定情况下，曾经处于隐身状态的完全对立相反的品质也会涌现出来，造成了人物的内在矛盾性。这种矛盾越是激烈，成长与发展过程越是纠结，情节推进的内在张力就越是强大，作品也越是震撼人心、发人深省。当代美国南北战争小说同样关注在战争极限条件下人的复杂本性，对于人性的深度挖掘可以赋予作品以经久的魅力。略有不同的是，这些作品重塑的对象是很多历史上真真切切存在的重要人物，这就决定了它们对人性的探讨也并不仅局限于艺术思考的层面，另一个目标和侧重点在于重新审视和重新发现。历史文献和传统文学作品往往会突出历史人物某些方面的特质，而其他方面的特质则被认为是无关紧要、微乎其微的，因而被淡化、遗忘，隐藏于角落。所谓重现，就是要重现这些历史人物身上曾经隐匿的品质，并由此给读者带来惊异感、意外感。按照 Forster 的观点，检验一个人物是

① 佘军：《美国新现实主义小说中的人物概念与人物刻画》，《当代外国文学》2013 年第 2 期。

否是浑圆的标准，关键在于看人物能否以令人信服的方式让读者感到意外，如若不能让读者感到意外，它就是扁平的，如果让读者感到意外，却并不令人信服，则是扁平想冒充浑圆的。[①] 根据这一标准，当代作家笔下的内战风云人物大多是浑圆的，他们身上有着种种让人想不到的侧面，而且作家会令人信服地表明这些侧面是这个人本性中相当重要的一部分，绝非可有可无。不过 Forster 主要是从人物的虚构和塑造的角度谈及的扁平与浑圆，而本书所探讨的作品不但是在思考和研究人性，还承载历史重现、历史反思的功能，必然会在历史的宏大视域中审视人的存在和人的本真问题，进而反映出“人”的观念在历史发展中的变化。

总之，当代南北战争小说继承了传统小说或史料中对于历史重要人物的普遍观点，同时也颠覆性地聚焦和放大了他们身上那些被看作为细枝末节、并不重要的品质特征，在继承与解构的融合中，实现了人物的重塑。

一 站在历史关口的林肯总统

毋庸置疑，亚伯拉罕·林肯是南北战争期间最重要的历史人物之一。战争前期，基于联邦利益至上的林肯总统一度委曲求全，希望调和南北矛盾，维持联邦的完整。即便是在 1861 年 3 月 4 日的就职演讲中，依旧释放出了足够善意，以期弥合分歧，维护统一。然而，林肯的犹豫不决、举棋不定，非但没能解决南北对立，反而让北方联邦军在内战爆发初期陷入被动。战火连绵，血流成河，而处在历史重要关口的林肯总统自然被推上风口浪尖。对他的评价也是褒贬不一，两极分化。支持者认为他仁慈、友善、公正、豁达、智慧、民主，惠特曼在林肯逝世后还做了悼亡诗《哦，船长！我的船长》（*Oh, Captain! My Captain*, 1865）和《当紫丁香最近在庭园中开放的时候》（*When Lilacs Last in the Dooryard*

① ［英］福斯特·爱德华：《小说面面观》，冯涛译，上海译文出版社 2016 年版，第 72 页。

Bloom'd，1865），表达对林肯的敬仰与怀念；反对者的意见同样排山倒海，认为他相貌丑陋、平庸无能、态度粗鲁等。各种史料记载中的林肯的内在，也是复杂、矛盾、多面的。一位同僚说："林肯是我见过的外表最笨拙的人。他似乎很少有话要说，看上去感觉很胆怯，脸上带有一丝明显的悲伤。但当他说话的时候，所有这一切全都一下子消失不见了，他证明了自己强大而敏锐。每一次拜访他，都让我们越来越感到惊讶。"① 一个人的外貌会给他人留下最直观的第一印象，而林肯的外貌也成为了众多史家、作家笔下热衷描绘的一个焦点，"那些跟他有过一面之缘的人，都被他非凡的外表所迷倒。他的外表是如此缺乏美，完全不像理想的美国人，同时又以某种神秘的方式成了民族精神的化身"。② 著名作家纳桑尼尔·霍桑曾经有过这样一段精彩的描述：

> 整个脸是一张你在全国各地都可以遇到的那种**粗糙**的脸，但是，从他的双眸里散发出的那种**温和**（尽管严肃）的眼神，以及**朴素睿智**的表情（看上去因为丰富的乡村经历而显得凝重），却补救并照亮了这张脸，使之变得**柔和**，变得**光亮**。颇有天然感，没有书卷气，没有精致优雅。有一种发自内心的**诚实**，彻底的诚实，但稍微有点**狡猾**——至少是被赋予了某种类似于技艺的机敏与智慧，我想，这会驱使他从侧翼袭取敌手，而不是像公牛一样正面奔袭。不过总体上，我喜欢这副**奇特的**、**睿智的**面孔，带有对人类的朴素同情，使这张脸变得温暖……③

① ［英］保罗·约翰逊：《美国人的故事》（中卷），秦传安译，中信出版社 2019 年版，第 25 页。

② ［英］保罗·约翰逊：《美国人的故事》（中卷），秦传安译，中信出版社 2019 年版，第 99 页。

③ ［英］保罗·约翰逊：《美国人的故事》（中卷），秦传安译，中信出版社 2019 年版，第 99 页。

在霍桑的笔下，林肯的面容调和了对立与矛盾的气质。林肯的外在性格给人的印象亦是如此。据记载，他在他人面前天生是一个讲故事的高手，是美国历史上最了不起的俏皮话创作者之一，但与此同时也是一个抑郁症患者，甚至曾经写过一篇关于自杀的文章，说道："我跟同伴在一起的时候，可以看上去是兴高采烈地享受生活，但当我独自一个人的时候，我频繁地被精神抑郁折磨，这让我从不敢带一把小刀在身上。"①

乔治·桑德斯在史料考证和研究过程中显然也注意到林肯从内在到外在的复杂性和矛盾性以及历史评价的分歧性和多样性。面对这样一位对南北战争走势起到决定性作用的头号人物，作家没有以全知视角直接介入进行定性和评价，而是采取了更加包容和开放的姿态容纳了各种声音的同时共存，彼此质疑拆解。首先是对林肯容貌和气质的描写。在小说第 62 章，作家援引了 37 份相关文献并置，这些文献的内容相互矛盾、相互解构。他眼睛的颜色有的描写为"深灰色"（dark gray）、"澄净的灰色"（luminous gray colour）、"灰棕色"（gray brown），有的描写为"蓝棕色"（bluish brown）、"灰蓝色"（bluish grey），他的头发有的描述为"发色深棕，无秃头迹象"（His hair was dark brown，without any tendency to baldness），有的则描述为"一头黑发，未见一丝白"（His hair was black，still unmixed with gray），"他的头发虽已灰白，大部分还是棕色"（His hair，well silvered，though the brown then predominated），他的鼻子有的描述为"不算大，只是两颊瘦削而显得大"（not relatively oversized，but it looked large because of his thin face），有的则直截了当地描述为"他的鼻子相当大"（His nose is rather long）。在这 37 份中有 13 份文献对他的容貌做了主观性的审美评价，其中有 6 份是非常负面的，如"越来越形容枯槁，极不优雅"（more and more cadaverous and ungainly month by month），甚至有 3 份直接用了类似于"最丑的人"（the ugliest

---

①［英］保罗·约翰逊：《美国人的故事》（中卷），秦传安译，中信出版社 2019 年版，第 24 页。

man）这样的字眼，有 2 份是比较中性的，余下的则是正面评价，而且包含了与前述负面评价截然相反的字眼，如他的脸散发着对人类无限的慈悲与仁善，是标准的智慧美（his face beaming with boundless kindness and benevolence towards mankind, had the stamp of intellectual beauty），“我生平所见最英俊的人”（the handsomest man I ever saw in my life），“更深沉、更高贵的脸”（a more thoughtful face, a more dignified face）。

此外，桑德斯还注意到外界对林肯气质、举止的评价。在小说第 70 章中，他援引了 19 份或真或虚构的对林肯提出激烈批评的文献并置，用语包括“笨蛋”（idiot）、“虚荣”（vain）、“软弱”（weak）、“吹毛求疵”（hypocritical）、“粗鲁不文”（without manners）、“礼节阙如”（without social grace）、“性格心智甚为劣等”（of very inferior cast of character）、“难当大任”（wholly unequal to the crisis）、“史上最弱的民选总统”（the weakest man who has ever been elected）、“毫无政治天分”（had no political aptitude）、“优柔寡断”（irresolution）、“无能之辈”（want of moral courage），甚至还有对林肯最恶毒的咒骂，呈现于读者眼前的是一个低劣不堪、一无是处的总统形象。在小说第 86 章，则引述了多份对林肯正面积极的文献并置，其中的评价包括“他常言‘温言暖语与伟大善行乃同出一脉’”（“Kind little words, which are of the same blood as great and holy deeds”, flowed from his lips constantly）、“心肠很好”（a great kindness of heart）、“敏感温柔”（full of tender sensibilities）、“极富人道精神”（extremely humane）、“如此乐意为他人效力”（so ready to serve another）、“不懂仇恨”（a very poor hater）、“天生富同情心”（so naturally sympathetic）等，展现了至善至爱的温暖形象。以上这些都是小说中的写实部分。而虚构出的中阴场景中也有对他温柔情感的刻画。在第 16 章中即是众鬼魂从中阴看到尘世中的林肯前来墓地看望逝去儿子时的爱子情深。粗鲁不文、礼貌阙如和心肠很好、敏感温柔显然是相互矛盾的，构成了文本内部相互拆解、相互解构的力量。另外，对于同样的行为举止，在有些人眼中或许是软弱、优柔寡断、难当大任的表现，在另一些人眼中则是善良敏感、富有同情心的表现，可谓见仁见智，作家搁置分歧，将不同的历史评价并置，任由读者根据自己的认知和想象重构林肯的人物形象。其实不只是林肯，桑德斯对于逝去的林肯之子的描写也是呈现了不同的甚至有些矛盾的侧面，在第 18 章引用了 17 条对他高度褒扬的文献评价，让读者看到的是聪明、理智、温柔、绅士、善良、坦诚的威利·林肯，而在第 72 章则引述了一些负面评价，让读者看到截然不同的另一面，这是一个在父母的娇惯纵容下，有些为所欲为，不加约束的孩童。①

对于林肯的外貌、气质、举止、性格以及他的孩子、家庭究竟是什么样的，历史上众说纷纭。而桑德斯则在小说中构建了不同可能性同时并存的合理性。这样的处理方式或许源于一种谨慎，一种对于不同来源的历史文献的包容与尊重。同时也展现了一种后现代的历史观，即历史的记载是被人为书写的，所谓的历史真实性不是绝对的，而是相对的。为此，作家在其作品中将种种可能性一一并置地呈现出来，由读者来评判和阐释。这里不妨与另一部刻画林肯的当代小说是 *I am Abraham: A Novel of Lincoln and Civil War*（Jerome Charyn，2014）进行比较。Charyn 关注的焦点不是林肯采取的军事行动，而是在那样的历史环境下人物内心世界的丰富性：他常常感到压抑、空虚，感觉生活和工作无意义，对被压迫者流露出深切的同情。大篇幅的描写心理和精神生活与很多受现代主义影响的新现实主义小说颇为相似。Charyn 不仅展现了林肯作为国家公共人物的一面，还着重笔墨刻画了他的家庭生活，包括如何与脾气火暴、麻烦连连的妻子还有三个秉性迥异的儿子相处。作家意欲打破林

① 除了人物形象塑造上的多种可能性之外，小说在事件的讲述上也将矛盾对立的细节并置，比如林肯宴请宾朋的那晚，对于当晚月色的记载就各不相同。不同人的口中分别出现了“美丽的月色”“月色皎美”“月色金灿，别致悬挂天际”和“月亮没露脸、云朵厚沉”“黑暗无月：暴风雨逼近”的描述。月亮的形状和颜色，则有“满月澄红，宛若映照人间大火”“银色的楔形月”“黄色满月高挂晨星间”等不同的相互解构的描述。

肯单一的圣人形象，呈现一个多面的真实的男人：他用朴实甚至有些粗俗猥琐的语言表达着对妻子的情爱欲望，同时又常常聆听自己本性中善良、高雅的声音。可以说，作家将这位历史人物鲜为人知的另一面和众所周知的历史记载糅合到一起，将被很多人寄予美好情感的伟岸形象和不大为公众所接受的卑微粗鄙形象拼合在一起，从而达到对于林肯的历史重塑。在这一点上，两部小说是相似的，都多角度地展现了这位历史风云人物矛盾立体的各个层面。相比较而言，《林肯在中阴》吸收后现代技巧方面更加有突破性，这在前文已有论述。

自古以来，战争和英雄之间都存在着相互依存的潜在关系，战争成就英雄的伟绩，英雄左右着战争的局势。普通民众也抱有浓浓的英雄崇拜情结，他们寄希望于拥有超人意志、非凡胆识的英雄人物、时代领袖能带领国家和军队赢得胜利，平息战局，走出乱世。他们拥戴英雄、歌颂英雄，赋予英雄人物以声望、权力和领导力，将对未来的理想寄托于英雄人物身上。在南北战争这样一场浩大的战争中，人们更是需要有强大号召力凝聚力的英雄人物、领军人物指引前行方向，以期早日挣脱战争的泥沼。作为联邦统帅的林肯总统及下文提及的各位军事将领必然会受到格外关注，甚至会被具化为时代英雄，成为人们信念和信心的支柱。一般来说，人们的英雄情结和文学作品对英雄形象的塑造是双向互动、相互影响的关系。人们会把自己的英雄崇拜意识具象化为文学作品中的英雄形象，反过来文学作品中的英雄塑造又进一步滋养或强化了民众的英雄崇拜意识。[①] 然而，当代内战小说却非如此。这些作品仍会将关注的目光抛向曾经叱咤风云的大人物，不过围绕在他们身上的则是有变有不变。具体而言，发生的历史事件大体不变，人物的总体特征和命运结局大体不变。变的是历史事件之细节和人物的一些内在特质。当代作家有意淡化和抹去了林肯和南北军名将身上被光环笼罩的领导气质和英雄

① 陈颖：《中国战争小说史论》，上海三联书店2008年版，第136页。

气概，更多地呈现出这些人物敏感脆弱、游移不定、多愁善感的另一面。作家们似乎要竭尽全力去挖掘他们身上被忽略或遗忘的软弱之处乃至性格缺陷，让这些大人物鲜为人知、不曾所述的晦暗面重见天日，并对其重点聚焦、肆意放大。总统也好，将军也罢，都不是神圣和高不可及的，在强硬的外壳包裹下的是和万千大众一样普通、卑微、迷惘的心灵。一句话，当代内战小说在历史人物塑造时既有对历史的保留、尊重和继承，又解构了将他们英雄化的传统倾向。这种突破与解构，凝结了这个时代的价值观念，反映了当下美国民众对于历史重要人物的认知和反思，而作品又反向推动着当代美国主流战争观、英雄观的重塑。

二 内战前后的南北军将领

除了林肯总统之外，南北战争期间最引人注目的就是那些威名赫赫的南北方将领。在《南方的寡妇》中的前几节中刻画了富兰克林之战打响之前的南军将领内森·贝福德·弗雷斯特。[①] 但这究竟是怎样的一个将军，作家没有用全知视角进行介入式的定性。而是分别通过不同的视角，构建了一个复杂多面的人物形象。这与早期的作品中将弗雷斯特英雄化的描写有着明显的不同。卡罗琳娜·高登的《无人回顾》（*None Shall Look Back*，1937）中弗雷斯特威风凛凛、无往不胜，是能拯救南方的救星，所到之处受到了百姓的拥戴，众人齐声高呼“弗雷斯特、弗雷斯特”，更有妇人从他的战马马蹄上刮下泥土，包入手绢，作为圣物。舍尔比·福特在《夏洛》（Shiloh，1952）中，通过小说最重要的人物约翰斯顿将军的副官麦塔卡夫的叙述反驳了谢尔曼南方必败的言论。在他看来，北方虽强大，却不能忽视南方有弗雷斯特这样的军事天才，可以帮助南方取得决定性的胜利。他还要辞掉现职，到弗雷斯特的部队去当兵。《南方的寡妇》则完全解构了弗雷斯特这种南方英雄形象，赋予了人物

---

① 内森·贝福德·弗雷斯特（1821—1877年），曾是奴隶主，内战爆发后，自行招募骑兵，抗击北方，凭战功晋升为南方邦联军少将，后率部投降。战后成为3K党的头目。

更多的层次感。

在小说中，弗雷斯特两年前曾在这片土地上打过胜仗，然而今非昔比，于是我们通过有限全知视角看到在他英勇无畏的外表下，有着丰富细腻又充满矛盾的内心活动。面对可能的失败，他无奈、焦虑、失望甚至有一丝惧怕：

> 决不。这次不是他指挥的。他弗雷斯特负责指挥的时候，从来没被打败过……让那个指挥官从他那宝贝的鸦片酒中清醒过来，承担罪责吧。让胡德承担罪责，让他见鬼去吧。
>
> 见鬼，他赢得过许多战斗，无非就是让浑身颤抖的联邦军指挥官在堡垒的缝隙里看他的时候眼睛里流露出害怕的神色。**但是此时此刻如果那些北佬感到害怕的话，那倒是件怪事**，他思忖道。现在是他的人在吉凶未卜的境地里闯。**这会儿是谁在害怕呢**？
>
> 他的队伍不甚可观……他们像弗雷斯特一样，筋疲力尽，只剩下骨架，但是他们有**一种荒谬的希望**，这是**弗雷斯特所没有的……他们信得过他，弗雷斯特觉得他们的信任是一种负担。**

“这会儿是谁在害怕呢”，显然害怕的不是北方人，而是他和他的士兵。小说似乎想通过这样的心理描写告诉我们，面对南方节节败退的窘境，这位英勇将领也会像普通人那样畏缩恐惧，但却不愿为外人所知。除此之外，弗雷斯特还不经意间流露出几分思念家人的儿女情长，并竭力压抑和掩盖这份情感。在作家的笔下，他一方面是一个普通凡人，有正常的感情和欲望，另一方面则要扛起肩头的责任与荣誉，他担心这份柔情被人发现，遭人耻笑，更担心自己控制不住逃离战场。因此，在他与麦加沃克太太交谈后便有了这样一段思绪：

> 这个女人让他想起了自己在密西西比的妻子，因为多年来一直

在追逐北佬，自己是如何忽略了她。她在推想，她是不是也像这个女人一样憔悴，这个女人最多也就三十出头。**彼时彼刻，他最想做的事情就是离开这样的女人，回家去。他把这个念头咽了下去，试图忘记它。临阵脱逃是万万不行的。**

这里生动地呈现了一个调和了“本我”自然欲求和“超我”道德规范按“现实原则”行动的“自我”。在作家的笔下，弗雷斯特也与很多普通人一样，“都得经受弗洛伊德所谓的‘现实原则’（reality principle）对‘快乐原则’（pleasure principle）的压抑……”不过，“压抑都可以变得过度而让我们致病。”[①] 这样一种压抑时时需要排解的途径和通道，弗雷斯特对于麦加沃克宅子情不自禁的留恋就是一个短暂的倾泻渠道，“这里有某种吸引力让他逗留。换个时间的话，他会在这儿待上一会儿，但谁知道什么时候才再有这样的好事呢？他不得不离开了”。作家还从卡丽·麦加沃克的视角将高高在上的弗雷斯特将军描述为一个粗鄙的普通人。他的样貌“怪怪的，像个鸭嘴兽”，“看上去像一具骷髅，一棵树，一块拗弯的金属”。对于我们今人来说，很难探知这位毁誉参半的邦联将军在某一场战役，以及在某时某刻的真实心境，因而，作家便竭力展现人物形象、心态、行为的多种可能性。希克斯颠覆了早期作品中弗雷斯特那种相对固化的英雄形象，挖掘重现了人物身上或许一直存在却被掩盖被忽略的另一面，呈现了人物复杂、立体、矛盾的多面性。

在《大进军》中，南北军将军纷纷登场，其中最重要的就是在历史上褒贬不一、毁誉参半的谢尔曼将军，“像格兰特一样，谢尔曼也是个正派人，但却是个凶残、嗜杀的将军”。[②] 褒扬者认为他是千秋功臣，

① ［英］特里·伊格尔顿：《二十世纪西方文学理论》，伍晓明译，北京大学出版社 2018 年版，第 161 页。

② ［英］保罗·约翰逊：《美国人的故事》（中卷），秦传安译，中信出版社 2019 年版，第 96 页。

实现了国家的最终统一，战争中他是一个战争指挥的天才，具有“打资源打后勤”的现代战争观念，能够就地解决军队的粮食供应问题。批评者指出这种解决大部分是以抢夺南方种植园、农场主为代价的，他的大军无情地破坏所到之处的经济基础、拆毁铁路、烧毁房屋、破坏工厂，烧毁带不走的物资。① 南方变成一片焦土，无辜百姓流离失所、葬身炮火。不过小说中没有简单地从黑与白的二元对立中去探讨这个历史风云人物的功过是非，而是关注到人物细腻的心理层面、精神层面和情感层面，从而将史书记载所经常宣扬，为人们所熟知的人物形象刻意淡化，不为人所熟悉，甚至令人觉得惊异的另一面并置组合于一起。

那么在多克特罗的笔下，谢尔曼呈现了怎样的一种立体性呢？他毋庸置疑的是整个大军的核心。作家把大进军比喻为“一个巨大的多节的物体在以每天十二或者十五英里的速度收缩和扩张运动，一个有十万只脚的动物”。而谢尔曼就是这个怪异动物的“小小的大脑”。然而就是这样一个不可替代的部队首脑，一出场却是惊人的其貌不扬、衣着粗陋：骑着比矮种马高不了多少的坐骑，双脚都快碰到地面，军上衣落满尘土，衣扣半开，手绢系在脖子上，头顶戴着一个破帽子，红胡子中间夹杂着黑须子。以至于第一次见到他的珀尔觉得他毫无军人的样子。但在这一切普通得不能再普通的外貌之下隐藏的却是一颗战争狂人的内心。在他眼中“硝烟是战争女神舞动的朦胧面纱”，并直言自己受到诱惑，看到战场上惨烈的肉搏场面，他竟“快乐地抽泣起来”。他迷恋着长途行军，迷恋着“每天夜晚躺在坚硬的土地上仰视繁星”，迷恋着“每天早晨都按照战争应有的方式指挥战争”。以至于在战争结束之后，会依然带着热望沉浸于曾经的行军之中，他认为这场大进军将走过的每一片田野、沼泽、河流、道路都变成了“具有精神意义的某种东西”。作为一个战争

---

① 邹海仑：《“世界爷”——多克托罗——人性之旗》，［美］E. L. 多克特罗：《大进军》，邹海仑译，上海译文出版社 2017 年版，第 341 页。

狂人，自然有着冷酷无情、极为功利的一面，战场断杀的士兵只是他眼中的工具、武器，他认为战场上士兵的死亡，仅仅削弱的是军队战斗力，影响最大的是“数字上的损失”，将之描述为“债务栏里的一条记录”。同时，这样一位疯狂迷恋战争的将军会像许许多多普通人一样有着极度爱慕虚荣的一面，当奉承他的信件从全国源源不断地涌来时，他内心兴奋不已，那是一种“无法克制住涌遍周身的兴奋颤栗”，而随后还有故作平静地去接见前来赞扬他的政客。

多克特罗除了赋予谢尔曼战争狂人、军队首脑、指挥天才这些传统意义的被普遍认知和接受的身份符号之外，还特别注重展现一个立体人物的多面性，尤其是挖掘了鲜为人知的敏感、细腻的精神世界。在小说中有这样一段谢尔曼关于生与死的沉思：

> 假使死者会像入睡的人那样做梦将会怎样？我们怎么知道人死后没有精神呢？或者我们怎么知道死亡不是一种死者无法从其中醒来的梦的状态呢？而且就这样，他们陷在一个可怕的世界里，那儿有种恐怖正在逼近，就好像我自己在噩梦中知道的那样。
>
> 害怕死亡的惟一理由就是，它并不是意识的真实而无感觉的结束。这是我害怕死亡的唯一原因。

在强悍勇猛的外壳笼罩下，谢尔曼同样拥有复杂的内心活动。这一段深沉的冥思和忧郁的哈姆雷特王子那段著名的 to be or not to be 的独白何其相似，他们都想到了死亡的恐怖，都将恐怖的死后世界比喻为梦魇笼罩的未知国度，都在思索惧怕死亡的缘由：

> 生存还是毁灭，这是一个值得考虑的问题；
>
> ……
>
> **死了；睡着了；**

什么都完了；
要是在这一种睡眠之中，我们心头的创痛，
以及其他无数血肉之躯所不能避免的打击，都可以从此消失，
那正是我们求之不得的结局。
死了；睡着了；
睡着了也许还会做梦；
嗯，阻碍就在这儿：
因为当我们摆脱了这一具朽腐的皮囊以后，
在那死的睡眠里，究竟将要做些什么梦，那不能不使我们踌躇顾虑。
人们甘心久困于患难之中，也就是为了这个缘故；
……
倘不是因为惧怕不可知的死后，
惧怕那从来不曾有一个旅人回来过的神秘之国，
是它迷惑了我们的意志，使我们宁愿忍受目前的折磨，
不敢向我们所不知道的痛苦飞去？
这样，重重的顾虑使我们全变成了懦夫，
决心的赤热的光彩，被审慎的思维盖上了一层灰色，
伟大的事业在这一种考虑之下，也会逆流而退，
失去了行动的意义。

（朱生豪译）

有所不同的是，重重的思虑成为了哈姆雷特复仇迟迟延宕的原因，而谢尔曼则果敢坚毅，杀伐决断毫不犹疑，这也赋予了后者性格以更复杂的多面性。

小说中最惊人之笔在于触及了谢尔曼内心柔软之处，特别是精彩的情感描写。如果说在《南方的寡妇》中，内森·弗雷斯特将军不经意流

露出的是思念妻子的儿女情长，那么《大进军》则多次刻画了谢尔曼的舐犊情深。在克拉克中尉死后，谢尔曼让女扮男装的少年鼓手珀尔附属于大军的参谋部，并对她关怀备至。这一举动引来不解，蒂克上校解释了其中的原因，即珀尔在将军心里代替了死去的儿子威利。谢尔曼将军的家人曾来部队看望他，而他的儿子也因此受了伤寒而死去。不幸的是，在部队庆祝取得塞凡纳之战胜利的时候，谢尔曼又接到来信得知他的太太以及另一个六个月的儿子查尔斯都已死去。战争结束后，当知晓南方邦联军哈迪将军十六岁的儿子战死在本顿维尔时，令人意想不到的是，谢尔曼竟然回到自己的屋子中，哭泣起来。小说中，他给哈迪写了一封感人肺腑的信：

> 我们都失去了我们的同名的儿子。虽然我的威利太小，还不能骑马，正是这场战争杀死了他，正如毫无疑问这场战争杀死了你的儿子。他们死去的年纪是多么违背自然啊，违背了上帝的伟大谋略，年轻人在人之前就脱离了肉体……我能够想象出，**你在悲哀中希望上帝会放过你的威利而让你代替他，因为这正是我希望的东西——**我指的是当我失去我的威利的时候。我咒骂我们颠倒的时代，成千上万的我们，为人父母，**却把我们的孩子给了这个该死的叛乱的战争**……愿你接受我诚挚的吊唁。先生，我是您谦卑而恭顺的仆人，威廉·特库姆塞·谢尔曼少将。

在此，作家用不经意的寥寥数笔塑造了冷酷残暴的铁血将军谢尔曼不为人知很少被提及却又格外触动人心的一面，和千千万万普通父母一样，他也有着对子女特别的柔情，尤其是其家庭在战争中遭遇重大变故之后，这份舐犊之情更深更浓，而且竟然还能设身处地的换位思考，产生了对曾经刀兵相向的敌人及其亡子的复杂情感。可以说，作家将人物身上两种截然相反的特质并置，一定程度上解构了谢尔曼战争屠戮者的形象，以当代的视角重塑了这位南北战争时期的风云人物。更有意思的是，如前文所述，谢尔曼本是战争狂人，迷恋战争，在这封书信里竟然诅咒起战争，表现出内在的自我矛盾、自我分裂。

《大进军》中还用专门一章的篇幅讲述了一位叫基尔帕特里克的北方将军的故事。不过小说没有展现他在战场上骁勇善战的一面，而是把他刻画为一个可笑的、丑态百出的将领。作家以夸张的描述，有意突出、放大、渲染了他身上所有的丑陋面，解构了南北战争后期联邦军官所向披靡、正义英勇的固化形象。基尔帕特里克贪恋女色且荒淫无度；他带着自己的部下去侦察，遇到雷暴，战马发疯，将他甩落，只有一条腿挂在马镫上。马拖着他横冲直撞，他大喊着，直到撞在一棵树上。他躺在大树下，呼哧呼哧地喘不上气，极其狼狈又很滑稽；军营遇到偷袭，他穿着内裤和拖鞋就跑了出来，还被绊倒在地，面对南方军官的询问，他为了求生，只得缩着肩膀、低着脑袋，装出被吓坏了的副官的恭敬模样，就这样近乎赤裸地骑马侥幸逃脱。可以说，在多克特罗笔下，这位受到谢尔曼信任青睐的将军，毫无勇武之气，只是一个贪婪好色、猥琐苟且之徒，亦无调兵遣将、谋划战局的大将风范和智慧，反而遭遇算计落荒而逃，丑态毕现。

在当代美国内战小说中，众多南北军的将军悉数登场。有些作品中的故事不是以他们为中心而展开的，但他们却是小说中的重要角色。作家在重塑这些历史名人时，整体上继承传统，使他们呈现为大体稳定完整的形象个体。同时这些小说又意在解构传统单一模式的人物形象刻画，没有用单纯的是与非、正与邪、黑与白对人物进行分类和定性，更没有将他们简单地视为青史留名的大人物，而是侧重于描写他们作为最普通的人方方面面的细节，并且在充分尊重重要史实的基础上，深度挖掘、重现那些被遗忘、忽略或压抑的人性的另一面。这“另一面”抑或是英雄形象、超人意志、功勋伟业背后的脆弱敏感、儿女情长，抑或是性格的弱点、丑陋的本性，并将这些曾被忽视和抹去的特质尽力地突出和放大，甚至提升到人物核心特质的地位，于是读者发现对立分裂的品质特征在这些大人物身上可能是并行存在的。这些小说还着重聚焦放大了南北方将军内在心理与外在言行的矛盾对立和相互冲突，将他们刻画为在某些特定的焦灼时刻内外难以达成协调统一的不稳定个体。总之，当代内战小说在人物塑造方面整体上遵循和继承传统，继承的有传统的塑造人物的方式，还有传统文献和作品中对这些历史人物特质的记载叙述，同时在局部又突破和解构了传统，融合了后现代的历史观，将风云一时的总统和将军们刻画为多元复杂的人物形象。

三　内战叙事中的约翰·布朗

1859 年，约翰·布朗在哈珀斯费里（或译为哈珀斯渡口）发动的起义将废奴运动推向高潮，成为内战的重要导火索。起义的失败带来了重大反响，北方多个城市举行仪式悼念布朗，甚至游行示威。布朗也成为内战小说、废奴小说中常常涉及的人物。《马奇》中主人公一次次回忆起自己的过往与布朗的交集：聆听他激情四射的演讲；看到玛米对他的拥戴；布朗的一次次举债给马奇一家带来的困境；马奇得知他率领起义后的矛盾情绪。小说中讲述了布朗起义在南北方引起的轰动，亨利·索罗、沃尔多·艾默生、纳撒尼尔·霍桑等历史名人纷纷登场，甚至围绕着布朗被处绞刑产生过观点的冲突。《基列家书》中虽然没有布朗的故事，却塑造了布朗式的人物。约翰·埃姆斯的祖父是一个坚定、激进的废奴斗士，对战争寄予无限希望，参加了堪萨斯之战，以随军牧师的身份参加了内战，并在战争中失去了一只眼。他身穿血衣、腰别手枪，慷慨激昂地在讲坛上号召为消灭奴隶制而奋斗，被家人看作疯子。在埃姆斯神甫身上，似乎也能看到布朗的影子，而巧合的是，他年轻时即和布朗熟识。可以说，即使在 21 世纪的今天的内战叙事中，约翰·布朗仍不缺席。

《上帝鸟》以一个并不可靠，却又生动有趣的视角呈现了这个内战前夕轰动全美的人物的方方面面。2013 年美国国家图书奖的获奖词中指出“詹姆斯 · 麦克布莱德的小说选取了美国历史上一个关键的、混乱的事件，并以马克 · 吐温式的滑稽和真实，重述了整个故事”。[①]《上帝鸟》确实让读者想到《哈克贝利 · 费恩历险记》，两部小说都是从孩童的视角和经历讲述故事，天真、稚气、令人捧腹。Amy Frykholm 在书评中说：“我不想评论这部小说，我只想享受阅读……笑声、欢乐和焦虑抵御着我作为批评家分析文本的尝试。”[②] 欢笑之余，小说中也不乏尖锐的讽刺，令人深思。吐温用其妙笔证明了少年成长的故事亦可成就文学经典，麦克布莱德的作品或许也在追寻着前者的足迹。不过，在《哈克贝利 · 费恩历险记》中，伴随着哈克成长的是纯真的丧失，以及见识到现实世界的堕落，而在《上帝鸟》中男扮女装的黑人少年洋葱头的成长伴随着情感的转变，他开始并不喜欢和布朗在一起的东奔西跑，食不果腹的日子，甚至想回归过往的奴隶生活，后来在一次次行动中被布朗的义举所感动，满心牵挂、惦念，产生了莫名的亲情。

不过，正如本书在第二章所指出，小说是通过洋葱头这个真实性、可靠性都令读者画上大大的问号的人物讲述的布朗起义，这为历史事件的重述留下了巨大的创作空间。有两个细节不能忽视，序言中作家杜撰的那份重见天日的黑人历史资料中写道“人们没有发现过也不知道曾经存在过关于布朗及其同党的完整记载”；小说 26 章中直言关于布朗和道格拉斯最后一次见面，不同的书里已经有十几种不同的记载了，而且在场的四人中，只有道格拉斯能完整地讲述事情的来龙去脉，然而这位擅长演讲的黑人名流却偏偏不肯直截了当地说出当天发生的事情，使得事件本身带有了不确定的神秘感。虽然小说基本上以一种现实主义的手法讲述历史故事，但却一次次毫不避讳地指出史料的不确定性，这为可疑

---

① ［美］詹姆斯 · 麦克布莱德：《上帝鸟》，郭雯译，文汇出版社 2017 年版，封底。

② Frykholm, Amy, “The Good Lord Bird, A Novel”, *Christian Century*, Vol. 131 Issue 6, 2014 (3).

的叙述人洋葱头填充各种故事细节提供了充分余地。比如，洋葱头将布朗起义的失败归结为自己犯下的严重错误，尤其是没有将“列车员”的口令暗号带给布朗，这一细节主要源于作家的虚构想象；在起义前夕，还有一个叫赫夫马斯特的老妇人常到他们的居所刺探各种消息，均被布朗之女安妮以这样那样的借口打发掉，这个细节从孩童的视角讲述得十分有趣，但也真假难辨。

叙述者信息和价值层面的不可靠，使得人物刻画也拥有了更大的虚构空间，小说不再像一些历史记载那样要么把布朗描述得无所不能、几近完美，要么描述的性格瑕疵、荒诞可笑，而是呈现出多维、综合、复杂的人物形象。在洋葱头的视角中，布朗是一个狂热的宗教分子，只不过通过他稚气未脱的口吻讲述出来增添了几分滑稽夸张。他可以握着黑人的手翻来覆去地念叨着几段《圣经》，直到把人念到酣然入睡，他可以一路上大声叫喊着念《圣经》，队伍中其他人被折磨得疲惫不堪，甚至站着入睡。巷战时，子弹从布朗头上和身边嗖嗖飞过，他却站立街头对洋葱头大谈特谈《圣经》，“好像站在教堂里排练圣歌”，在起义的关键时刻，布朗自宣为总统，然后又做了长篇大论的祷告，火急火燎的洋葱头不得不想尽各种办法打断他。伴随着这种狂热的是言语和行动上的疯狂，在外人看来，他说话经常颠三倒四，就连吃饭时也会异于常人，有时会像啃苹果似的生吃洋葱，就着黑咖啡吞下肚，嘴中气味难闻。小说中这样滑稽可笑的情节比比皆是，他甚至自以为是地相信黑人群体宁可一死，也要自由，会争先恐后地加入他们的行动，其实根本是事与愿违。布朗的疯狂还表现在为了废奴事业，他会杀人纵火，令人闻风丧胆。即便是黑人奴隶，也会以“疯子”，“脑子不正常”的言语来形容布朗。不过，就是这样一个“疯子”，还同时存在与上述形象形成极大反差的温情一面，他会走过儿子睡觉的地方，“俯下身去，以妇人的温柔把那巨大的毯子掖紧”，对身边的万事万物都给予爱称。在从芝加哥开往波士顿的火车上，他不断掏出各种各样预备送给孩子们的小玩意儿和纪念品，念叨着自己的小闺女们，流露出深深的思念之情。因此有了下面一段让人动容的描写：

> 他那么个糙汉子，甭管遇到的什么孩子都是满怀柔情。我不止一次看见他整夜陪着肚子痛的黑孩子……那孩子疲惫不堪的父母睡着的时候，他便去给他找吃的，给他倒上些热牛奶，或者灌下热汤，唱着歌儿哄他睡觉。他思念自己的妻儿，然而他也认为与蓄奴制做斗争更加重要。

今日的读者或许无从确定有关布朗的每一个细节的精确性，但小说通过一个不可靠叙述者为我们提供了多面共存的可能性，并且有意聚焦放大了那些曾经被遗忘的另一面。在历史文献中，对于这位废奴领袖的评价和描述常常呈现褒贬对立的两极化。21 世纪初美国著名的废奴作家杜波伊斯在历史传记《约翰 · 布朗》（*John Brown*，1909）中极力美化布朗，宣扬他在内战前夕大动荡时期的巨大影响力，“即使约翰 · 布朗没有使那场了结奴隶制的战争结束，他至少使那场战争开始……没有这一击，自由的前景就会黯淡不定……约翰 · 布朗伸出手臂时天空便晴朗了。妥协的日子结束了——武装的自由战士直面分裂的联邦所造成的深渊——武装冲突开始了”。杜波伊斯将布朗的革命思想与同时期达尔文的革命思想相比较，并宣称“所有美国人中或许只有这个人最接近触及黑人的真实灵魂”。[①] 杜波伊斯还提醒美国人，尤其是非裔美国人不要忘记约翰 · 布朗，不要忽视他为 20 世纪留下的遗产。与此截然相反的看待布朗的观点也一直同时存在。一起参加过堪萨斯反奴隶制战争的乔治 · 吉尔在书信中称“我们赞誉军中领袖的时候，经常会遗忘掉其他普通的士兵，我对于布朗的记忆并没有那么神圣”，吉而认定布朗“非常迷信、自私、

---

① 朱刚主撰：《新编美国文学史》（第二卷），上海外语教育出版社 2002 年版，第 382 页。

心胸狭隘”，并用“铁石心肠”（iron），“专制”（imperial），“报复心强”（Vindictive）[①] 等词汇描述他，挑战了对布朗的圣人式刻画。而他的子女则对吉尔的一些观点表示反对，以家庭教育为例指出尽管布朗非常严厉，有时甚至会在家中使用体罚，但他却能很好地抚育子女（nurturing）。[②] 在《上帝鸟》中，无论是对布朗义举的褒扬赞许，还是对他行动的批评质疑，都借助一个身份存疑的不可靠的叙述者以一种儿童视角，天真却又夸张地呈现出来，不时还伴有各种揶揄讽刺，常常令人啼笑皆非。在这样的轻松氛围的裹挟中，史料细节的真实性显得没那么重要了，读者可以看到历史的多种可能性，可以看到一个多面立体、矛盾共存的布朗，可以听到曾经被忽视或隐匿的声音。

小说继承了传统现实主义的叙事风格，按照线性的时间顺序推进故事发展，注重历史再现的逼真性，人物内在与外在也是基本稳定的。同时，小说颠覆了对人物单一性、绝对化的认知，不可靠叙述的视角说明一切皆有可能，像布朗这样的历史人物，可能具有各种看似矛盾分裂、水火不容的特质，那种干大事业的英雄气质和常常出现在小人物身上的荒诞特性出人意料地共容于一体，那种勇武凶残的本质和温柔体贴的性情也有机地和谐相容，并且在人物身上具有同等重要的地位，甚至有时那些曾被忽略重被发现的特质还会占据更突出的位置。这样，小说在继承与解构中重塑了布朗多维层次的人物形象。

第三节　对内战前后重要历史事件的重塑

美国当代小说家在重塑内战前后的重要历史事件过程中，会尊重且遵循一些被普遍接受、广泛认同的历史事实。“语言和现实之间确实可能

---

① Gill B. George, “George B. Gill, letter to Richard Hinton, July 7, 1893”, In Trodd and Stauffer, eds., *Meteor of War*: *The John Brown Story*, Maplecrest: Brandywine, 2004, p. 180.

② McTaggart Ursula, “Historical Fiction about John Brown and Male Identity in Radical Movements”, *African American Review*, Vol. 51, No. 2 (Summer 2018).

存在着大量的对应关系，几乎没有人会赞同抹杀大家所普遍接受的事实……这证明人们有着一种强烈的意识，认为历史学家没有凭空捏造的权利。如果是这样，现实主义小说家也同样没有权利去凭空捏造。他们不仅必须相当了解历史学家所知道的东西，更要了解历史学家不知道的东西。"① 因此，具有新现实主义倾向的美国当代内战小说，即便在创作风格上留下了现代主义和后现代主义的印迹，在重要历史事件的重塑上依然秉持着严肃严谨的态度，给读者营造出一种身临其境的现场感。不过，当代内战小说并没有束缚于条条框框，对于一些战场细节的刻画，会通过叙事方式的创新以及大胆的驰骋想象，虚构出一些颠覆读者预期或格外发人深省的情节。然而，读者在惊异之后也会觉得，这样的情节设定并非毫无道理，而是可能会真实发生的。对于历史学者而言，"即便后现代主义相对论也不意味着可以随心所欲"，"就连那些有意识的后现代重构主义者，也在想方设法让我们相信那些他们认为真正发生过的事情"②，以新现实主义风格进行创作的小说家更是如此。

一　富兰克林战场上的生死抉择

《南方的寡妇》中，最令人惊异和出乎意料的情节是围绕卡什维尔战场夺旗展开的，作家通过不同的视角揭示了这一所谓的英雄壮举背后隐藏的真实的心理动机。这一情节的设置在小说中至少有两层作用：一是卡什维尔在生死一线的惊人之举深深吸引了女主人公麦加沃克，成为了她此后人生抉择的一个重要指引，为后续故事的发展做了铺垫。二是这一带有反讽效果的情节也表达了作家对于战争、生死等问题的观点和态度。

在南方邦联部队伤亡惨重、节节败退之际，卡什维尔看到了一位本

---

① 巴特勒·克里斯托弗：《解读后现代主义》，朱刚、秦海花译，外语教学与研究出版社2015年版，第66页。

② 巴特勒·克里斯托弗：《解读后现代主义》，朱刚、秦海花译，外语教学与研究出版社2015年版，第66页。

不该冲锋陷阵的年轻军需官冲在了最前面，“挥舞着帽子，叫喊着，要为他自己的镇子而战斗”，直到身中数枪，战死沙场。紧接着他看到了旗手的倒下，然后是为他们演奏军乐粗脖子大嘴巴的沃伦表现得异常英勇，冲出去接过旗帜，他觉得这一举动“永远无法解释”，“到现在还是秘密”。沃伦死前的瞬间，也颇为壮烈：

> 他转向我们，前后挥舞着旗帜，好像他已经占领了北佬的阵地，并要我们知道。沃伦的眼睛瞪得很大，汗水从鼻尖往下淌，他又一次尖叫着说，人不能永远活下去。就在这时他的脖子后面中了一枪，他在我们这出悲剧中扮演的小角色就这样结束了。

于是卡什维尔紧随其后地朝旗帜走去，他扔掉手枪，把旗帜竖起来，并这样描述自己的行动和心理“我只是转过身去，朝着壁垒走去，随时等着被撂倒。我不快乐。我感到满足”。至此，读者看到的是一个接一个的战士和旗手满腔热血、英勇无畏、前赴后继地冲向战场。

以上这些情节在之后的第 12 章以北方联邦军士兵内森·斯泰尔斯中尉为第一人称主视角的叙述中再次被讲述，同时还增加了更多的细节。他看到卡什维尔“闲庭信步似的来到我们的阵地上，爬到最高点，当着我的面把旗帜插好。他还在微笑，鼻子翘到空中，发疯似的仰天大笑”，斯泰尔斯中尉把他拉入战壕后回忆道：

> 他指着脖子，像是在说，朝这儿打，快。我始终用脚踩着他的胸口，注视着他，直到他脸上的表情都变了。他变得愤怒，在我的脚下挣扎，他骂我是胆小鬼，他朝我吐唾沫，我气得差点撕他的喉咙，但是**他身上的某种气质让我下不了手**。

读者虽然通过斯泰尔斯中尉看到了一个与其他战士略有不同的卡什

维尔，但依旧感受到的是这个南方邦联士兵虽成俘虏，却依然保持着宁死不屈的傲骨。斯泰尔斯说不清是怎样的一种气质让他下不了手，但他隐约也感觉到一丝异样，“这样的人是不应该死的。他看上去年龄大些，大得不应该这么不假思索地放弃自己的生命”。

直到小说第29章，以麦加沃克为第一人称视角的叙述，展开了一场和卡什维尔之间抽丝剥茧、直抵灵魂的对话向读者揭示了他在战场上冲上山去，抛弃武器，握住旗帜根本目的在于求生：

> 我朝他们吼叫，我叫得越响，就越知道他们不会杀我。我不知道我是怎么知道的。我看见过别的旗手中弹倒下，但我知道那些旗帜不是我唯一的机会。否则的话，我就只是另一个端着来复枪的人。**我没指望能活。我盼着快死，我教我自己要盼死，而不是活。**
>
> **但我们盼望的和我们想要的并不总是一回事。**
>
> **从来不是。**
>
> 我们想要活。
>
> 是的。
>
> **你一直都想要活。**
>
> **是的。**
>
> **你知道怎样才能活。**
>
> 我有个主意。
>
> **那些旗帜。**
>
> **对。**

卡什维尔看上去胆怯懦弱却颇有心计的举动与传统意义上那种满腔热血、意志坚定、勇往直前的英雄壮举背道而驰。不过作家却给予了这样一个“反英雄”式的人物以肯定与赞赏，并通过他传递自己对于战争、生命的观点。罗伯特·希克斯说“我希望能借助虚构小说这一工具，来领悟关于战争的更伟大的真理”。[①] 这一真理显然不是伟大的牺牲、士兵的荣耀那套陈旧说辞。事实上，在小说中，作家多次借助不同人物的视角表达出这样的战争毫无意义，这样泯灭人性的厮杀与牺牲毫无价值的反战立场。而像卡什维尔那样为了自己的生存而抗争的普通人不仅不该被唾弃和鄙视，反之他身上闪耀的人性的光辉应该得到讴歌。甚至女主人公麦加沃克也感受到他的独特魅力并为之吸引，“当他周围的人都倒下去之后，他却学着怎样活下去，我觉得这更是一种英雄行为。一个另类的战斗英雄”。要知道作家对麦加沃克是充满敬意的，他曾写道“我的一个真正的兴趣始终在卡丽以及在她的轨道里行动的人们身上……如果说，我的这部小说别的目的没有达到的话，我希望我忠实地保持了对卡丽的记忆——她活在这些篇页里，是一个值得铭记的人”。[②] 这样一个如此令人尊重的女主人公，深受卡什维尔的触动，并影响到了她此后人生的轨迹和抉择。可见，在作家的眼中和笔下，卡什维尔为了生而做的奋争是多么了不起的事。

美国战争小说中，像卡什维尔这样选择逃离战场，单方面媾和的情节并不鲜见，且这些士兵往往因为拒绝制度下平庸的恶，表达出敢于追求真理和自由的理想，而得到同情、赞许，不但没有背离美国边疆神话，反而体现了边疆神话对英雄的推崇，甚至被看作真正的美国式英雄。[③] 实际上，从众多的历史资料来看，士兵敢于做出这样的人生选择绝非易事。格拉斯对“二战”逃兵历史的研究显示，“二战”期间约有近 5 万名美军士兵和 10 万名英军士兵逃离部队，约有 3.8 万名军官和士兵试图以歪门邪道逃避危险任务而受到军事法庭的审判。[④] 如此选择将意味着

① ［美］罗伯特·希克斯：《南方的寡妇》，张建平译，人民文学出版社 2007 年版，“作者按”第 359 页。

② ［美］罗伯特·希克斯：《南方的寡妇》，张建平译，人民文学出版社 2007 年版，“作者按”第 360 页。

③ 胡亚敏：《美国战争小说中的单独媾和主题》，《英美文学研究论丛》（第 23 辑）2015 年秋。

④ ［美］查尔斯·格拉斯：《战争风云：美国士兵战争亲历记》，向程译，新世界出版社 2015 年版，第 3—4 页。

他们不得不面对艰难的生存困境和道德伦理困境。Emerson在其研究中采访了众多美军士兵和普通民众，有受访者表示，儿子因逃避兵役而被迫流亡在外，遭受周围人的鄙视，生活遇到极大困难，可能比阵亡士兵的家庭更难恢复正常。[①] 也就是说，一旦选择了逃离，将意味着自我放逐于主流社会之外，踏上一条不归的孤独之路。因此，士兵面临着何去何从的伦理困境，是在美军军事体制的控制下沉沦于满是谎言和暴力的战争之中，还是奋起反抗，维护个体的尊严和价值观念。无疑，战争是一面镜子，通过士兵在矛盾中做出的人生选择能透视到“现代生活中自我与社会、个人意志与公共意志之间的冲突和对立”。[②] 本书研究的当代内战小说大多是对那些敢于逃离战场，追求生命、自由与真理的个人给予赞扬。在《冷山》中，英曼同样是单方面媾和的逃兵，同样没有《荷马史诗》中英雄人物的气概，归乡途中亦无可歌可泣的英雄壮举，不过作家对其却并无丝毫贬低的态度，甚至暗含着肯定与推崇。他坚定、执着、正直、果敢，靠着朴素、热烈的情感，超越常人的毅力和耐力，跋山涉水，一路艰辛，克服了难以想象的困难，只为回到朝思暮想的家乡，回到无限思念的艾达身旁。在当下这个“人类作为‘类’的价值得到标举，作为‘个’的价值必将受到削弱”[③] 的消解英雄的时代，英曼对于自由、爱情的不懈追求凸显出其特有的意义和价值，体现出了有别于传统的英雄观，或许这种拒绝扮演英雄，以追求自我意志为中心的人物，才是当代作家心目中的英雄。

富兰克林之战是被学界所公认的历史存在，《南方的寡妇》从整体上继承和尊重了历史事实，注重真实再现战役的关键细节，包括战场环境、战役起止时间、伤亡情况等。同时，作家也创造性地构想出战场士兵的随机反应和抉择，颠覆了读者的传统想象，对于今人来说，究竟有

---

① Emerson Gloria, *Winners and Losers: Battles, Retreats, Gains, Losses and Ruins from a Long War*, New York: Random House, 1976, p. 126.

② 胡亚敏：《战争文学》，外语教学与研究出版社2021年版，第81页。

③ 周泽雄：《英雄与反英雄》，《读书》1998年第9期。

没有卡什维尔这个人物，究竟有没有战场夺旗那些惊心动魄的故事，或许已很难翔实考证，而且我们也不可能完全把握当时处在战争冲击下的人们最直观的体验和感受。罗伯特·希克斯坦诚道："由于热衷于讲故事，我绕开了某些史实，为此要向某些人表示最真挚的歉意。除了卡丽和她的直接亲属以及奴隶外，其他大多数人物要么是将富兰克林过去的历史人物混合而成，要么就是我的想象力的产儿。"① 因此，小说中一些细节的战争事件是否符合战场的实际，是否真真切切发生过，根本无关紧要，重要的是通过对历史的再建构传递出作家对无谓战争和战争中国家意志的批判，对士兵单方面媾和逃离战场的赞许，以及对生命价值的尊崇。

二 联邦军"大进军"下的万千人生

《大进军》中谢尔曼将军率领六万大军穿越佐治亚、南卡罗来纳、北卡罗来纳，指挥了导致南方投降的最后一战，结束了耗时四年的南北分裂战争。对于这场挥师南下的大进军，历史评价各异。谢尔曼将军在其回忆录第二十一章"The March to the Sea—From Atalanta to Savannah"中记载了为这次进军颁布的"第120号特殊野战命令"（Special Field Orders, No. 120）。这份军事命令文件包含八条规定，其中第四条规定军队在行军途中可以在指挥官的指挥下，组织一支精良的搜寻食物的队伍。这支队伍可以在行进路线附近自由地搜找玉米、肉类、蔬菜及指挥部需要的任何东西，目的在于保证充足的行军补给。但这一条也同时规定士兵不能闯入百姓住所或以其他任何非法形式入侵私人领地。第五条规定部队指挥官有破坏工厂、房屋、轧棉机的权力，但同时也规定了一般性的原则，即在部队未受攻击的地区，不得破坏这些财产。第六条规定骑兵和炮兵部队可以自由而不受限制地分配居民家中的驴、骡子、马车等

① ［美］罗伯特·希克斯：《南方的寡妇》，张建平译，人民文学出版社2007年版，"作者按"第366页。

财产，不过要区别开有敌意的富人和友好的穷人；同时，这一条还规定，在搜找以上物资时，军队不得使用侮辱性和威胁性语言，并且要尽力给每户家庭留下合理的份额维持生计。谢尔曼将军在他的回忆录中还声称，这些命令和此前其他类似命令一样，都得到了很好的遵守和执行。[①] 作为北方联邦军中大概仅次于林肯总统和格兰特将军的第三号重要人物，谢尔曼的回忆录是研究这场进军的重要历史文献，具有一定的正统性和权威性。这些命令的初衷是在保障军队后勤供应的基础上，尽量少地侵扰南方当地百姓，保障那些不具军事威胁的普通百姓的基本生活秩序。然而，不能忽视的是与回忆录中的记载截然不同的另一种普遍而强大的声音，这一声音告诉我们军队并没有完全执行谢尔曼的命令，而是有选择性地执行，现实比书面文件中的文字要残酷得多，这场进军给南方带去了无尽的痛苦和灾难。比如一位独自经营南方庄园的寡妇就曾讲述了联邦军如同魔鬼一般冲进她的房子，站满了院子，肆无忌惮地搜刮食物，砸毁物品，射杀家畜，彻底毁掉了她的居所。[②] 这样的寡妇不可能对谢尔曼的大军带来任何烦扰，但她的正常生活乃至生命安全都受到了威胁，"尽管有他的命令，他的军队在行动中通常也严守纪律，但劫掠依然令人震惊，暴行把恐惧和沮丧深深刺进了最顽强的南方人的心里"。[③] 还有历史学家批评谢尔曼的回忆录过于偏执和自以为是（so opinionated），退伍老兵们蜂拥而至对他所讲述的内战史实提出众多质疑。[④] 对此，谢尔曼也有回应：在这个自由的国度，每一个人都有发表自己的想法和印象的完全自由，任何一个与我观点有异的见证者都应该以他感兴趣的方式真

---

① Sherman Tecumseh William, *Memoirs of General W. T. Sherman*, New York: Library of America, 1990.

② Seidman Filene Rachel, *The Civil War: A History in Documents*, New York: Oxford University Press, 2001.

③ 保罗·约翰逊：《美国人的故事》（中卷），秦传安译，中信出版社 2019 年版，第 96 页。

④ Fellman Michael, "Introduction", in William Tecumseh Sherman, *Memoirs*, New York: Penguin Books, 2000, pp. vii – viii.

实地发表自己对于战争中各种事件的看法。我出版我的回忆录，而不是他们的回忆录，我们都知道即便是一场普通的争吵，三个见证者也会给出不同的细节。更何况在这样覆盖广泛战场的大规模战斗中必然会充斥各种意见的分歧，尤其是当每一个军团、师旅都自然地和真诚地认为他们是整个事件的核心的时候。①

这场发生在南北战争尾声的大进军彻底改变了很多人的命运。面对纷繁的历史，多克特罗摒弃了用单一的权威声音进行讲述的宏大叙事模式。在小说中，他将不同种族、不同肤色、不同阶层的人物故事交织在一起，每一组人物的故事都反映了战争背景下社会可能出现的不同存在样态；每一个人物的人生轨迹都不可逆转地改变着，透过他们的视角和声音，可以看到战争中芸芸众生可能面临的不同生存形态。围绕这些人物的故事彼此独立、并行共存、各具合理性，同时又相互呼应、相互碰撞，共同构筑了谢尔曼所统率的大进军的历史画卷。除了多元化的叙述视角、叙述声音，小说内部也蕴含着解构的力量。这样的叙事方式契合了作家的历史观，在多克特罗看来，如果历史事件的“创造和编纂”只固化为单一的视角和评价，并在长期的传播过程中不被质疑和挑战，它们“会变得如同神话一般十分强大”，从而变成“规训、威慑和强制着人们”的僵化教条和限制人们自由思考、表达意见的单一权威。② 因此，在他的创作中，往往会以颇具洞察力和胆识的异见者姿态重新书写那些已为人们所熟知的历史事件，提供了重新认知历史、思考历史的多重视角。正如多克特罗所说，“如果你不能坚持重新塑造和重新阐释历史，历史将成为神话的化身，把你牢牢捆绑住，你会发现自己置身于某种极权社会之中，不论是世俗的还是宗教的”。③

在小说一开始，联邦军攻入米利奇韦尔，其中一个中尉就对家破

---

① Sherman Tecumseh William, *Memoirs*, New York: Penguin Books, 2000, p. 5.

② 唐微：《叙述与见证：多克托罗的历史写作》，《外文研究》2015 年第 3 期。

③ Doctorow E. L. , “A Multiplicity of Witness: E. L. Doctorow at Heidelberg”, in H. Friedl & D. Schultz eds. , *E. L. Doctorow: a Democracy of Perception*, Essen: Verl. Die Blaue Eule, 1988.

人亡的艾米莉·汤普森说到“没有什么可担心的，谢尔曼将军不会对妇女和儿童开战”。这一句在小说中成为了一个巨大的反讽，作家从不同角度描写了战争给南方包括妇幼在内的每一个人带来的巨大灾难，时时解构着中尉这一荒谬的观点。谢尔曼大军将战后的南方当作任意发泄的场所，在种植园肆无忌惮到处搜刮的士兵们竟然认为“这是一场快乐的战争”。被征服的南方则承受着无尽的痛苦，种植园主约翰·詹姆森、贺拉斯·汤普森法官这样的白人家族家破人亡。刚刚被解放的黑人奴隶也并没有换来希望中的幸福与自由，甚至有的还陷入了更深重的灾难。小说中讲述了这样一个触动人心的情节。大批黑人紧紧跟随北方联邦军，但却被看作沉重的包袱和累赘。在一次渡河后，北方军明知南方人会把追击到的黑人开枪打死或者重新抓回做奴隶，还是砍断了过河浮桥的绳子，丝毫不顾黑人死活。于是，被留在河岸的黑人有的带着包袱冒险跳入河中，而另一些哭叫的女人和孩子则惊恐地听着身后抓捕的吼叫声、炮击声，生死未卜。多克特罗还大篇幅地描写了被战火摧毁后的哥伦比亚城又遭受了联邦军惨无人道地蹂躏，有这样一段：

> 他（注：指谢尔曼）不是曾经发誓要惩罚恐怖行为吗？他的命令正得到执行。所有这些骚动者，醉醺醺的纵火犯，这些强奸犯和抢劫者——这里就有一些，现在就正在从这栋豪华的房子里面出来，他们的胳膊上挎满了装着银盘子的口袋，珍珠项链和怀表从他们的手上垂下来——他们是什么人呢？无非是一些需要一个晚上的自由摆脱开这场南方制造的战争的人……现在他们停下来一会儿，好向一些窗户里扔火把。一个士兵瞥了蒂克（注：军中上校）一眼，看看他的反应，当看到蒂克毫无反应，他笑了，啪的行了一个军礼。

这里，谢尔曼的命令不再是回忆录中要求严明军纪的命令，而是惩罚恐怖行为的誓言。但具有讽刺意味的是，战后的联邦军如同一群罪犯，打砸抢烧无恶不作，他们没有得到惩罚，还被放纵。那么“他的命令正得到执行”，意味着北方将南方的反抗视为恐怖行为，作为战胜者的联邦军在用新的恐怖行为去报复南方曾经的激烈反抗，最终遭殃的却是千千万万的普通人。更加骇人听闻的是，这场以解放黑人为名义的战争，却让哥伦比亚城的黑人遭受了灭绝人性的折磨。那些联邦士兵“让一个黑人姑娘躺在地上，然后轮流上她。他们正在试图把另一个黑人姑娘从一个梯子上拉下来，而她则拼命向上爬着，踢着，尖叫着”。军中的上校见此情此景，竟是不闻不问，放任自流。不论是房屋被洗劫一空的普通百姓，还是遭到奸淫的黑人妇女，他们本身对谢尔曼的大军构不成任何侵扰和威胁，他们是无辜且悲惨的。联邦军从军官到士兵的行为已经严重违反了前文提及的“第120号特殊野战命令”，并且这些恶行还得到了纵容。这一幕幕荒谬的乱象既从文本内部颠覆了前文那位中尉信誓旦旦的保证，又从小说外部解构了谢尔曼回忆录中的部分记载，解构了一些权威历史文献对战争正义性、光荣性义正言辞的美化。战争后的军队没有纪律，没有规则，价值崩塌，人性丧失，战争后的土地一片焦土、千疮百孔。

总之，多克特罗将目光投向了“大进军”洪流之下的万千人生，有南北方士兵的疯狂和残忍，有千千万万的普通生命个体的悲欢离合。小说一定程度上继承了传统的历史观、战争观，力图全景式地真实再现战时与战后社会混乱不堪的样貌。但他拒绝以固定的视角、单一的声音阐释历史，解构了传统历史记载、战争叙述背后的固化逻辑，解构了人们将南北战争视为解放黑奴的正义之战的固有思维。他甚至认为作品中的虚构比历史更加接近于现实，把叙述看作人类理解自身、理解身边发生了什么的唯一方式，[①] 因此，多克特罗赋予叙述以强大功能，小说叙述带有一丝丝后现代解构色彩，多元的叙述视角、多元的叙述声音，加之

① 唐微：《叙述与见证：多克托罗的历史写作》，《外文研究》2015年第3期。

文本内部的相互拆解，提供了认识内战以及审视内战的多重角度，并从形式上呼应了内战之下喧嚣庞杂、无序混乱、支离破碎的图景。在继承与解构中，作品重塑了大进军的历史，读者感受不到任何战争的价值，看到的只是暴虐横行的联邦军铁蹄下生灵涂炭的南方。

以上两部作品呈现出人们熟知的历史事件的多种可能性，还有些当代内战小说挖掘并重现了以往从未被讲述过的内战故事。1863 年夏天，约翰·亨特·摩根准将率领两千名南方邦联士兵穿过俄亥俄河进入印第安纳州南部。在一万五千名联邦骑兵、步兵和民兵的追击下，摩根的军队（被称为 Morgan Raiders）开辟了一条内战史上前所未有的破坏与毁灭之路。在 46 天里，他们走了 1000 英里，摧毁了 34 座桥梁，俘虏了 6000 名敌军士兵。不过，Morgan's Raid（摩根突袭）不是内战中的主流战役，过去的内战小说没有以此为故事背景。*Raiding with Morgan*（2014）重新挖掘了这段历史，并糅合了虚构的主人公和一些历史细节。作家 Woolard 的另一个身份是历史学家，确保了历史真实和丰富的文学想象之间的对接和融合。

第四节　后现代编史元小说与新现实主义小说历史重构的界线

当代作家吸收了后现代主义中质疑、颠覆、解构的精神重新书写内战，然而他们的作品又与后现代有着清晰的界线。

在后现代作品中一些历史事件、历史人物也会信步走入文本中，比如库弗的《公众的怒火》、多克特罗的《拉格泰姆时代》、汤亭亭的《女勇士》等。它们都是哈琴所定义的“编史元小说”，即“广为人知的通俗小说，既有强烈的自我指涉性又悖谬地关注历史事件和历史人物”,[①] 这类小说具有元小说的自我指涉性，充满了“自我意识”，如包含文字

① 林元富：《后现代诗学》，载赵一凡、张中载等主编《西方文论关键词》，外语教学与研究出版社 2006 年版，第 191 页。

嬉戏、叙述者的自我意识、邀请读者参与等，同时又能以严肃审视的态度重访过去，具有深刻的“历史意识”。编史元小说以真实的历史人物、历史事件为题材，以悖论式的思维方式，将元小说的虚构与历史语境相结合，既使用历史又误用历史，从而达到质疑历史、重构历史的目的。这些小说多通过戏仿和反讽，对历史进行夸张的扭曲和变形，形成借古喻今的效果。哈琴认为文学中最能体现后现代主义悖谬的就是戏仿，她将戏仿定义为“带有批评距离的重复，它能从相似性的核心表现反讽性的差异（ironic signalling of difference at the very heart of similarity）”。[①] 戏仿成为了后现代编史元小说重访历史、重述历史的一个重要方式，通过戏仿，历史事件在荒诞嬉闹的故事氛围中得以重新审视。《公众的怒火》以尼克松副总统对罗森堡间谍案的调查为故事主线，涉及200余个历史人物。然而，小说却并没有以现实主义的笔调去模仿历史，而是有意歪曲了众所周知的历史事件，构建了另外一个故事版本。小说的戏仿体现在体裁、叙事模式、历史人物等多方面。故事从历史上的辛辛监狱转换到了满是狂欢氛围的时代广场，库弗说这部小说后来演变成了“马戏表演”（circus act），邀请全国范围内的普通人和非普通人（not-so-common folk）作为见证者和参与者，共同的行刑者（fellow executioner），加入这盛大的戏剧化场面（enormous theatrical spectacle）[②]，罗森堡夫妇的公开处刑变成了时代广场上最主要的马戏节目，传统的叙事模式被戏仿为戏剧、舞台剧的结构和形式。小说中的每一个人物都如同这台马戏中的演员，而尼克松则成为了核心的小丑角色，这是对历史名人滑稽的、反讽性的戏仿。他在罗森堡受刑前夜试图引诱她；把街头抵制罗森堡夫妇的示威人群当作支持者；误把一点就爆的雪茄递给山姆大叔；在观看罗森堡夫妇行刑时，当众脱下裤子光着屁股对着观众，屁股上用口红写着

---

① Hutcheon Linda, *A Poetics of Postmodernism*, London: Routledge, 1988, p. 26.

② McCaffery Larry, “As Guilty as the Rest of Them: an Interview with Robert Coover”, *Critique*, Vol. 42, No. 1 (Fall 2000).

“我是个流氓”。小说中的尼克松看似非常具有正义感，努力寻求真相，拯救罗森堡夫妇，实际上却出尽洋相令人大跌眼镜。库弗对严肃的历史事件进行筛选整理之后，又刻意虚构、误用、扭曲、悖谬地编织于故事之中，将这段历史如同荒诞的闹剧一般呈现于小说中，与此相对应的是形式上的狂欢化游戏。小说拼贴了各种不同文体的文本，包括书信、新闻、戏剧、流行歌曲、杂志、广告、自由诗等。

《拉格泰姆时代》中，多克特罗也是以嘲弄戏谑的文字戏仿式地书写历史人物，洛克菲勒习惯性便秘，常坐在马桶上思考问题，哈里曼尽说一些无聊的蠢话，皮尔庞特 · 摩根暴饮暴食，一顿吃下七八个菜，导致美国成为一个爱放屁的国家，弗洛伊德和荣格在游乐园一起穿越“爱的隧道”，等等。哈琴在反驳詹明信关于《拉格泰姆时代》中的戏仿是消解历史的拼凑、历史感消逝的观点时指出，该小说存在着明确无误的历史指涉性，展现了20世纪初那个特定的历史时期，美国社会平静繁荣表面下的各种社会矛盾。她将这本小说与范本帕索斯的三部曲《美国》进行了比较，认为前者在主题、结构和意识形态等方面都是对后者的戏仿。帕索斯再现历史基本用的是写实的手法，稳定的叙事结构暗示了历史是可认知的、连贯的、有着固有的发展规律，多克特罗则对帕索斯的文本“既使用又滥用”,① 通过虚实结合，以历史事件、人物的扭曲错位安排质疑习以为常的可构成历史之真的一切，质疑未经审视的历史观。总之，这些具有典型后现代特色的编史元小说在重访历史过程中，常以戏仿、反讽等模式，将“历史编纂”和元小说的虚构悖谬地结合起来，从而解构并重构历史。

本书研究的当代内战小说也是在重写历史，并从后现代思潮中有所借鉴，有着强烈的颠覆宏大叙事，破解单一人物形象的意愿，并与编史元小说的写史存在着明显的差异。这些具有新现实主义特色的小说尊重

---

① Hutcheon Linda, *A Poetics of Postmodernism*, London: Routledge, 1988, p. 136.

而不迷信历史，其目标在于拒绝历史的权威书写，呈现历史的多种可能性，挖掘探讨历史事件中人可能拥有的多重选择空间，多种心理状态和行为模式，但没有采用前述后现代编史元小说中那种极尽夸张的反讽、戏仿的模式。它们承继了现实主义严肃、认真的对待历史的态度，即便是虚实结合，本质上依旧不脱离写实的根基。以形式上最具后现代特色的《林肯在中阴》为例，作家将各种彼此矛盾的历史素材汇聚在一起，展示了一个伟大历史人物及相关事件的多面性，甚至小说中非常大胆地虚构出中阴界以及众鬼魂生前千差万别的经历，但故事仍以真实的事件为核心和主线向前推进。这其中不免不同版本的历史记载，作家将它们并置、拼贴，任由读者去筛选、辨析，却没有蓄意歪曲，没有营造荒诞的戏仿效果，没有编造新的历史，对于林肯的刻画也基本保持着敬意，没有丝毫揶揄、讽刺。不论中阴界的想象多么夸张和荒诞，中阴与现实的界限始终是清晰的，而不是悖谬地融合，林肯的活动范围始终处于现实中，没有被作家写入中阴界。其他的内战小说更是如此，在这些小说中历史是严肃且多面的，不是扭曲、嬉闹、荒诞的，主要历史人物的刻画没有变形，没有脱离大众的一般认知和想象，显示出新现实主义和后现代编史元小说在构建历史时的泾渭分明。

第四章

当代南北战争小说对战争洪流下社会问题的再反思

第一节　当代南北战争小说对于奴隶制问题的反思

种族问题一直是美国社会的主要矛盾之一。从南北战争结束到现在，美国黑人族群为争取自由平等的抗争从未停止，也在各个时期引发了一次次社会冲突和动荡。无论黑人作家还是白人作家，对黑人的生存境遇、反压迫反种族歧视的黑人解放运动、黑人身份寻求与定位等都表现出极大的兴趣。美国的黑人问题肇始于黑暗的奴隶制，南北战争虽然废除了这种罪恶的制度，但由其衍生出来的很多遗留问题仍未解决，为此后百余年美国不断重演、不断激化的种族问题埋下了不安的因素。在这样的社会历史语境下，当代美国非裔小说、当代内战小说都不可回避地持续涉及奴隶制话题。当然，在新的时代重谈奴隶制，也必然会呈现出新意。这其中不但继承了以往作品对这一邪恶制度的批判与鞭挞，更凝聚了直达人性的深层反思和拷问，而且不乏对传统思维和认知的解构与重塑。目前的大部分研究都是将涉及奴隶制问题的非裔小说与内战文学割裂开来，各成体系，从而限制了南北战争小说研究的视野和对这些问题讨论的深度。因此，本书将打破这种界线，探讨当代美国内战小说与废奴小说之间的关联，并在此基础上探讨当代南北战争小说如何颠覆性地重思战争与奴隶制的关系。

一　当代非裔文学颠覆性叙事语境的构建与内战叙事的关联

进入 21 世纪，美国的奴隶制小说依旧产生了较大的社会影响力，其中有代表性的包括先后于 2004 年、2017 年获普利策奖的《已知的世界》与《地下铁道》，曾获 21 世纪年度最佳外国小说奖[①]的《凯恩河》（*Cane River*, 2001）等。这些小说提供了审视奴隶制以及重思内战与奴隶制关系的全新视角，而且蕴含了对一些固有观念的颠覆性的解构力量。例如《凯恩河》关注南北战争前后几代黑人家庭寄希望于子孙后裔与白人通婚漂白肤色而改变家族命运的尝试，这里面有他们对自己身份定位的迷茫与挣扎，颠覆了人们对于奴隶制问题的单一性认知。这种解构传统的力量在诗歌等其他文学形式中同样存在。

最具有颠覆性的是以黑人奴隶主亨利的故事为主线的《已知的世界》。以往的黑人文学侧重于描写奴隶制下白人奴隶主的残忍、黑人奴隶的悲惨命运以及黑人为反抗压迫争取自由和尊严而进行的斗争，构建起黑白之间的二元对立。很多读者也早已习惯于这样的奴隶叙事的构建模式。而这部小说前所未有地触及一个当代人并不熟悉的历史事实，那就是拥有植物园并对黑人奴隶进行残酷压迫的不仅是白人奴隶主，还有黑人奴隶主，从而令人震惊地掀开了南北战争前蓄奴制鲜为人知的另一面。整部小说的主线之一便是黑人奴隶主亨利的成长经历。他在年仅 9 岁时便与父母分离，当上了白人奴隶主罗宾斯的马倌，并且工作非常努力，抱有极大热情。亨利会在寒冬的早晨站在大宅前，等待着罗宾斯的返回，而罗宾斯也逐渐因为他的乖巧聪明而对他另眼相待。他与罗宾斯越发亲近，以至父母在为他赎得自由的那一天，他已经变得如同罗宾斯的亲儿子一般。后来在罗宾斯的引导下，他逐渐发展成为一个大奴隶主，拥有

---

① 该奖项是由人民文学出版社和中国外国文学学会联合举办的，以中国学者的文学立场和审美视角对世界各国每年首次出版的优秀长篇小说进行评选。其中美国文学评选委员会成员包括刘海平、朱刚、陆建德、杨金才、盛宁等知名学者。

自己的种植园和三十多个奴隶，并有了更大的野心“要成为比他知道的任何一个白人都要好的主人”。罗宾斯在亨利奴隶主身份建构的过程中起到了极其重要的作用，当他看到亨利与奴隶玩伴在地上滚来滚去的时候，立刻阻止并提醒亨利要认清自己的身份，才会受到法律保护。亨利接受了这一警告，迅速对自己的身份进行了重新定位，再次面对黑人奴隶时，满是主人的威严。之后，亨利越来越冷酷，他残忍地处置了逃跑的艾利亚斯，并将逃奴问题形容为“那是肉锅里的一块臭肉，而且埋葬在最里面，而不是浮在表层，你可以捡起来扔掉”。由于亨利对奴隶的态度，他还和父母产生了巨大矛盾。小说中另一位在奴隶制下迷失自我的是黑人监工摩西。虽然与《圣经》中带领被奴役的希伯来人逃离埃及，奔往富饶的迦南地的摩西同名，但《已知的世界》中的摩西却没有像《圣经》中的摩西那样引领着自己的族人摆脱苦难，而是在迷茫与挣扎中，背叛了自己的肤色，背弃了自己的种族。他最初只是一个几经倒手被买来的可怜的奴隶，后来当上了汤森种植园的监工，成为了奴隶的头子，并在主人亨利去世后，代为管理种植园，手中的权力不断扩张。摩西别有用心地接近女主人，企图通过与她发生关系，能够有朝一日成为种植园的真正合法的主人，拥有像亨利那样的权力和地位。为此他变得利欲熏心、丧失人性，对自己的同胞异常的冰冷无情，直接导致了种植园中黑奴孕妇过度劳累，婴儿早产而亡。后来，他甚至做出抛妻弃子这样令人发指的事情，落得众叛亲离，也失去了女主人的信任和好感，在迫不得已的情况下决定出逃。中途被巡逻队员逮捕，受到了残忍的惩罚，下半生被迫困守于种植园，过着无妻无子，孤苦无依的生活。

亨利与摩西在某些方面是非常相像的，他们都有一个远大的梦想，都希望改变既定历史背景下的社会现实，继而改变自己的前途和命运，对自我身份重新定位，但也最终走向人性异化，常常表现得野心勃勃，不择手段。他们两人蜕变的经历反映了作家从 20 世纪 80 年代起一直思考的问题，即一个人如何成为压迫他的同类的社会机制的一部分。[①]

《已知的世界》中有两点与本书研究内容密切相关。第一是在一些关键情节展示的奴隶制与内战之间的关系。小说中不止一次直接或间接提及南北战争，战争对于黑人意味着新生活的到来。例如罗宾斯的黑人情妇菲洛墨娜，一直憧憬着能前往里士满，好朋友索菲描述那里是一个美丽而富裕的地方，奴隶们生活也很幸福，“全都过着和曼彻斯特县随处可见的白人奴隶主妇们一样的生活”。菲洛墨娜最后一次到达里士满（战时南方邦联的首都）是在南北战争期间，熊熊的大火在城市中燃烧，象征着将过去的一切埋葬，预示着新的人生开始。还有，小说的结尾，卡尔文写信给自己的姐姐卡尔朵尼亚描述他在新城市华盛顿的生活情况时，涉及对摩西百依百顺却被无情抛弃的妻子普丽茜拉和一直疯疯癫癫又有些神秘的艾丽斯。她们在这个城市的旅馆沙龙中工作，气质和面貌也发生了根本性的变化，普丽茜拉早已不是那个离开摩西时难舍难分，放声痛哭的女子，而是“双手自信地背在身后，她的衣着无可挑剔”。摩西的儿子雅米耶也在一所为黑人孩子办的学校里念书，“成长为一个任何父母都喜爱的好青年了”。艾丽斯之前留给读者的印象是经常在夜晚漫游，手舞足蹈地吟唱着神秘歌曲。而现在的她却从容淡定地告知卡尔文“我很好，因为上帝把我留下来”。虽然小说并没有给出具体的线索来解释是什么原因导致艾丽斯最终实现从疯癫向理智的转变，但我们能深切地感受到她在新的生活时空中呈现了脱胎换骨的形象与精神状态。最为重要的是，在这封信的落款处，卡尔文赫然写下“1861 年 4 月 12 日”的日期。这也是南北战争开战之日，暗示了从这一天起，黑人奴隶真正重获新生，走向自由。

第二是作为当代奴隶制问题的小说，《已知的世界》内部具有的突破传统的解构性的力量。从故事内容看，作家重点讲述了亨利、摩西等

---

① 曹元勇：《已知的世界（译后记）》，爱德华·P. 琼斯：《已知的世界》，曹元勇、卢肖慧译，上海文艺出版社 2010 年版，第 405 页。

人如何从单纯善良的黑人少年蜕变为人性泯灭、戕害同族的黑人奴隶主、黑人监工，揭示了黑人族群内部之间的不和、矛盾和争执。题材的选取揭露了奴隶制令人震撼的另一面，大大超越和颠覆了人们的传统认知，小说不再拘泥于白人奴隶主的残暴，还展现了来源于黑人自身的一些丑恶心态和言行，他们中的一些人冷漠、自私、懒惰、疯癫。人们很难不发问，是什么样的可怕制度使得受害者人性和道德沦丧，竟会效仿压迫者的手段去毒害自己的同胞。小说在题材和内容上形成了对传统废奴叙事文本的解构。从艺术形式看，《已知的世界》也突破了传统的条框，在叙事方面，并不是直线型只有一两条叙事线索，而是多条线索朝着不同的方向断断续续地铺展开来，有些人物的故事没有尽头或者相关线索戛然而止，有些人物的故事只是几个片段，还有些人物的故事在后面章节中会再次详细讲述，从而形成了前后呼应，不过所有线索都在一个共同机制的监控和索引下指向一个伸向未来的相同目标、构建一个共同的图景；与之相应，在叙述时态上，小说以一般过去时为主，同时辅以大量的一般过去将来时，过去将来完成时。在语言方面，作家使用了很多黑人的口语、俚语；从叙事手法看，《已知的世界》将传统现实主义和充满想象的奇幻元素有机融合，特别是继承和借鉴了美国非裔文学中描写灵魂出窍、神秘预兆等超验事件的模式。

小说中有 4 处关于黑人死去瞬间，灵魂肉体分离的情景。其中亨利和治安官斯奇冯顿二人灵魂最后所作的那些事极具反讽和象征的意味。以亨利为例，他生前事业有成，产业颇具规模，但在离世之际，灵魂却飞入一所租来的宅子，“租给他宅子的那个人曾经许诺这里有一千个屋子，可是他走遍整幢宅子，发现只有四个屋子，而且每个屋子都一模样，他的头能碰到它们的天花板”。雄心勃勃想做一个与众不同的奴隶主的亨利死后的灵魂却局囿于狭小的空间，不得不说是一个巨大的讽刺。另外需要看到，小说中放置了多处“史料”，似乎意在说明那些颠覆人们的认知，引导读者再度深入审视奴隶制的故事是有源可溯的，并非信口杜撰的。但同时有学者也指出，叙述者多次质疑这些所谓史料记载的事实信息（factual information）的可靠性，从而冲破了基于书面文件形成的历史认识论。① 比如下面这一段落：

> 南北战争爆发的时候，曼彻斯特县拥有奴隶的黑人将会减少至五个，其中包括一个脾气特别乖戾的男人；根据美国1860年做的人口普查，那个男人合法地拥有他的妻子、五个孩子和三个孙子。1860年的人口普查结果显示，曼彻斯特县有奴隶2670个；然而那位人口普查员，他是个敬畏上帝的联邦法院执法官，在准备把普查报告送交首都华盛顿那天，跟他的妻子发生了一次争执，结果他的计算出了差错，因为他少进了一位数。

作品中既编排插入史料式的文字，在小说中形成浓郁的历史感，又不时地破坏史料的准确性、真实性、权威性。于是，面对历史时，文本在局部失去了稳定性，文本内部出现了自相矛盾、自我解构的力量。琼斯在2008年所做的专访中指出了自己并没有阅读大量有关奴隶制的东西，也未做任何史学研究，并强调了文学创作中想象力的重要性。②

以《已知的世界》为代表的当代非裔小说拒绝了单一、固化的奴隶叙事模式，挖掘出这一丑恶制度下很少被谈及的不同历史侧面，探究奴隶制压迫给黑人群体带去的肉体折磨之外深层的人性摧残和扭曲。小说从形式到内容上都在求变求新、超越传统、解构传统。而南北战争在小说情节发展的关键节点反复被提及，具有深刻的象征寓意。同时，解构性的叙事为当代内战小说构建起共时性的互文空间、互文语境，当代内战小说也如同《已知的世界》这样的小说一样，以新的视角深入思考奴

① Bassard Katherine, "Imagining Other Worlds: Race, Gender, and the 'Power line' in Edward · P. Jones's 'The Known World'", *African American Review*, 42. 3 – 4 (Fall/Winter 2008).

② Graham Maryemma, "An Interview with Edward · P. Jones", *African American Review*, 42. 3 – 4 (Fall/Winter 2008).

隶制问题，其中不乏对既定观念重思重构的指向。

事实上，对于奴隶制与战争的解构性、反思性叙事并不只局限于小说这种文学形式，由 Natasha Trethewey 创作的诗集 *Native Guard* 的第二部分就是以南北战争时期国民卫队黑人士兵重写本日记为背景创作的，诗意而又凝重地重现了曾被忽视被抹除掉的历史，解构了对于战争叙事的理想化建构。Trethewey 在采访中说："有人向我讲述了这段我从不知晓的历史，令人担忧的是，像这样被抹除掉的历史还很多。这些事件遗漏于正式的文献记载中，但在我们的历史中同等重要。"① 在作家的探索和研究中，她一次次意识到非裔美国士兵遭受到来自白人士兵的欺凌甚至残杀。令她震惊的是，黑人士兵的成就和他们的尸骨一齐埋葬于历史长河之中。作为南方黑白混血身份的诗人，Trethewey 与生俱来的责任感促使她重新挖掘这段历史，她在跑过埋葬南方士兵的墓园后说："我不得不去阅览每一块墓碑上的名字——他们在向我尖叫呐喊，他们的名字应该让人们知晓、铭记。"（I'm one of those people who can't not read every tombstone—they scream at me for their names to be heard.）② Trethewey 将隐没的历史写入诗集，并获得了 2007 年普利策诗歌奖。

诗集从多个角度审视了战争与奴隶制之间的关系，颠覆和解构了南北战争是解放黑奴的正义之战的传统认知。对于黑人士兵而言，参加这场所谓的解放黑人的战争意味着什么呢？在黑人士兵的日记中将军队中长官的支配与以往奴隶主的奴役做了类比 *For the slave, having a master sharpens /the bend into work, the way the sergeant/moves us now to perfect battalion drill, /dress parade.* 黑人士兵不被当作正规军，只是供应部队而已，但他们干着重活，比以往当奴隶时并不轻松，*Still we're called supply units—/not infantry—and so we dig trenches, /haul burdens for the army no*

---

① Hall, Joan Wylie, *Conversations with Natasha Trethewey*, Jackson: University Press of Mississippi, 2013, p. 89.

② Hall, Joan Wylie, *Conversations with Natasha Trethewey*, Jackson: University Press of Mississippi, 2013, p. 89.

less heavy than before. 即便如此，长官却称呼他们的工作为黑人的工作 *nigger work*，充满鄙夷，且不能获得与白人士兵等同的物资口粮，只能从南方邦联军遗弃的物品中获得补给。黑人军团被称呼为 Corps d' Afrique，得到解放的黑人被称呼为“乡巴佬”（mossback），他们依旧是这个国度的流亡者：*freedmen—exiles in their own homeland*. 黑人士兵本是积极参与着这场名义上的正义之战，本应与北方联邦军站在同一战壕，却遭到白人军官和士兵的差异化对待及特殊化命名，显示出以解放者自居的白人在心理上对黑人的歧视、拒斥和隔离。因此，在另一节诗中，黑人士兵将自己入伍参军比作监狱囚犯，受到白人军官的奴役 *For us, a conscription/we have chosen—jailors to those who would still have us slaves*. 更可悲的是，战争还给黑人带来了巨大的灾难，黑人士兵在战场上竟遭受到北方联邦军的攻击，联邦军竟将他们视同为敌人 *white sailors in blue firing upon us/as if we were the enemy*. 极具讽刺意味的是，迎面扑来的死亡黑人士兵最后的姿态竟与虔诚的基督教仪式颇为相似，形成强烈的视觉反差，映衬出这样的死亡荒诞无谓 *I'd thought/the fighting over, then watched a man fall/beside me, knees-first as in prayer, then/another his arms outstretched as if borne upon the cross*. 对于这一切，白人军官仅仅轻描淡写地称之为不幸的事件，是历史的装饰 *an unfortunate incident, their names shall deck the history*. 总的来看，黑人士兵的死亡在白人军官眼中毫无价值，而且也并不被计入死亡人数之内 *Yesterday, word came of colored troops, dead/on the battlefield at Port Hudson; how/General Banks was heard to say I have/no dead there, and left them unclaimed*. 通过黑人士兵的日记，诗歌还描述了战场的残酷、荒谬，战争的无意义、无价值，特别是在一方举了投降白旗的情况下的大屠杀，其中包括对黑人的残杀 *Slaughter under the white flag of surrender—/black massacre at Fort Pillow*。可见之处满是残肢断臂，一片狼藉，留下的是幽灵般的无法弥合的精神创伤，*the diseased, the maimed, / every lost limb, and what remains: phantom/ache, memory haunting an empty sleeve*；*/the hog eaten at Gettysburg*，*unmarked/in their graves*。

这段被隐埋的历史在诗行中得以重现，诗人则以形式上的技巧让这样的重现更加震撼人心。在组诗中，多首14行诗形成了前后关联，前一首的末尾句在下一首的首句再次重复，一次次的重复不仅仅形成了艺术形式上的特殊效果，更似乎在提醒读者，警醒曾遭受过种族压迫的黑人族群，那些过往将成为刻骨铭心的种族记忆，永远不能遗忘。正如她在访谈中解释道这是一种解决历史遗忘的技巧，通过重复的方式，可以重新铭写下被抹除的记忆和失落的历史。① 黑人士兵日记中的故事，触发了诗人深深的共鸣，她写道 *on every page his story intersecting with my own*，或许因为黑人士兵所见证的种族悲剧并未随着战争结束而消逝，而是以另外的形式继续代代沿传至今。因此，诗人表面上写的是历史，却是在透过历史审视和批评当下种族问题，亦即从受害者的视角展开历史叙事，受害者成为一种隐形的利器，能够反复地为自身及种族争取当下的权利。②

可以说，当代非裔文学以超越性、颠覆性的视角重新审视奴隶制的思想根源、文化根源和体制根源，重新反思战争与奴隶制之间的关系。当代作家抑或将奴隶制问题根源延伸至对黑人自身问题的反思和鞭挞，抑或尖锐地直指战争的合理性、正义性，解构了战争给黑人带来自由与幸福的言说。更重要的是，这些作品为当代内战小说重新书写战争与奴隶制关系问题构筑了互文性的语境。这种互文性并不简单地体现于当代非裔文学和内战文学之间单线的影响关系、决定关系，而是表明在共时性的解构性的话语空间和文化语境下，两种题材的作家形成了相近的历史认知，两种题材的作品形成了无法分割的，你中有我、我中有你的密切关联，体现了一种相辅相成、相互影响的关系。

---

① Hall, Joan Wylie, *Conversations with Natasha Trethewey*, Jackson: University Press of Mississippi, 2013, p. 114.

② 李涛：《论娜塔莎·特里瑟维诗歌中的历史记忆书写》，《当代外国文学》2019年第4期。

二　当代南北战争小说对战争与奴隶制关系的再反思

当代内战小说往往是以战争为宏大叙事背景，探讨与战争相关的各种社会问题，奴隶制自然成为作家们最关注的话题之一。战争是故事的主核、牵引故事发展的主线，但这些作品会时不时地以多样化的形式触及丑恶的、非人道的奴隶制度，作家们在反思、解构、重塑的文化语境下重新书写战争与奴隶制的关系。

（一）当代内战小说对战争与黑人解放之间关系的再度反思

当代内战小说对于奴隶制问题的再度反思，首先便是战争究竟给黑人奴隶带来了什么，通向平等、自由的大路还是依旧无尽的苦难？当下美国种族矛盾依旧尖锐，在这样的社会文化语境下，审视这场披着正义外衣的战争背后隐藏的深层的种族歧视以及黑人命运走向，便具有了特殊的意义。当代内战小说会重现一些曾经被刻意隐匿或淡化的历史事实，并聚焦、放大、着重渲染与黑人问题息息相关的史实细节，形成震撼人心的效果，达到唤起读者对于内战与奴隶制关系重新反思的目的。总体而言，南北战争和奴隶制的历史事实是无法改变的，但意识形态会随着时代的发展在变化，人们对于历史的认识和理解亦处于不断变化之中，“一些被当时的意识形态压挤到‘边缘’地位的历史事实，在历史文本的重构过程中，往往成为更受今人关注的焦点”。[①] 于是，读者看到的是作家竭力挖掘战争是如何悖逆于正义初衷和美好愿景的。这场以解放黑人为目标之一的内战，并没有给黑人带来期许的福祉，反而遗留下各种各样棘手的问题和可怕的灾祸。战争将黑人从显性的罪恶制度解放出来，却将他们投入了新的苦难或隐形的歧视和压迫中。

在《大进军》中，获得自由的黑奴跟随谢尔曼的联邦军前行，然而大军士兵却对他们说，“我们正在为你们打一场该死的战争，我们的全部

---

① 盛宁：《现代主义·现代派·现代话语——对“现代主义”的再审视》，北京大学出版社 2011 年版，第 135 页。

要求就是请你们不要挡道儿”。北方军过了河，便砍断绳子，把身后的浮桥拉上岸。为了逃避南方叛军的追捕，惊恐的黑人们不得不一个个跳进汹涌的河水中，垂死挣扎、险象环生。这些白人发自内心地对黑人的嫌弃、厌恶，行动上的抛弃，使刚刚获得自由的奴隶再次陷入险境。后来，联邦士兵刚刚攻下一座城，却在那里干起了轮奸黑人少女的勾当。黑人的处境没有得到根本改变，“他们依然是在一个白人世界中的黑人”，“谢尔曼将军在解放了他们以后，让他们在一个还不是他们的国度里自己朝前走”。对此，大法官汤普森家曾经的黑奴有着清晰的认识“他们给的东西他们也能够拿回去”。多克特罗在电视专访节目中也曾提及随着谢尔曼大军向南方的不断推进，奴隶也获得了自由，但是他们却不能停留于原先的地方，以免遭遇惩罚和报复。更糟糕的是，他们也不能轻易地跟随着谢尔曼的大军行进，多克特罗说，谢尔曼并不是一个废奴主义者，他实际上可以说是一个种族主义者，他会让大军不断甩掉跟随在后的黑人，他也不需要黑人部队为其作战。[①]

《马奇》则以小见大，通过一个细微却令人揪心的情节反映了北方士兵对黑人的歧视和敌意。联邦军驻扎之处经常抢掠市民的财产，更令马奇气愤的是，一个正在煮饭的侦察兵对黑人儿童极其冷酷。这个士兵看到一群瘦得皮包骨头的小孩子流着口水盯着他的锅，就假惺惺地让他们过来取吃的，却没告知锅已架在火上烤了好几个小时，要留神别被烫伤。他竟然冷漠地狡辩称“跟这些混血儿逗着玩儿呢，他们像恶狗似的站在那里，流着口水”。小黑奴吉姆斯不小心被烫得哇哇大哭，满手水泡，而侦察兵对此却无动于衷，还振振有词地说“你以为我会让一个小黑鬼用我的汤匙吃东西吗？”这一情节只是小说中的一个小插曲，却极易触碰到读者内心的柔软之处，最大程度唤起读者的共鸣，颠覆读者的认

① 参见微软全国广播公司（MSNBC）2015 年 6 月 22 日播放的 Charlie Rose Show，该期节目纪念了前一日逝世的 E. L. 多克特罗。本书引用的采访内容源于这一期节目中播放的过往的多克特罗访谈视频的文字版。

知，种族歧视竟能使一个人如此泯灭人性，竟能使人对一个柔弱无助的孩童如此恶毒。可见，北方军中很多人并非想象的那样是正义的使者，为了解放被奴役的黑人而战，他们从骨子里歧视、厌恶黑人，并不在乎他们会受到怎样的伤害，甚至还参与到对黑人的新的形式的欺压中。战争只是让黑人从奴隶制度中解脱出来，却没有给他们指出真正光明的出路。从这个角度说，内战又怎能算是真正的正义之战、解放之战呢。

在《林肯在中阴》中，人死之后，鬼魂都暂时滞留于中阴界，这里没有阶级、肤色之分，每个人都得到了平等发声的机会。生前做奴隶的鬼魂，在战争之中也未获得根本的解放，但在这里终于可以倾诉自己一生的不幸、发泄自己的愤怒。法魏尔的鬼魂说："我猛地彻悟，我这生彻底被骗"，他恨不得"大步回到总是欢天喜地的伊斯特一家，乱棍、利刃伺候，扒烂摧毁他们，扯下他们的帐篷，焚烧他们的房子……"，可以体会到他经历了怎样压抑的一生，内心积聚了多少愤恨。黑人汤姆斯·海文斯的鬼魂告诉读者，他的这一生过得还不错，主人对他像家人，没有拆散他的妻儿，也没有让他们遭受饥饿、鞭刑等，但即便如此，内心也时时泛起小小的抗议，不愿永远当一个被人吆来喝去的奴仆，"只是小小的人声告诉自己：我希望能这样，能那样，而不是听令行事"。以史东中尉为首的白人鬼魂巡卫队即使到了中阴界依旧高高在上，意欲对黑人鬼魂颐指气使，黑奴法魏尔忍无可忍，和中尉厮打起来，"法魏尔一个膝盖顶着中尉胸口，猛砸中尉，直到他的头壳一团稀糊"，之后中尉恢复原形，再度咒骂、喝令法魏尔，然后他们又厮打起来，如此反复……中阴界和现世激烈的内战形成有力对照，战争并不能立竿见影地解决奴隶制种族歧视和压迫的局面，白人始终觉得高人一等。战后，他们还会理直气壮地持续地对黑人施加各种迫害，黑人虽然形式上获得了解放，但生存处境并没有彻底改善，还处于无形的奴役之中，只有在这个虚构出的众生嘈杂的中阴界，黑与白才有了平等发声、相互对抗的可能，黑人也才有了发泄一腔怒火甚至复仇雪恨的机会。

（二）当代内战小说对奴隶制和种族问题思想根源的探讨

除了战争与奴隶制及黑人解放之间关系的反思和重构，当代内战小说还触碰并探查了隐藏于表象之后的深层的制度问题，关注形成奴隶制的思想根源。这是以往常常被忽略的视角，即这样一个罪恶的制度是怎样被白人奴隶主阶层合法化、道德化、正义化的。《马奇》从多个不同层面涉及奴隶制潜藏的各种隐性问题。马奇身在战争前线，却一次次回忆起自己年轻时的经历，他曾经当过旅行小贩，在南方做生意，一次偶然机会，来到奥古斯塔斯·克莱蒙特家短暂做客，目睹了这位奴隶主的虚伪和残忍。在这期间，二人对奴隶制问题展开了深入讨论，克莱蒙特公然鼓吹奴隶制，“跟我们住在一起就已经给他（指黑人奴隶）的状况带来了了不起的、愉快的变化。我们把他从黑暗中拯救出来，进入阳光中，马奇先生……这里是我们扮演严父这个角色的地方，我们不能把他们一下子赶出童年。如果有时候需要借助惩罚的手段，那也好，就像做父亲的总要惩罚不听话的孩子一样”。克莱蒙特不仅将对奴隶的酷刑美化为有益的品行教育，而且大言不惭地声称奴隶主反而要为此付出更大代价，“奴隶可以从主人的道德榜样中得益，并且可以从主人那里了解一点高级的人类生活状况，这对他们同样有所裨益，而主人则要为及时提供合适的榜样而犯愁。我相信拥有奴隶对一个人的脾气是真正的考验；他的脾气不是被彻底搞坏，就是因为需要克制而得到完善”。他的话竟蒙蔽了马奇，让马奇误以为他的奴隶很幸运。直到后来，这位看上去学识深厚、通情达理的奴隶主，因为马奇私自教授奴隶识字的事，严酷地惩罚了奴隶管家格蕾丝，马奇才认识到奴隶主丑恶的嘴脸。作为一部以战争为背景的小说，《马奇》的大部分故事情节展现了战争风云下不同阶层、不同肤色的人的生存困境和艰难抉择，并且也大多同时牵涉了马奇夫妇二人。像这样相对风平浪静的以马奇一人经历和视角展开的回忆情节在全书中显得有些独特。马奇与奴隶主面对面坐在一起心平气和地谈论奴隶制问题，他们的讨论越是冷静客观，越是震撼人心、发人深省。这并不是简单的白人黑人对立以及为颠覆这样的对立而导致战争的问题。奴隶制背后是源自灵魂深处的偏见和歧视，以及白人阶层为将这一丑陋的制度在思想上合理合法化而进行的自我包装、自我洗脑。奴隶制曾在美国南方长期存在，除了社会经济原因之外，还有着根深蒂固的思想认识土壤，白人奴隶主认为这个制度是正确的、正义的、美好的，而这一面却常常被忽视。因此，在小说主线之外专门安排这样一个回忆的章节，似乎意在提示，再残酷血腥的战争也终有结束之日，然而种族压迫与对立的形成有着长久坚实、难以动摇的思想根源，不会随着战争的结束而消逝，并会带来一系列无法预料的后续问题。这也成为了当代小说在重述重思内战和奴隶制问题时所着重关注的问题。

《林肯在中阴》的作家桑德斯在采访中进一步论述了这一问题。即便战争已经结束，奴隶制早已废除，但是种族歧视一时一刻都没有消除，显性的奴隶制经过重新包装以隐性的方式蔓延到生活的每一个细节和角落，并被制度化、合法化、道德化，以一张大网的形式支配着掌控着其中的每一个人。桑德斯被问及，小说中中阴界白人奴隶主和黑人奴隶鬼魂之间发生了一场场斗争，为什么双方对峙的暴怒似乎暗示除非现实中有根本性的改变，否则斗争将永不停歇呢？在小说的其他部分，读者能够感受到善意和同情可以解决很多矛盾，而在这里却不行。对此，作家做了解释，两个黑白鬼魂的持久对抗具有象征意义，在他看来种族之间激烈矛盾的缓和与解决，将是一个漫长的过程。白人应负主要责任，因为这是白人自身的疾病，他们需要用拳将自己击醒。种族问题根深蒂固，且经过符号化编码，即便不再过分彰显，还会以千百种细微的方式无时无刻地表现出来。这将伴随很多黑人整个人生。[①] 也就是说，种族问题

① Gatti Tom, "Trump as an Agent of Mayhem", *New Statesman*, Vol. 146, Issue 5390 (10/27/2017). (或参见 https://www.newstatesman.com/culture/2017/10/trump-agent-mayhem-interview-george-saunders)。

的关键源于白人的思想认识，他们并没有摆脱隐性的阶层统治的思维。小说中，奴隶主和奴隶的鬼魂之间无休无止的厮斗也间接传递了作家的观点，短期内并不看好种族问题的任何改善。[①] 可见，当代内战小说除了战争之外，也在深切地关注奴隶制问题，但重点不是奴隶制本身的丑陋与血腥，这是早已成定论的不争的事实，也被各类作品鞭挞了无数遍了。作家们深究的是这一制度形成的思想根源、文化根源，以及它找到了怎样一个无形的替身，以另一种形式代代延传下来，如桑德斯所说"他们废除了奴隶制，他们退出了战争，然后几乎立刻将一系列规则强加于南方，形成了二手的奴隶制（second-hand slavery）"。[②]

从南北战争前后奴隶制带来的显性压迫，到时至今日无处不在的隐性压迫反映了白人阶层对于黑人潜意识深处的歧视与对立。诺贝尔文学奖获得者莫里森指出，黑人就是白人不是的东西，"在黑人性和奴役的建构中，不仅能发现非—自由（not-free），而且能发现非—我（not-me）的投射……产生的是一种非洲民族主义——一种臆造出来的黑色、他者性、警觉和欲望的混合"[③]，她进一步提出"如果没有一个物化为非—自由的黑人作为对立面，一个人是否能成为白人？"[④]《上帝鸟》中洋葱头的性别伪装肇始于约翰·布朗，对洋葱头的身份限定也由原先的奴隶主转变为了这位被历史讴歌的奴隶解放者。布朗因为初遇洋葱头时看到他"身上套着个土豆袋子"和"卷曲的头发"，就疯言疯语地将他称作"闺女"；因为他吃掉了布朗给予的幸运符——一个"干巴巴、灰扑扑，上

---

① Gatti Tom, "Trump as an Agent of Mayhem", *New Statesman*, Vol. 146, Issue 5390 (10/27/2017).（或参见 https://www.newstatesman.com/culture/2017/10/trump-agent-mayhem-interview-george-saunders）。

② Gatti Tom, "Trump as an Agent of Mayhem", *New Statesman*, Vol. 146, Issue 5390 (10/27/2017).（或参见 https://www.newstatesman.com/culture/2017/10/trump-agent-mayhem-interview-george-saunders）。

③ Morrison Toni, "From *Playing in the Dark*: *Witness and the Literary Imagination*", in David H. Richter, eds., *The Critical Tradition*: *Classic Texts and Contemporary Trends* (*3rd ed*), Boston: Bedford/St. Martin's, 2007, p. 1795.

④ ［美］弗莱·保罗：《文学理论》，吕黎译，北京联合出版公司 2017 年版，第 306 页。

面覆了一层羽毛，结了一层蛛网的”洋葱头，就送他绰号“洋葱头”。自此，这样的性别与身份伴随一生。“洋葱头”的命名，隐含的寓意是一个代表了种族的物件。约翰·布朗具有了隐喻性的象征意义，即便如他这样的青史留名的废奴领导者也难以挣脱白人中心主义的潜在意识形态，间接物化着黑人，剥夺了他们作为“人”的身份和权利。那么布朗也自然不可能成为黑人族群的真正的解放者，更不用提那些抱有种族偏见的广大白人群体。

总之，当代内战小说意在探求奴隶制和战后种族问题背后的深层思想根源，一方面是白人阶层对罪恶制度进行的道德伪善的美化包装，另一方面是已经嵌入意识形态深处的歧视与压迫。白人一直高高在上，黑白对立没有根本消除，恶的制度所根植的恶的思想土壤从未消失，奴隶制虽形式上废除，却以隐性的替身的方式牢牢把控着大众的思想意识。这些都是当代内战小说所关注、反思和批判的。

（三）当代内战小说对黑人奴隶群体自身问题的剖析和批判

当代内战小说还直接揭露黑人奴隶群体自身人性的扭曲、恶化，这在传统的内战和废奴作品中是不多见的。当代小说家在触及奴隶制问题时，不断探讨一个常被忽视的视角，即之所以会让这样一个罪恶的制度产生并长期维持，除了白人奴隶主阶层的经济利益和政治利益之外，黑人本身是否也有不可推卸的责任。针对这一点，当代内战小说与《已知的世界》那样的奴隶制问题的小说构建起互文性的文本生成的话语空间，描写的黑人不仅是弱者、受奴役者，也可能会成为奴隶制度的反向推动者。他们中的一些人自私、懒惰、短见、贪婪、不团结，既受到伤害，又间接维护着害人之本、害人之源。在《马奇》中，男主人公被打发到种植园后，遇到了被抛掷于深井中的黑人泽克。泽克说他因为杀了种植园负责人坎宁的一头猪喂自己的孩子而受到惩罚。马奇怒气冲冲找到坎宁评说此事时，却意外地了解到故事的另一版本，泽克喂的“孩子”都是人高马大的小伙子，穿着棕色军装的南方士兵。作为黑奴竟然支持脱离联邦政府的南方军。泽克的妻子是监工的家奴，他的儿子们长大后也成为了监工儿子们的玩伴，是黑人中有特权的那个阶层，不用到地里干活，还能学习各种手艺（如同《已知的世界》中的摩西）。战争打响后，泽克的儿子随同监工的儿子们一起上前线，当白人小伙子战死后，他回到了种植园，“宁愿做好吃懒做的奴隶，也不愿做自食其力的逃亡者”，后来泽克的儿子加入了南方叛军的游击队，一同追杀逃亡的奴隶，并且强暴了被抓捕的黑人女子。泽克一家背叛和戕害自己族群的故事显示出奴隶制的问题远比传统叙事中黑与白、压迫与被压迫之间的对立要复杂得多，黑人本性的变质以及由此带来的行为抉择是当代作家书写奴隶制时不断重思的问题。

《上帝鸟》的故事发生在内战前夕，作家敏锐地洞察到黑人群体作为被压迫被奴役的群体，对自己族裔身份没有认同感、归属感，揭露黑人之间为了自身利益彼此不忠、背叛、内斗、相互伤害的事实。在派克斯维尔镇的那段日子，有一天洋葱头来到旅馆后的奴隶窝棚寻找老友鲍勃，看到那些一群群涌出来的纯种黑奴，看到这里恶臭熏天的环境，从心底感到不悦。他男扮女装伪装自己的身份，装疯的黑人老太太西博妮亚向他扔泥球，他愤怒地表示“‘阿碧小姐会把她抽得服服帖帖。我在里头干活儿，你知道’在里头干活高人一等，说明跟白人关系更近乎”。洋葱头代表了一部分黑人的心态，他们从骨子里厌恶自己的族群，急于改变自己的身份，提升自身的地位，为此以各种方式讨好巴结白人，甚至不惜伤害黑人的利益。后来派克斯维尔镇的黑人起义失败了，洋葱头猜测是“甜心”告的密。作为黑人可能更了解黑人自身，洋葱头坦言“那年月黑人们总是相互告发，跟白人一个德性……都是背叛，说不上哪个罪过更大些。黑鬼用嘴巴作恶”。小镇上的起义不过是整部小说的一个插曲，却暴露了部分黑人本性之恶，面对种族压迫，他们没有和同胞团结起来，一致对外，全力争取自由，而是只顾及个人利益，做出害人害己之事。《上帝鸟》的高潮在布朗起义，这是美国内战的重要导火索之一。而起义的失败，原因众多，从叙事者洋葱头的视角来看症结在于黑人内部，当约翰·布朗游说道格拉斯未果之时，洋葱头就断言为黑人而战的事业将要失败，而失败的原因恰恰是黑人本身。

在《大进军》中，多克特罗通过伦敦《泰晤士报》采访南北战争的记者休·普赖斯的见闻讲述了这样一个场景。一位长着稀疏白胡子，衣衫褴褛却举止高雅的黑人老者做了一场鼓舞同胞的演说，大意是黑人比欧洲美国人更优秀，他们的忍耐克制是非常高贵的品质。黑人应该像希伯来人那样，组成“一支自己人的军队”，没有任何武器，“却是一支自由和正义者的军队，在开创自己的路，借着上帝的恩典找到自己的道路”。老者的讲话意在讴歌黑人品质，本可以团结同胞，激昂斗志，却招来嘲讽。人群中一个女人讥讽他，“你是摩西吗?”老者言辞恳切、情感真挚地说了如下一段话：

> 自由应该充满你的心，鼓舞你的精神。但愿你不要指望白人给你食物、给你房屋和拯救。要指望你自己，上帝会给你这一切，上帝会把那条路展示给我们。我们在这块荒野中已经远远超过了四十年。现在它就是上帝给我们的应许之地。

然而，他的这番话根本没有得到任何共鸣，换回的是更多的轻蔑的嘘嘘声。本该团结起来共同反抗压迫，寻求自由解放的群体，内部没有任何凝聚力和对彼此的信任。内战小说以寥寥数笔触及部分黑人人性深层的弊病，或许作家意在唤醒黑人族群自身的反省，希望他们意识到只有团结一致才能有效抵抗一直持续至今的隐性压迫和歧视。

总体而言，当代南北战争小说继承了传统废奴叙事中对奴隶制的批判和鞭挞，变化之处体现于这些作品在当代颠覆性语境中，重新审视了战争与奴隶制的关系，解构了南北战争是正义之战、解放之战的美名，揭示了战后黑人面临的各种艰难处境，并进而挖掘了奴隶制废除之后，隐性压迫长期存在的思想根源和文化根源，同时还直抵黑人奴隶群体自身的弊病。

第二节　战争加浪漫爱情模式的解构：战争之下的家庭悲剧及爱情悲剧

当代美国小说格外关注微观家庭的分合以及微观个体情感的变迁。家庭于一个社会而言，是最基础的组成单位，于每一个公民而言，是最初的也是最重要的交际网络。家庭的形态并非一成不变，随着时代的变迁，家庭的内部结构、家庭成员之间的情感交流方式也发生了根本变化。在传统价值观念下，由道德、信仰、理想等维系的家庭结构稳定性和黏合性强。而在当代美国社会，消费主义和信息化大潮的冲击下，宗教信仰淡漠，亲情的纽带变得脆弱，情感关系趋向异化，“作为一个重要社会符号的家庭正在面临意义上的不断消解”①。除此之外，商品社会崇尚物质、追求利益的倾向也侵蚀着、改变着年轻一代的爱情观。美国新现实主义小说的一个重要特点是着眼当下，密切关注现实生活，以多元化的题材捕捉并记录每一个细微的时代变化。作家们自然不会错过对家庭结构、家庭形态、个体情感关系的外在变化的敏锐观察和细腻描写，因为这些都是整个社会变迁的一个缩影，可以最直观最真实地表现着深层的时代特质。由此，夫妻关系的失和、感情的裂痕，婚姻中的猜忌与背叛，父母与子女之间的代际矛盾，年轻情侣物质化的婚姻观家庭观，异化的爱情观等都成为了作品中的重要主题。

如果说当代美国社会中的家庭危机和情感冲突主要源于商业社会下的道德伦理层面的滑坡，那么内战中一个个家庭悲剧、情感悲剧则毫无疑问地要归因于战争的毁灭性，而且历史大潮中每一个生命个体的渺小

① 佘军：《美国新现实主义小说研究》，博士学位论文，苏州大学，2013 年，第 86 页。

无助又无形中将这种悲剧性无限放大。当代美国内战小说和大部分新现实主义小说一样将目光投向微观家庭和个体，以小见大，折射整个时代的面貌。读者看到的是，战争之下并无和睦的家庭，取而代之的是家庭破碎抑或家庭成员的情感冲突，更无传统小说为调节叙事气氛而增添的浪漫爱情，恰恰相反，更多的是美好情感走向幻灭。

一　宏大战争背景下的微观家庭悲剧

当代内战小说很少关注战争本身的排兵布阵、战事推进，而是更乐于将视点从宏大的整体向微小的个体转移。具体而言，作品在宏观的战争背景下，聚焦于一个个微观家庭，进而不断渲染发生于这些家庭的各种悲剧。战争可以带来显性的家庭悲剧，比如有些小说描写的是家庭破碎、痛失至亲的悲剧，卷入其中的生命个体目睹着家园被毁，亲人的离去，失去了赖以生存的根基，遭受着严重的精神打击；战争也会带来隐性的家庭悲剧，比如有的小说描写了不可逆转的夫妻情感悲剧，家庭内部貌合神离，艰难维系，战争如同一堵巨墙隔阂于二人之间。

《南方的寡妇》并没有过多着墨于家庭的分分合合，不过却通过女主人公麦加沃克的视角讲述了马库斯·桑德斯独特而悲伤的故事，展现了战争对于家庭内部骨肉亲情的无情摧残。马库斯胳膊中弹，因感染而奄奄一息。他高烧而浑身感到冰冷，却拒绝了麦加沃克一家送来的毯子，嘴里不断念叨“我要我妈妈的毯子，我要她给我的毯子”。马库斯虽经血腥战场的锤炼，但依旧还只是个未成年的男孩，母亲为他做的毯子成为了情感的依赖和寄托，却被别人拿走了。临死之际面对着麦加沃克太太，他反复提及母亲和毯子：“我喜欢一个人，她能让我活下去，我知道她能——不，我知道，不要摇头，夫人，这样很好，但你不必这样做——她甚至永远不知道我在哪里。我这就要去了。她将离开我。我再也不能想她了，她不知道我在哪里。我每天都在想她，现在快要到头了。没有她我不想做这件事……我想她。我想她，夫人。我想。我要下地狱了。她给了我一条毯子，你知道。我再也没有了。毯子被偷走了，我拿不回来了。我试过。请告诉她我试过。我不是故意把它弄丢的。请把这个告诉她。你能告诉她吗?”弥留之际的士兵，已经语无伦次，越是在这时，表达的情感越真挚，但他对母亲毫不掩饰的思念与爱却被战争无情地摧毁。

《大进军》虽以谢尔曼率领的北方联邦军的大军推进为贯穿整部小说的主线，但其中也不遗余力地渲染了家破人亡、妻离子散的悲怆。小说伊始便写道由于大军即将到来，奴隶主约翰·詹姆森准备卖掉几十个强壮黑人，于是到处都是骨肉分离的痛哭声。然而，覆巢之下，安有完卵。和战前不一样，这样的人间悲剧不再仅局限于奴隶家庭，还延伸到南方的各个阶层。E. L. 多克特罗以近乎白描式的手法讲述了种植园主贺拉斯·汤普森和约翰·詹姆森两个家庭的悲剧。大军扫荡过米利奇维尔城之后，汤普森之女艾米莉·汤普森终于明白战争带来了什么“它意味着她所有的家人都死亡了。它意味着汤普森家族的灭亡。她感到自己被掏空了，好像她没有留下什么来哀悼他们。战争之伟力和它的所为似乎就是要抹掉直到此刻之前的她的全部过去……当年精力那么充沛的父亲……是冰冷而凝滞的死亡，还有他那握紧的拳头，她无法忘掉他死去时的脸……还有她母亲的遗体。还有她哥哥福斯特的遗体，被埋在田纳西的什么地方”，以至于她近乎绝望地发问，这座房子是她的坟墓吗?约翰·詹姆森夫妇则是逃离故土，四处漂泊，并寄居在马蒂·詹姆森的姐姐家。当约翰看到溃败的南方军队从萨凡纳撤退时，抑制不住地呐喊咆哮，变得癫狂。当晚性情大变的约翰去联邦军的仓库索要私人物品，被看守士兵枪托打中，倒在血泊中，不久也离开人世。而对于马蒂·詹姆森来说，除了与丈夫的生死别离之外，最煎熬的还是找寻自己两个奔赴战场的儿子，她“总是要走到那些等待埋葬的尸体中间，停下来，看着每一个尸体，看看是否有一个儿子躺在那里。看见那并不是，她就会哭起来，咬着自己的手，摇着头……”在寻觅过程中，她的头脑混乱不堪，直至发现了自己的大儿子的尸身，于是便有了如下一段撕心裂肺的痛哭：

> 此刻珀尔（注：马蒂的继女）和所有的其他人，听见穿过夜空，有一声游丝般的嚎叫声，一声喊叫，幽幽地盘旋上升，它使伤员们的呻吟声、护士的忙乱声和医生态度生硬的命令声都停止下来——他们所有人都震惊和沉默了，因为**那哀鸣如此憔悴、如此骇人**，在每一个人胸中都重新唤起了对于他们都置身其中的这场战争的绝望。任何滑腔枪的齐射，任何雷鸣般的炮声，都不能像这声音那样震动军心。

虽然马蒂死去的儿子来自南方邦联军，但此刻北方联邦军士兵路过也受到极大触动，因为在这些年轻士兵的心里，没有什么能比母亲的悲哀更让他们伤心的。其实，不仅仅是普通士兵，正如前文所讨论的，战争同样夺走了谢尔曼将军的儿子以及南方哈迪将军儿子的生命。作家以悲天悯人之心敏锐地把握住了战争屠戮之下众生的种种不幸，没有一个人可以置身于外、独善其身，没有一个家庭可以不被牵连、不被摧残。

鲁迅先生曾说："悲剧将人生的有价值的东西毁灭给人看。"[①] 这里的"悲剧"不仅指狭义的古希腊命运悲剧、性格悲剧和近代发展起来的社会悲剧，还可指审美领域的悲剧性、悲剧意识，涉及文学创作的多个门类。悲剧所要表现的就是外在的客观条件、不可抗的命运将人们心中最美好的、最珍贵的事物撕毁揉碎。家庭是亲情、爱情的纽带，是能给我们带来内心安全感、宁静感的避风港湾，是每个人生命中最重要的一部分。当代作家重视描写战争中的家庭，多部小说都是以家庭为背景开始故事叙述的，自此故事便笼罩于宿命的悲剧氛围中，利剑悬于头上，随时会夺去家中任何人的生命，生与死都是随机事件。最终，小说以极其震撼人心的方式为读者呈现战争是如何无情地毁灭一个个家庭的，摧

① 鲁迅：《鲁迅全集》，人民文学出版社 1981 年版，第 297 页。

毁人生最有价值的东西。这些都是显性的悲剧，也是整个国家战争悲剧的一个缩影，类似的描写在当代内战小说中并不鲜见。

战争所带来的另一种家庭悲剧是隐性的悲剧。《马奇》中马奇夫妇之间表面上呵护着彼此的爱，但却不可避免地心生隔阂、猜忌乃至演变成激烈的情感冲突，战争阴影下产生的深深裂痕是无法修复的。《马奇》的创作灵感来源于19世纪居住在马萨诸塞州康科德的奥尔科特家的故事，作品的框架借用了被奉为经典的路易莎·奥尔科特的《小妇人》，可以说，这是一种继承，让这个故事在21世纪的今天得以一次次被读者重温。不过杰拉尔丁·布鲁克斯却颠覆了《小妇人》中营造的欢笑、和谐、温馨的氛围以及充满着乐观精神的家庭图景，她说："我在大约十岁那年，在她（注：作家的母亲）的建议下，第一次读了《小妇人》。虽然她向我推荐了这本书，她还是劝我不要完全相信书里说的事情。'现实生活中没有像玛米那样的好妇人'，她断称。像几乎所有的事情一样，在这件事情上，她是对的。路易莎·梅·奥尔科特本人的家庭远没有那么完美，因此比那个圣徒似的马奇夫妇要有趣得多。"[①] 或许是受到母亲观点的影响，或许是得益于大量的内战资料和奥尔科特先生的书信日记研究的结果，杰拉尔丁以独特的观察与思考意欲呈现出战争给家庭中的爱情、亲情带来的无可挽回的巨大冲击，与《小妇人》勾勒出的画面迥然相异，令人颇感错愕却又深深信服。马奇先生和妻子再没有那种亲密无间的关系，而表现出的是"一种更为真实更为可信的夫妻关系，也更加贴近人物的原型"。[②]

作家分别通过马奇和玛米的不同视角，反映了二人对于奴隶制问题和战争问题的冲突对立的观点。他们看上去心意相通，相互理解，彼此关爱，实则沟通障碍，矛盾重重。玛米是一个激进的废奴主义者，在桑

① ［美］杰拉尔丁·布鲁克斯：《马奇》，张建平译，人民文学出版社2007年版，"后记"第309页。

② 金莉：《历史的回忆 真实的再现——评杰拉尔丁·布鲁克斯的小说〈马奇〉》，《外国文学》2007年第3期。

伯恩先生家中，她热情地和布朗打招呼，急切地询问他废奴事业中的具体工作，并祝贺他取得一些成就。这些被马奇看在眼中，他意识到他对布朗的嫉妒，也希望赢得妻子的尊重。于是动用了一大笔存款资助布朗的事业，直到后来他才知道布朗并没有用这些钱去帮助地下铁道的逃亡者，而是去购买秘密武器库准备起义。那时，马奇家已经负债累累，不得不过起清贫简朴的生活。但在他看来家中每一样损失都因玛米的才干与勤俭得到了弥补，甚至还看到了一幅格外和谐欢快的画面“那些日子里她（注：玛米）的歌声比以往任何时候都多，她还挤出时间陪女儿们玩。在无聊的夏日，她们的笑声是那么甜美，与我们新生的埃米的哭声相映成趣”。而玛米并未就马奇资助布朗一事有过任何的当面抱怨，甚至在他们争吵的时候，焦点也不在于此。读者跟随着马奇的视角会认为，玛米无怨无悔地支持着丈夫的选择和决定。直到小说的第二部分，进入了玛米的视角，重新审视这件事时，读者才恍然大悟，原来她内心深处埋藏着那么多的不满。她觉得马奇做出那一决定之前没有和她商量，是对她的冒犯，而由此带来的窘困家境更是令她忍受着贫穷的侮辱，不得不屈尊纡贵四处举债，有时还要忍饥挨饿维持生计。

对于如何看待战争亦是如此。马奇为即将参战的年轻人做了一番鼓舞士气的讲话，在人群中他看到了妻子玛米，看到她眼中含着泪水，并认为“她从我的话里听出了一种真理，甚至比我自己都先理解了我的用意”。事实上，马奇完全理解错了妻子真正的想法。极具讽刺意味的是，无论在他讲话过程中，还是讲话结束，走到玛米身边时，他所看所感和玛米的所看所感都是大相径庭，于是我们在小说前后两部分看到了二人天差地别的心理活动，令人唏嘘：

马奇：她抬起手掌，做了个**肯定的手势**，似乎要为我的翅膀鼓风。

玛米：我朝他举起双臂，**乞求他不要说出**我知道他心里想说的话。

马奇：我走下树桩，挤过人群，朝玛米走去。**她为我感到无比的骄傲**，话都说不出来了，**只是抓着我的手，紧握着，像男人一样有力**。

玛米：这下轮到我假装为我这个英雄般的丈夫感到高兴了。当他跨下树墩，朝我走来时，我说不出话来。**我抓着他的手，把指甲掐进他的肉里，试图弄疼他，因为是他让我感到了伤痛**。

在小说的后半部分，从玛米的第一人称视角讲述故事，读者看到虽然她是一个极端的废奴主义者，但却非常反对野蛮的战争、无谓的杀戮，“你们不能用非正义来对付非正义”。她为自己没有勇气反对那些为这场战争唱赞歌的人而感到自责。当她看到马奇近乎奄奄一息地躺在病床上，更认为曾经放任他上战场是愚蠢的，“我只是让他做所有的男人对女人们做的事情：为虚幻的荣耀和空洞的喝彩而冲锋陷阵”。

他们之间的矛盾与隔阂也并不只局限于对奴隶制和战争的意义这样宏大问题上的巨大分歧。在玛米千里迢迢来到战地医院照料身受重伤的马奇的过程中，她逐渐发现长久以来，丈夫写给她的信中隐瞒了太多的事情。在小说的前半部分，作家从马奇的视角出发，交代了他每写一封信，都会选择掩盖一些事实的原因，有些理由是善意的，比如不想让玛米和女儿们担心、焦虑，更不想让奴隶制的野蛮和战争的血腥污了她们的耳朵。然而，当玛米从格蕾丝那里知道了部分真相后，作为一个深爱丈夫的妻子，很难接受这样的隐瞒。即便后来她选择了暂时地原谅与放下，但夫妻二人之间的隔阂却是难以愈合的。当马奇躺在病床上，回顾着之前目睹黑人们遭南方游击分子屠杀而无能为力时，陷入了无止境的自责中，玛米苦口婆心的劝导，却丝毫不能使他释然，反而加深了二人情感上的矛盾。马奇甚至直言让病床旁悉心照料的玛米离开。后来，他在精疲力尽中沉睡过去，再次醒来，竟有了如下一段令人意想不到的内心独白：

> 我已经习惯醒来时发现她在我身边，准备了热毛巾，一碗燕麦粥或粗磨粉，哄着我吃下去。但是那天早晨她不在，我很高兴。我怎么能向她解释说，她这么尽心尽力地侍候我，对我来说是一种折磨呢？跟她说，她的热毛巾灼痛了我，她的燕麦粥让我的喉咙像塞满碎玻璃？因为我不愿意当别人邋里邋遢，饥寒交迫地躺在那里的时候，我却干干净净，饱食终日。

彼此恩爱的二人竟有了如此大的感情沟通的隔阂与困惑，令人嗟叹。小说所描述的马奇一家远不像《小妇人》中那样幸福美满，在血雨腥风的战争冲击下，有物质上的折损、精神上的煎熬，更呈现了夫妻关系之间深深的裂痕。作家以当代的人文关怀展现的是在美国历史上最混乱无序的黑暗时期，一个普通家庭中亲情、爱情的濒临破灭以及苦苦维系。从某种意义上说，布鲁克斯在作品中所探讨的不是战争本身，而是强烈的人类情感。①

二　年轻情侣的爱情悲剧

除却家庭悲剧之外，当代南北战争小说还呈现了一段段年轻情侣之间的爱情悲剧，体现了“后 9 · 11”时代的文学作品对普通人命运关注的共性。19 世纪后半叶到 20 世纪上半叶，不少南北战争小说都会沿用战争加浪漫爱情的故事模式，主人公爱上一位女子，却因战乱、贫穷、意识形态矛盾等原因，不得不天各一方、经受煎熬，但幸运的是，男女主人公最终还是走到一起，终成眷属。这些小说中，爱情是为了服务战争叙事而设置的，是缓解战争情节紧张氛围的调节剂。不同的是，当代作家不再为作品添加任何浪漫元素，呈现的只有一个个美好希冀和梦想的破灭，留给青年男女的只有遗憾、悲伤和绝望。作家通过爱情悲剧将

---

① 金莉：《历史的回忆 真实的再现——评杰拉尔丁 · 布鲁克斯的小说〈马奇〉》，《外国文学》2007 年第 3 期。

目光投向了战争中每一个平凡人，悲剧效果如此强烈，不仅引起读者的共鸣，更可唤起对战争本身的反思与批判。

在《冷山》中，英曼费劲艰辛终于回到了恋人艾达身边，两人相守几日。然而美好的时光是极为短暂的。他们料定南方必败，必须为未来的生存做出打算，筹划了几个方案，最终选定方案准备出发。为了安全起见，英曼执意分开行动，要鲁比和艾达先行，他和斯托布罗德殿后，刚刚出发不久就遇到了民兵队的围堵追杀，英曼果断利索地处理掉前几个骑兵，面对最后一名远远躲起来的少年骑兵，本欲放其一马，却不想被对方一击毙命。闻声赶来的艾达，抱起奄奄一息的英曼，于是小说临近结尾呈现了一幅遥远、静谧的画卷，男人斜依在女人的腿上，一条胳膊绕到她身后，搂住她柔软的后背，女人低头凝视男人的眼睛，抚平他前额的头发。当初男主人公的归乡之途有多艰辛，女主人公每日劳作与守望有多清苦，重逢后的几日相伴就有多温馨、多甜蜜，同样，再次的生死分别就有多凄婉。尽管作家还为整个故事增加了一个后记，描绘了二十年后，艾达和鲁比带着几个孩子生活的美好画面，似乎给人以无限希望，但并不能改变男女主人公爱情的悲剧基调。在那样一个冰冷黑暗的战争时空下，任何对于爱情的向往、追求和守护，都不会有好的结局，终归会走向灰飞烟灭。英曼爱情故事的悲剧性体现在面对苦难与厄运时，不屈服不放弃的抗争，在抗争中表现出的超越自我的生命力、不凡的意志和高贵品格。倘若灾难降落到一个逆来顺受的懦弱的人身上，那算不上真正的悲剧，只有一个人进行坚毅的反抗时，才预示着悲剧的开端，“悲剧全在于对灾难的反抗”①。这样的抗争，使得最后爱情的毁灭显得更加震撼和激荡人心，人物性格、命运都具备了古典悲剧中那种悲剧性。

和《冷山》一样，其他当代内战小说也着重书写为了爱情而抗争的

① 朱光潜：《朱光潜全集》（第二卷），安徽教育出版社 1987 年版，第 416 页。

悲剧。《南方的寡妇》中，最令人动容的是贝基与威尔·贝勒之间的爱恋。由于她与贝勒之间的感情一直没有得到男方父亲的认可和祝福，所以她也刻意在自己的家人面前掩盖贝勒的真实身份，并以“科顿”的代名称呼贝勒。后来贝勒应征参军，她则思念成疾，“每天晚上，贝基都像一棵幼树似的，蜷缩着坐在小小的梳妆桌旁，给科顿写信。科顿难得给她回信。焦虑使她备受折磨，心力交瘁。她日渐消瘦，所有的衣服都过于肥大。颧骨线清晰地穿过脸庞，眼睛之间刻上了深深的车辙似的纹路。眼泪从眼角溢出来，眼睛处聚起了皱纹……”在富兰克林之战后，贝基为了寻找贝勒，前往麦加沃克家的临时战地医院服务，同时不停打听贝勒的下落。工作中她满腔热情，但又激烈拒绝男人对她的注意。麦加沃克太太敏锐地察觉到了贝基的细微表现，判断出她处于恋爱中，并产生深深的怜爱，这样一位漂亮的姑娘，却与爱人天各一方，被生活磨砺得满面风霜，满手粗糙结疤，只剩坚韧。直到贝基无意中从约翰·麦加沃克那里得知贝勒在战场被杀，再也忍不住悲伤，甚至心灰意冷陷入暂时的绝望，“她决心下辈子像那些脸蛋瘦削、终年劳累的女人一样，把希望和梦想埋藏起来，就像保存在一个坛子里一样”。后来，贝基有了贝勒的孩子，然而她依旧隐瞒孩子父亲的身份，因为她并不想跟贝勒家分享孩子。但不幸的是，她最后难产而死，孩子一出生便也没有了生命。贝勒和贝基的爱情是小说中主线之外几乎仅有的一条有完整情节始末的支线，他们支离破碎的爱情、悲惨凄婉的结局，让读者感受到的是血腥战争之下生命个体的渺小与无助，抗争的徒劳，真挚情感的淹没与埋葬。

《大进军》中也描写了战争中最普通人的爱情，有的转瞬即逝，化为乌有，有的历经坎坷，苦苦维系。小说一开始就讲述了谢尔曼大军的粮秣征集官克拉克和约翰·詹姆森的黑人私生女之间的短暂爱情。克拉克是在约翰的种植园搜剿各种食物的过程中遇上看上去只有十二三岁的珀尔，并邀请她和自己乘坐同一匹马离去。克拉克被珀尔身上特殊的优雅的气质所吸引，对她的感情也超越了普通的关爱，这种莫名的爱受到了其他军士的冷嘲热讽。对于珀尔的情愫“他很清楚但是并不试图解释。他甚至无法向自己解释清楚……他想要为她做各种事情。他想要照顾她”。他甚至为了将珀尔留在身边，不顾谢尔曼的命令，变通地给她安排了一个军中鼓手的职位。然而这样彼此相伴的时光不久便逝去。克拉克在战斗中受伤被捕，随后被残忍枪杀处决。临死前，他写了一封信，紧紧握在手中。侥幸逃脱的珀尔冒着生命危险在监狱中找到克拉克的尸身，取走了信件，此后一心想把信送回他的家中。这份相遇、相恋快速地开始，快速地湮灭，在无情的战争冲击下似乎任何爱情都难以开花结果。不过作家并非完全的悲观。在小说的后半部分，有像威尔玛 · 琼斯和科尔浩斯 · 沃克那样刚刚获得自由，苦苦维系爱情的黑人情侣，也有像北方联邦军士兵斯蒂芬 · 沃尔什和获得解放的黑人珀尔那样跨越种族和肤色的情侣，他们在艰难的环境下小心翼翼地呵护着恋情，筹划着未来的生活。读者看到的是，在黑暗的战争阴云笼罩之下，闪耀着人性光芒的爱所带来的希望。

对战争中的家庭悲剧和青年情侣的爱情悲剧的聚焦和渲染并不是当代内战小说所独创和独有，而是一个时代对于宏大战争与微观生命个体之间关系深刻反思的结果。因此，无论是虚构还是纪实的文学作品，无论是内战还是其他战争的小说，都体现了这样的创作倾向。普利策奖获得者大卫 · 芬克尔（David Finkel）创作的以伊拉克战争为背景的纪实文学作品《战场归来》（Thank you for your service，2013）一开篇就讲述了从伊战前线返回的亚当无论如何都难以融入家庭生活，还误摔了自己孩子的沉痛故事。紧接着又讲述了寡妇阿曼达失去丈夫后，很长时间无法走出悲伤的故事。其中她与丈夫骨灰盒的描述极为感人，她无论走到哪里都带着骨灰盒，长途跋涉去阿肯色，就把骨灰盒放在副驾驶。后来她又把骨灰盒置于梳妆台，还在上面裱上了表达悲戚和信仰的诗，待到梳妆台搬家，她又将骨灰盒转移到地下室储存。

最后，还将骨灰盒存放在柜子里，因为可以防火，比较安全。对此，作家给了一句戳人内心的评价“可是，她忘记了，他本就是一堆烈火焚烧后留下的灰烬”。21 世纪的美国从未远离世界范围内大大小小的战争，甚至直接主导和参与到很多战争之中。不过当代作家在书写战争时，不再糅合任何关于家庭和普通人爱情的浪漫想象，而是着力渲染一个个令人扼腕的悲剧，或许作家们意在表达，这才是战争风云下普通生命个体生存的本真状态。

回到本书主题，从继承的角度看，当代内战小说像早期的内战小说一样，也会写爱情、写家庭，可以说这些元素都是战争小说中不可或缺的调剂品，对于人类普遍情感的描写使得小说更具感染力。从解构角度来看，当代内战小说又完全抛弃了早期作品中战争加浪漫爱情的模式，而是凸显了战争给每一个最微小的家庭、最微小的个体带来的灾难和悲剧。在继承与解构的融合中，当代内战小说重建了战争与微观个体之间的关系。

第三节　当代南北战争小说对于女性形象的重塑

在传统的战争文学作品中，英勇无畏的战斗英雄、对历史进程起到决定性作用的风云人物大多是男性，他们是故事的核心，是推动小说情节发展的主导。女性则往往因为缺席而彻底失声，即便在场也只是一个不重要的辅助性的人物。极少数小说中的女性形象，虽然在战争文学史中熠熠生辉，却也很难超越时代的种种约束与局限，扮演着男性传统赋予女性的社会角色与功能。在当代美国的内战小说中，女性在战争中所发挥的作用被重新挖掘、认知和书写。她们的形象不是模式化的，而是差异化、多样化的，有的拥有拯救、治愈和温暖着残破的社会和人类心灵的作用，有的男性气质十足，刚强坚毅、奋战沙场，有的则以非凡之举扭转着整个战争和政治的走向。

一　两部以南北战争为背景的传统小说中女性形象的塑造

由于题材的原因，大部分传统的内战小说中女性都是缺位的、不在场的，如果有对女性的刻画，也是为缓和叙事氛围，出现在战争加浪漫爱情模式中的配角。像《红色英勇勋章》这样的小说中则完全都是男性人物。不过有两部享誉世界的以南北战争为背景的小说对于女性人物的描写则一直为读者所喜爱，它们是《小妇人》和《飘》。

《小妇人》是奥尔科特的自传体杰作，故事发生在内战时期的新英格兰。《马奇》的作者布鲁克斯直言《小妇人》是第一批描写内战的小说之一，即便只是间接地描写。[①] 事实上，该书并不是战争小说，内战只是提供了一个宏大的社会历史背景，作家并没有让战争的痛苦直接侵入小说中。不过，这里有必要对《小妇人》进行简要梳理，有两个原因：一是《小妇人》的文学地位和影响力，这本小说极具盛名，还被改编成了多部电影，我国也有多个出版社翻译出版，而《马奇》的创作更是直接借用了《小妇人》的故事框架；二是小说的历史文献意义，《小妇人》展现了那个时代文学作品中女性形象的一些普遍特质，这其中包括传统的女性特质，还有具有时代意义的女性特质，特别是在战争环境下形成的女性特质。这为本书研究美国当代内战小说中女性形象嬗变提供了对比和参考。《小妇人》讲述了南北战争期间，马奇远赴战场，玛米和四个女儿留在家中，一起过着清贫、艰苦而乐观和谐的生活。在作家笔下，她们各具特色、栩栩如生。母亲宽容、慈爱、无私，丈夫在前线，她倍加思念，同时还成为了家中的顶梁柱，承担起家庭的负担，节衣缩食，维持着基本的生计，教导着几个女儿成长；大女儿梅格爱好写剧本，她心地善良却不免爱慕虚荣、自满自大，一心期盼能够过上衣食无忧的富足生活，最终却追寻真爱，嫁给了一个贫穷而正直的男子，扮

---

① ［美］杰拉尔丁 · 布鲁克斯：《马奇》，张建平译，人民文学出版社 2007 年版，“后记”第 303 页。

演着贤妻良母的角色；三女儿贝丝喜爱弹琴，她善良腼腆柔弱，默默而坚定地守护着这个家庭，后来不幸染上猩红热，身体每况愈下，不久便离开人世；小女儿艾米爱好绘画，她理智勇敢却也娇气任性，在不断磨练中养成了为人着想的善良品性。可以说，母亲和这三个女儿都有自己独特的个性，但大体上遵循了19世纪传统美国女性的生活轨迹，她们忠诚、孝顺、顾家，经济上和心智上还都一定程度依靠着丈夫。与她们相比，女主人公乔的性格十分鲜明，成为了那个时代为数不多的独立勇敢的年轻女性的典型形象，[①] 而且一定程度上反映了奥尔科特本人的经历。乔靠写作挣钱，补充家庭日常开销。在写作中，她还可以挣脱妇女道德的约束，充满激情与想象地发挥个人才思，并最终成为一名出色的作家。在日常生活中，乔说话直率，充满叛逆，她厌恶缝缝补补的家务活，穿戴打扮像个男孩子，向往像他们那样在外自由的玩耍打斗，甚至希望能和爸爸一起去打仗，不愿违背自己的原则去迎合社会对淑女形象的定位和期许。这些都使得乔成为19世纪的小说中，颇具魅力的女性人物。

总之，作家突破了一些传统的条条框框，刻画了一个个鲜活的女性形象，通过她们的经历主张婚姻应该以夫妻彼此相爱、彼此尊重为基础，倡导女性自立自强，应该有家庭之外的生活，不过小说终究无法脱离时代对于女性身份的限定，马奇家母女生活的重心依旧集中于家庭这一方寸舞台，特别是在战火纷飞的年代，她们竭尽全力呵护着自己温馨的小家。就连乔这样颇具个性的女主人公，在丈夫的训导下，也一步步远离了自己的文学梦想，所作一切都是把家庭放在第一位。

另一部有代表性的作品是《飘》。严格意义上说，这不是一部纯粹的战争小说，不过作家从宏观角度史诗般地展现了战场上的一些重要战事，描绘了战前到战后美国南方的社会变迁以及平民百姓在战争风云之下的艰难生活，并从一位南方女性的视角讨论了奴隶制、战争、南北文

① Stern Madeleine B.,"Introduction", in Madeleine B. Stern, eds., *The Feminist Alcott: Stories of a Woman's Power*, Boston: Northeastern University Press, 1966, p. xxi.

化冲突等重大历史问题。《飘》最为后人所津津乐道的是对斯嘉丽极具女性主义特色的形象塑造。斯嘉丽是爱情的大胆追求者，婚姻的掌控者，她暗恋阿希利已久，求爱失败后，毫不迟疑地向他挥出一巴掌，并立即决定与查尔斯结婚，以示报复。后来由于生活所迫，为了保住种植园，斯嘉丽又不顾各种非议，争抢妹妹的情人弗兰克，最后又为获取财富而嫁给瑞特，直至她发现自己对瑞特的真爱。除此之外，斯嘉丽在事业上也表现出超凡的能力。亚特兰大被攻陷之后，她回到了已经一片狼藉的家乡，父亲痴呆，母亲逝世，家园破败，为了糊口她日夜在田间劳作，为了保护稀少的劳动果实，果敢地杀死了图谋不轨的士兵，抢得了钱财和马匹，还干净利落地暗自清扫了战场；她借钱筹资买下了一个锯木厂并且亲自管理经营，为了提高工厂效率，力排众议，雇用犯人做工；她为了做生意挣钱，即使怀着身孕，也要赶着马车，辛苦地往返于城里和家中，与一众男性竞争。这些行为显得有些离经叛道，却也确保了她顽强地生活下来。从始至终，斯嘉丽精力旺盛，不屈服于命运，善于利用自己的美貌，周旋于男性之中，为达目的不惜牺牲各种代价，“是一个贝基·夏普式的人物”①。

《小妇人》和《飘》中都对独具个性的女性形象做了出色的描写，不过总体上还是在传统价值体系范围之内审视和刻画这些女性，而且应该看到主要是女性作家在以女性的视角书写着战争中的女性，她们为了发出自己的声音或许也做了策略性的选择。《小妇人》首次出版于1868年。桑德拉·吉尔伯特和苏珊·古芭认为19世纪的女性作家在争取真正的女性文学权威时，做到对父权中心的文学标准，既妥协又加以颠覆。②也就是说，女性作家为了突破父权诗学的禁锢，采用了表面上妥协，深层却隐晦地发出自己声音的对策。这样的策略也调和了艺术创作的冲动

① 李公昭：《美国战争小说史论》，北京大学出版社2012年版，第117页。

② Gilbert M. Sandra and Susan Gubar, *The Madwoman in the Attic: The Woman Writer and the Nineteenth-Century Literary Imagination*, New Haven and London: Yale University Press, 1979, p. 73.

和女性性别被定义、被压制而导致的作家身份焦虑。因此，在19世纪的英美女性作品中，“天使型”女性和狂野的“怪物型”女性常常并存，前者表现了对社会规范的妥协、接受和认同，后者则表达了女性内心深处的不满、冲动与反抗。但并不是每一部女性小说中都有怪物式的疯癫女人的存在，吉尔伯特和古芭还挖掘了“疯女人”变体后的意象形式。以简·奥斯汀的作品为例，她们指出作家在两种截然对立的力量撕扯下寻求着某种平衡，《傲慢与偏见》中有消极等待的班纳特家大小姐与自作聪明的二小姐之间的对比，《理智与情感》中有克制的艾莉诺和浪漫的玛丽安之间的对照，《爱玛》中有沉默寡言的费尔法克斯与活泼可爱的伍德豪斯的对比。不同性格的人物并置共存，相互观照体现了呐喊反抗和克制顺服两种力量在作家心中的分裂对抗与平衡调和。《小妇人》中同样没有“疯女人”的存在，但几乎每个人身上都有着两面的共存，一方面是各具特色的独立女性特质，另一方面也没有丢失父权价值、社会规范所期许的传统女性形象，两方面相互渗透、彼此制衡，使得她们光鲜明丽却也循规蹈矩。相比起来，乔则是那个超越时代，独具一格的人物，她或许更能代表作家反抗冲动的一面，而其他姐妹的相对温婉平静，则代表了作家克制理性的一面。读者感受到的是“妥协与顺从、修正与叛逆之间的张力关系以前所未有的典型姿态”① 呈现于19世纪的女性文本中。简言之，从主观因素看，作为女性作家，奥尔科特或许在努力挣脱传统观念的禁锢，从客观历史背景看，南北战争也给予了女性更大的空间去承担更多的家庭和社会职责，作家也抓住了这一时代契机塑造着战争背景下新的女性形象，不过父权制的枷锁依旧在牢牢束缚着女性的逾越空间，父权制的观念依旧限定着女性人物的刻画，作家需要迂回地、策略地发出自己的声音。在20世纪30年代出版的《飘》中，女

① 杨莉馨：《译跋：“标出那新崛起的亚特兰蒂斯”》，桑德拉·吉尔伯特、苏珊·古芭：《阁楼上的疯女人——女性作家与19世纪文学想象》，杨莉馨译，上海人民出版社2014年版，第815页。

性身上这种禁锢与反禁锢平衡的特质依然可见，在作品中体现在斯嘉丽与优雅文弱的南方淑女米兰妮这组对照人物之上。

因此，这些内战小说中的女性人物既具有时代的突破性，又显现着无可回避的时代局限性，终归是脱离不了父权社会的观念束缚。这也导致了她们生活的舞台和重心几乎全部在家庭上，即便像斯嘉丽那样与时代看似格格不入的颠覆性的人物，也主要是为自己小圈圈的生活，而不顾一切地争取各种利益。女性并没有被置入更大的格局，更广阔的天地，更高的层面去与战争、与人性发生深层关联。

二　当代南北战争小说中女性形象的重塑

从前述分析可知，在早期的内战小说中，女性只是附属和配角，甚至可有可无，在以内战中女性生活为背景的《小妇人》和以女性为视角的《飘》中，赋予了众多女性以亮丽的色彩，却也无法逾越时代观念的界线。这种局面在当代的内战小说中得到了彻底的改变，女性的声音不再被淹没，女性在战争中的作用重新被挖掘。而且描写女性也不只局限于女性作家，男性作家也加入了这一行列。他们通过史料考证发现了战争中女性所拥有的非凡的力量，重塑了女性的形象。正如查尔斯·弗雷泽在研究历史后所言“我发现书信和日志中的女性非常聪明、坚强、固执、有主见。我饶有兴趣地阅读了在家中处理农场事务的主妇写给前线丈夫的书信，感受到她们逐渐变得更强大更自信。战争伊始，她们做出的每一项决定都会征求丈夫的许可，而战争过半后，她们在书信中则是直接通知丈夫自己所做的决定。这是一个自我掌控、自我做主的演变过程”。[①] 在《冷山》中，弗雷泽刻画了自立自强、坚忍不拔的女性形象。女主人公艾达原本衣食无忧，喜爱钢琴和文学，在父亲去世后，逐渐改变了原先优雅恬适、养尊处优的生活方式，每日起早贪黑，做起各种农

---

① *An Interview with Charles Frazier*, https://www.bookbrowse.com/author_interviews/full/index.cfm/author_number/239/charles-frazier.

活和家务，“犁地、栽种、锄地、收割、装罐、喂养、宰杀”，“穿粗布衣服，用手指扣泥”，“爬上烟熏房陡峭的屋顶铺木瓦”，入冬后“修篱笆、缝被子，还要修理坏掉的东西”，靠自己的双手糊口维生，战胜各种困苦。陪伴在艾达身边的鲁比出生后从来没见过母亲，父亲常常漂泊在外，甚至荒唐地认为她蹒跚学步之后，就应该能够照顾自己了，所以鲁比自幼便过着食不果腹的日子。这样，她只能自力更生，养成了独立、坚毅的性格，“十岁的时候，就对山区方圆二十五英里以内的风物了如指掌”，“还没长成个姑娘时，她就徒手痛殴了几个狭路相逢的男人”。面对战争之下的生活窘境，她从容应对，无所畏惧，不仅无须男人的帮助，还能镇定自若地教导艾达处理好里里外外的各项事务。可以说，艾达和鲁比传承了《飘》和《小妇人》中女性人物的美好品质，她们自立自主，坚强勇敢，虽然这些品质是内化的、潜在的，却可在特定的外在客观环境的逼迫下激发出来。不过，当代内战小说对于女性人物的刻画和挖掘还并不止于此，小说家们赋予了女性以更加重要的作用，在冰冷残暴的战争环境下，她们抑或拥有面向爱情、家庭和社会的治愈性力量，抑或拥有改变世界旧有秩序的颠覆性力量。

（一）女性不可替代的治愈性力量

1. 面向个人与家庭的治愈

这种治愈性的力量可以面向个人，也可以面向家庭。在前文述及的《冷山》中，艾达的爱，是支撑英曼一路历经千难万险返回家乡的精神支柱之一，是治愈他伤痕累累的灵魂的重要力量。很难想象，没有艾达这样一个魂牵梦萦的爱人，英曼怎么能走完困难重重的旅程，怎样才会平复心灵的创伤。在《少年罗比的秘境之旅》中，罗比曾眼睁睁看着少女蕾秋惨遭蹂躏而束手无策、不敢施救，后来带着蕾秋踏上了归乡之途，也是心灵救赎之途。置身于冰冷至暗的时空下，二人相互依靠、相互温暖。无疑，受到侵害的是蕾秋，但她也成为罗比成长与救赎的灵魂支撑，成为他治愈受伤心灵的力量源泉。

在小说《马奇》中，女性的治愈性力量则从面向一个特定的人，扩展到面向一个家庭。马奇遭受了战争所带来的严重的精神打击，他年轻时所遇到的女奴格蕾丝和他的妻子玛米想尽办法一次次劝导他尝试回归普通的家庭生活，发挥了抚平创伤的治愈作用。马奇见证了战争的惨烈和血腥，并且目睹了众多黑人被屠杀而不敢施以援手，陷入无尽的自责和悔恨，理想与信仰崩溃，近乎绝望之时，格蕾丝为了劝抚他，讲述了自己被亲弟弟克莱蒙特强暴的痛苦遭遇。更重要的是格蕾丝告诉马奇："当我们摔倒的时候，只有一件事可做，那就是爬起来，继续我们前面的生活，尽力用我们的双手为我们路上遇到的人们做些好事。"当马奇提出待伤势恢复，重赴前线，为有色人种部队奉献力量，弥补自己的过失时，格蕾丝明确表示没有这个必要，黑人需要掌握自己的命运，而马奇应该做的是回到家中，为邻居布道，为了他们"有朝一日接受一个黑人白人平起平坐的世界"。其实，格蕾丝最想表达的是，真正需要马奇的是他的女儿们，他应该放下包袱，回归家庭。虽然马奇对过去永远无法做到真正的释怀，但他还是实质性地放下了执念，形式上地重返了家庭生活。可以说，格蕾丝在修复马奇家庭的过程中发挥了重要作用。与此同时，她身上还体现了种族身份和性别身份的双重觉醒。面对她与马奇之间的流言蜚语，她的回复是"他也许爱我所代表的一个概念：非洲，解放的。我对他来说象征着某些事物，一种他想改造的过去（如果他做得到的话），一种他渴望的未来"。显然，格蕾丝认识到马奇所欣赏的不是她本人，而是她身上的一些特质，如果说"非洲"代表着种族、民族的概念，那么"解放"则不仅仅局限于种族身份觉醒的范畴，它表明另一身份的觉醒，即格蕾丝潜在的女性意识的觉醒。双重身份的觉醒，意味着她从内心拒绝马奇那些打着解放黑人为名重赴战场的理由，意味着她拒绝马奇任何形式的好感和倾慕，还意味着她在战争环境下的成长以及拥有的强大的治愈性力量。

《马奇》中另一位具有治愈性力量的女性就是玛米，她放下了之前对丈夫产生的嫌隙，张开双臂迎接马奇，希望用爱治愈他心灵的创伤。作家比较巧妙地使用了玛米的第一人称视角，这一视角可以带领读者比较自然地接触到人物细致、复杂的内心活动。在小说中，她与受伤的丈夫在战地医院重逢，二人之间已产生深深的隔阂。后来她又与格蕾丝交谈，发现丈夫的书信隐瞒了前线的一些实情，玛米感到自己竟不如格蕾丝更了解丈夫，被置于十分尴尬的窘境，怒火中烧。即使如此，她仍选择了理解和原谅丈夫的隐瞒。从第一人称视角，读者看到的不仅是人物的细微的心理活动，还有她坚强、乐观、包容的性格以及强大的内心力量。战争给马奇这样的理想主义者带去了永远的痛，而以格蕾丝和玛米为代表的女性则竭尽全力为他们疗伤，温暖着他们残破的心灵。《马奇》是布鲁克斯以《小妇人》的故事为背景和原型进行创作的，按照阿德里安的理论来看，这或许是当代女性作家与前辈女性作家之间修正性的战斗，“它包括回望的行为、用崭新的眼光去看、从新的批评角度进入一部旧有的文本”①。小说也正是通过回首经典作品，并与其展开交流对话的形式，以新的视角重思并重写了马奇一家的故事。这虽然不是一部女性主义的作品，却重塑了女性的形象。19 世纪中后叶，奥尔科特笔下，她们自主自立，是战争后方坚韧的家园守护者和坚定的家庭呵护者，而在 21 世纪初，布鲁克斯的作品中则强调了女性修复、治愈战争伤痕的力量。

2. 面向社会的治愈

如果说前述作品中女性的治愈主要是面向亲情和家庭，那么在《南方的寡妇》中，麦加沃克安葬 1500 名牺牲士兵并年复一年照料他们墓地的举动则是在治愈被撕裂的整个社会和失去至亲的千万家庭。战后的南方，旧有的传统和习俗在逝去，生活环境和生活方式都在改变。对于南方百姓来说，他们面对的每一个转变“都以一连串新的挫折和因为无根

① Rich Adrienne, “When We Dead Awaken: Writing as Re-Vision”, in Barbara Charlesworth Gelpi and Albert Gelpi, eds., *Arienne Rich's Poetry*, New York: Norton, 1975, p. 90. 布鲁姆曾提出男性作家出于“作者身份的焦虑”与前辈作家之间发生的战斗形式，即修正性的偏离和误读，与此相对应，阿德里安提出后辈女性作家的修正性战斗。

而产生的无聊为代价”，他们也自然会渴望“有些人不会被遗忘”。从这个意义上讲，麦加沃克保存的是一代南方人集体的记忆，修复和治愈的是他们共有的创伤。对于那些战死沙场的士兵家庭来说，她的举动的意义更是非凡。在小说的结尾处，一个来自佐治亚的家庭来到了卡恩顿大宅，拜托麦加沃克帮忙寻找儿子詹姆斯·威尔逊·温，并希望把他的尸体带回去，埋在家乡的土地里。当他们看到了儿子与其他战友安息于静谧的墓地，放弃了最初的计划，只留下了一句“你已经做了你该做的一切，麦加沃克太太。我们要回去了”。一年后，这一家再次来到麦加沃克家，还带来了一车家乡的泥土，重新填埋了儿子的坟墓。他们这一行动极具象征性和仪式感，表达了这些不幸的家庭对麦加沃克无私的大爱之举的认可与敬意，他们已将这里的一片片墓地视作罹难亲人最终的也是最好的灵魂归宿。由此，在作家笔下，以麦加沃克为代表的女性，在战争中和战后发挥着无可替代的伟大而深沉的作用，男性将这个世界拖入了混乱、暴力与绝望，而女性则在用自己温暖而坚韧的力量治愈着这一切。

在小说《大进军》中也描述了女性广博的爱所拥有的治愈性力量。艾米莉在父亲汤姆森法官死后流离失所，后来成为了北方军的随军护士。不过她却不是普通的救死扶伤的护士，除了身体的医治之外，她还用各种方式给予奄奄一息的士兵最后的温暖和力量，她在“他们中间走来走去，尽可能用温和的言语安慰他们的伤痛”，“一个女人的护理对于使男人们安定下来的意义绝不仅仅限于表面那么多”，“对于那些疼痛无法忍受的伤员，她用手轻轻托着他们的头，把鸦片酊剂倒入他们的嘴里。而对于另外一些人，她则给他们一杯白兰地。那些男人虚弱地说着自我贬低的笑话，或者眼含着泪水感谢她给予的照看。有些人，当他们躺着即将离开人世的时候，她为他们代写家信。”艾米莉失去了至亲，失去了家园，在行军中曾对军医萨特里厄斯产生过一段好感，却发现他无视伤员的苦痛，麻木不仁、人格异化，于是这段感情也草草收尾。但她并没有被一系列的创伤经历所击溃，反而在战争中成长、蜕变，将自己的苦难转化为了对更多战争受害者的救助。小说重新挖掘了以艾米莉为代表的女性在战争中拥有的不可替代的治愈性力量，显然，这些伤痕累累的男性离不开这样的女性，她们以女性独有的方式修补着破碎的世界。

总之，这些内战小说中的女性承受着战争带来的各种物质损失和无形的精神伤害，本身也该成为被关怀被安慰的对象，然而她们不仅能默默地忍受着所有的身心痛苦，还能给予身负重伤的士兵，遭受重创而归的男性以及千千万万破碎家庭以救助和抚慰，因而这种治愈力量显得越发的强大且伟大。从这个意义讲，男性更多地呈现的是世界的破坏者和战争的创伤者的形象，而女性才是无声的拯救者和治愈者，她们已成为战争背后维持整个社会正常运转的精神支柱。

（二）女性拥有的改变旧有秩序的颠覆性力量

Never Home 和《无人幸免》则更是颠覆了传统观念对女性角色的束缚，重塑了战争中的女性形象，赋予了她们改变旧有秩序、改变世界的力量。这两部战争背景的小说包含了具有浓郁解构指向的后现代主义女性观。在这种女性观的视域下，女性的界定不只是局限于规范性、同一性的范畴之内，而是应被“解放到一个存在多种表意的未来中去”，“从曾经限制它的母性或种族主义的本体论中解救出来”。[①] 女性具有了在更多层面、更宽广的意义空间被诠释的可能性，成为一个多重潜在意义交织的意义场。女性的身份、形象不再是单一和固化的，而是多样性的、颠覆性的。

在 *Never Home* 中女性形象的颠覆与重塑体现在女主人公 Ash Thompson 顶替丈夫，奔赴内战前线的举动。小说一开篇便以第一人称自述的形式交代了原因“I was strong and he was not, so it was me went to war to defend the republic.”后面再次以她的视角和口吻做了详细的解释，针对谁能出征一

① ［美］塞德曼·史蒂文编：《后现代转向》，吴世雄等译，辽宁教育出版社 2001 年版，第 225 页。

事，她和丈夫讨论了长达两个月之久，他们不断交流着，从各个角度展开分析，弥合了每一个分歧，最终决定丈夫留在家中照看农场。从外在身体素质看，两人体型都不大，但丈夫看上去软绵绵的（made out of wool），而 Ash 则显得格外坚毅有力（made out of wire）；丈夫每到冬天就会犯头疼病，Ash 却极少得病；丈夫不能清晰地看到远处，而她可以在 50 米远闭着一只眼射中野兔的耳朵。从内在的渴望和追求看，Ash 还曾经向自己逝去的母亲倾诉出闯荡世界的决心：我想要躺在繁星之下，呼吸着不同地域的微风，饮用不同地区的水，感受不同地方的温度，和我的同伴战友们将陈旧的思想废墟踩踏在脚底（I wanted, I told her, to lie under the stars and smell different breezes. I wanted to drink different waters, feel different heats. Stand with my comrades atop the ruin of old ideas）。Ash 是一个受教育不多、文化水平较低的女子，她的语言中充斥着各式各样的低级语法错误，所思所想也与温柔优雅毫不相关，比方在她写信时不止一次忆起丈夫曾经送她的一束丁香花，但脑海中所联想到的却是厕所、劳作中裸露丑陋的背部和其他一些无关的粗俗意象，反而是丈夫书信中优美的文字让她感受到内心的平静，仿若“闻到秋天的气息，听到早秋之韵律”（Reading his letters I could smell the early smells of autumn and hear the early autumn sounds）。可以说，Ash 的文字中表现出的是传统男性，尤其是厮杀于战场上的男性言语的一些特质，刚劲有力却又不时地流露出粗俗，丈夫的语言则带有居家女性的一种高雅贤淑。此外，前线的 Ash 一直竭力掩饰着自己的性别，也确实未被发现，因为她在军营中表现出不输于其他士兵的能力，甚至在战场上拥有着超越男性的勇气。由此，Ash 和丈夫之间打破了固化的性别角色定位，实现了颠覆与逆转。Laird Hunt 以当代女性主义的视角，重新挖掘并给予了内战中的女性以超凡的能力，像 Ash 那样，她们可以不再隐没于战场背后那方小小的家园，不再局限于家事的料理，而是同样可以英勇无畏地冲锋陷阵。

对于女性的男性化刻画在未来战争小说《无人幸免》中得以以某种

更加震撼的方式延续，而且塑造这一颠覆传统的女性形象的作家阿卡德还是一位男性，这固然与他不愿千篇一律地重复战争中的人物塑造模式有关，[①] 但在另一层面或许也表明了女权主义影响范围的扩大正在悄无声息地改变着不同阶层、不同性别的人们认知女性、思考女性的固有视角，女性的形象在战争小说中更加多元化。《无人幸免》中的萨拉特自小便不是那种温柔贤淑的形象，她“胯部与肩同宽，与大腿同宽。身材魁梧，缺乏曲线，一个砖块般的女孩”。同时，她还羡慕着男孩子那样富有延展性的，可以预见长得又高又壮的身体。萨拉特胆量过人，和男孩子打架完全占据上风，“手掌像老虎钳一样扼住他的咽喉，对方倒地后，她又跳到他身上，用壮实的小腿压住他的胳膊，第一拳打在正脸上，男孩的鼻子流血了。接着萨拉特给了他一拳又一拳，直到她感觉胳膊已经不再听使唤……”，可以说将对方打得毫无还手之力；她还接受了佩兴斯营地中一个男生挑衅性的赌约，面无惧色地走入臭水沟，爬上岸后浑身恶臭，却也赢得了赌约的胜利。无论外形、穿着打扮、行为方式，萨拉特都极具男孩子特征，而且她身上那种极其坚毅、勇敢的品质，完全胜过她周围的男性。在萨拉特刚毅的外表和言行之下，内心深处也有柔软之处，渴望着拥有爱。不幸的是，在战争中她痛失双亲和姐姐，哥哥头部也受到重创，内心深处埋下了复仇的种子，使她最终变成了一次次报复北方的极端主义者。她先是被培养成南方反抗军中赫赫有名的狙击手，刺杀了北方的将军约瑟夫·弗兰，这成为了作家虚构的二次南北战争的重要转折点。后来，萨拉特被抓，在监狱受尽磨难，留下永远无法弥合的精神创伤。在2095年的美利坚再统一日，萨拉特携带致命病毒潜入北方，致使瘟疫大范围蔓延，给万千家庭带去无休止的灾难。在人们的印象中，这些原本属于战争中男性行为的范畴，全部被加载在了萨拉特这样一位天赋异禀、胆识超群的女性身上，不过邪恶的环境与悲惨的命运

---

① 作家奥马尔·阿卡德：《想象一场发生在西方世界中心的内战》，2018—5—17，https://www.sohu.com/a/231935224_260616。

交织，使她的性格中更多地释放出来的是孤僻倔强和偏执暴力的一面。在作家笔下，她几乎以一己之力摧毁和改变了二次内战后预定的局势，这一点她比引领她走上复仇之路的男性导师盖恩斯要坚定得多，她的导师反而因为软弱而背叛了自己的初衷和誓言。

无论是 *Never Home* 中的 Ash Thompson 还是《无人幸免》中的萨拉特，都已突破对战争中的女性的固有想象，她们被赋予了传统意义上男性拥有的品质和气概。有学者以政治哲学家曼斯菲尔德的《男性气概》为蓝本，结合其他学者的观点以及一些经典论述，将这种气概（manliness）概括为六项重要品质，包括勇气、意志力、自我控制、自信、责任心、荣誉感及对荣誉的捍卫。[①] 这些所谓的男性气概或直接或以变体的形式间接附着于两位女主人公的身上。不过，从世界文学范畴来看，当代战争小说中的女性拥有男性气质绝非美国小说所独有，中国“17年”战争小说中的女英雄也是从外在形象、言行到内在气质、思想都被“雄化”，[②] 并因此招致了质疑与批评，认为这样的处理方式表面看是提高了女性的地位，实质上却是对女性的彻底同化，表现出男性对女性的极大不尊重。[③] 略有不同的是，在当代美国内战小说中，女性不是被单纯地“雄化”，她们在某些方面远远超越了男性，被赋予了破坏、解构旧有话语秩序、社会观念的作用，甚至肩负起重构角色分工、社会秩序、政治格局的职责，因此，这样的“雄化”并没有同化女性，而是赋予了她们以差异化的个性。

三　当代南北战争小说中女性形象嬗变的成因及发展趋势

当代美国内战小说重新塑造了女性在战争中的社会角色，挖掘了她们在战争中不可替代的作用。女性人物形象嬗变的重要原因在于当代新

① 隋红升：《男性气概》，载金莉、李铁《西方文论关键词》（第二卷），外语教学与研究出版社 2017 年版，第 391—394 页。

② 陈颖：《中国战争小说史论》，上海三联书店 2008 年版，第 225 页。

③ 陈颖：《中国战争小说史论》，上海三联书店 2008 年版，第 230 页。

现实主义风格的作品在继承传统的基础上，对后现代主义女性观的兼收并蓄。后现代主义女性观首先要处理的就是平等和差异之间的关系。女性主义从发展之初就在寻求两性在各个层面的平等，然而又不得不面对女性与男性之间的与生俱来的身心差异。平等与差异“这两者间的矛盾构成了女性建立社会身份的障碍”。[①] 到20世纪80年代，后现代视域下的女性主义充分认识到平等与差异是人为设置的二元对立模式，其结果是遮蔽了两个概念之间的相互依赖性，[②] 它们之间并不是彼此排斥、敌对乃至相互消灭的关系。因此，应该拒绝以平等为借口抹除差异，而是要尊重差异，包括“作为个体和集体同一性的条件的差异”。[③] 这样，也避免了以平等为幌子，而强加于女性身上的许多不必要的重负。换言之，要在承认两性差异和女性的每一个个体之间的差异基础上，去探讨寻求平等的路径。进一步就是如何界定女性的问题。在格外尊崇差异的后现代视域下，女性形象不是固化、僵滞的，而是流变的、多样化的。女性成为“一个十分复杂的范畴，它是在竞争的性科学的话语中和其他社会实践中建构的”。[④] 如果强行赋予女性这个词语以某种特定的内涵，反而会导致其所代表的群体的内部分裂。这样，“女性”这一术语成了“无法称呼的差异领域，一个不可能被描述性的同一性范畴归总或概括的领域”，于是它就变成为“一个永恒的开放性和可重新表意的活动场所”。[⑤] 因此，长期以来，以固化和规范化的模式附着于女性范畴的所谓女性的天性，遭到了公开的质疑、挑战与解构。女性的描述与界定有了多种可

---

① 魏天真：《后现代女性主义和后女性主义》，赵一凡、张中载等主编《西方文论关键词》，外语教学与研究出版社2006年版，第177页。

② ［美］塞德曼·史蒂文：《后现代转向》，吴世雄等译，辽宁教育出版社2001年版，第386页。

③ ［美］塞德曼·史蒂文：《后现代转向》，吴世雄等译，辽宁教育出版社2001年版，第398页。

④ ［美］塞德曼·史蒂文：《后现代转向》，吴世雄等译，辽宁教育出版社2001年版，第122页。

⑤ ［美］塞德曼·史蒂文：《后现代转向》，吴世雄等译，辽宁教育出版社2001年版，第224—225页。

能性，她们具有独到的思想、强烈的能动性、延绵不绝的创造性和有别于传统的颠覆性。在 *A World of Difference*（Barbara Johnson，1987）、*Beyond Feminist Aesthetics：Feminist Literature and Social Change*（Rita Felski，1989）、*Feminism /Postmodernism*（Linda J. Nicholson，1990）等著作中都揭示了在“女性”的基本概念中潜藏的根深蒂固的不稳定性，以及由于种族、阶级、国籍和历史境遇等差异，使得看似普遍的统一的女性身份中孕育的多样性。当代美国内战小说充分吸收了后现代主义的女性观，重塑了女性差异化、多样性的社会角色。她们可以是感性的、直觉的、温柔的、善良的、仁慈的，也可以是理性的、阳刚的、勇武的、激进的，抑或二者兼而有之。

值得一提的是一本对女性观念解放影响极大的著作《女性的奥秘》（*The Feminine Mystique*），其作者是美国动荡的 60 年代中妇女运动的领导者之一弗里丹（Betty Friedan），她指出卧室、厨房、性、婴儿和家庭都是对妇女的囚禁，美国中产阶级家庭变成了“舒适的集中营”，在这集中营中，妇女在愚蠢的消费和富有的陈腐中窒息而死。① 这本畅销书对女性困境和出路的阐释具体而明确，从思想观念上将女性从安于舒适生活和温馨家庭、依从丈夫和守护孩子这样的社会角色、社会分工中解放出来，点燃了美国第二次女权运动。社会层面女性观的嬗变也深刻影响到战争文学作品的创作，在本书研究的当代内战小说中女性不再囿于后方家园的守护者这样的传统角色，而是在战争大环境下发挥了无可替代的社会作用。

进一步看当代南北战争小说中女性形象塑造的发展趋势，从作品发表的年代观之可分为两个阶段，20 世纪 90 年代到 21 世纪前 10 年的《冷山》《大进军》《南方的寡妇》《马奇》等作品为第一阶段，而 2010 年以来的 *Never Home*、《无人幸免》等作品为第二阶段，后一阶段较之前一阶段在女性人物塑造上具有更强的解构性、颠覆性，可以说对后现代主义

---

① 王守仁等：《战后世界文学进程与外国文学进程研究（第二卷）：后现代主义文学研究》，译林出版社 2019 年版，第 152—153 页。

女性观的吸收更彻底。这种趋势在另一部出版于 2014 年的小说《葛底斯堡的女孩》中得到了全面的平衡、吸收与综合。这部小说讲述了南北战争期间三位女性的故事，从三个差异化的侧面涵盖了以上几部小说中女性的新形象、新作用。Tille 的生活无忧无虑，备受宠爱，她是一个机智幽默、话语略微尖刻的联邦支持者，曾对战争抱有充满浪漫主义色彩的想象，后来目睹了战争中士兵从精神到肉体上受到的摧残，改变了对战争的看法，成为了所住街区的临时护士。渴盼归乡的受伤战士将她视作天使，Tille 对他们来说具有治愈性的力量。Grace 是一个得到自由的黑人女孩儿，她的家人曾经帮助过逃奴。战争伊始，她看到四处烧杀的南方邦联军非常焦虑、紧张。后来受废奴主义和人道主义思想浸染，她认识到黑人追求自由和掌控自己命运的重要性。于是，Grace 不顾个人安危也加入了帮助逃奴从“地下铁道”（underground railroad）逃往北方的事业。Grace 克服了恐惧，拥有了超越男性的正义和胆识。年仅 13 岁的 Annie 则女扮男装，入伍参军。一开始，她缺乏军旅生活经验，被其他士兵嘲笑，获外号“软脚”（strawfoot），后来她凭借着冷静的头脑和高超的射击术，赢得了尊重，成长为英勇的军人。可以说，Tille、Grace、Annie 代表了三类不同的女性，她们突破了传统战争小说给予女性社会定位的束缚，包含了上述当代内战小说中女性的全部颠覆性特质。另一个显著的趋势在于，塑造这些女性形象的不只是女性作家，同样还有男性作家，这反映了美国精英文化阶层在后现代思潮的洗礼下，对女性社会分工、社会角色嬗变的普遍认同和接受。而且女性观的变迁绝不是短暂的、一时的，而是深刻的、影响长远的，也将体现在未来一段时期的文学作品中。实际上，看待女性的观念，反映了支配社会的文化系统如何将社会性别属性（性属）强加于自然人之上。所谓“社会性别”（gender），是通过“心理、文化和社会手段建构的”，[①] 是社会强制性规定的两性区

① 刘霓：《社会性别——西方女性主义理论的中心概念》，《国外社会科学》2001 年第 6 期。

别。社会性别绝非一成不变的，社会文化系统既然可以形成性别的社会属性，那么随着时代变迁，社会文化系统亦可以改变性属特征。性属的界定与再界定，无疑涉及人类社会的认知行为模式。[①] 同时也应该看到，文学作品中对女性形象的加工也反向强化了时代观念赋予女性的社会性别属性，换言之，作品中多样化差异式颠覆传统的女性形象塑造回应并进一步参与建构了不断发展的性别观念。总之，美国战争小说中女性形象的塑造与美国社会的女性观发展之间形成了相互影响、相互促进的关系。

从继承的角度看，当代南北战争小说续写了《飘》《小妇人》等作品中女性所拥有的坚强、勇敢、乐观、执着的品质。从解构的角度看，这些小说颠覆了一些传统战争小说将男性视为绝对主导，将女性视为可有可无的边缘角色的固有偏见，也改变了早期的内战小说将女性充当为战争加浪漫爱情模式下脸谱化角色的局面，重新发掘了战争中女性所具有的无与伦比的力量和无可替代的作用。金莉教授在探讨经典修正问题时指出，美国文学中存在着将“男性”与“美国性”画等号的倾向，因为“男性”就等同于“美国作家”。而女性和其他肤色的人种即便出现在男性作品中，也不是从她们的角度来讲述故事的，她们都是作为白人男性叙事人的叙事对象或男性白人主角的陪衬而出现的。[②] 从这个意义上讲，当代多部影响力广泛的内战小说从创作主体（有男性作家也有女性作家）到人物形象（以女性人物为主角，从她的视角讲述故事）都实现了颠覆性的突破。因此可以说，当代内战小说在继承与解构的基础上，重塑了战争女性形象，赋予了女性以了不起的治愈性力量，甚至是改变既有政治格局的超越性力量。

---

① Edgar Andrew and Peter Sedgwick, *Key Concepts in Cultural Theory*, London: Routledge, 1999, p. 158.

② 金莉：《经典修正》，载赵一凡、张中载、李德恩主编《西方文论关键词》，外语教学与研究出版社 2006 年版，第 296 页。

第五章

跨越时空的审视：投射到历史图景上的当代哲学思考

历史上不计其数的战争既是整个社会的灾难，也是每一个生命个体的灾难。在战争中，一个人会最近距离地直面生死，会经历种种最艰难的极端处境，会遭受肉体和精神的双重折磨。这些都促使了战争小说能够从哲学层面更深沉地思考战争的意义、人的生存方式和人的生命价值等问题。当代南北战争小说对于这些问题的思考大多是以“人”为核心而展开的，充满着人本主义的色彩。这些作品继承了传统的人道主义精神，直批战争的残酷，更表达出对战争中千千万万普通生命个体的同情和关怀，弘扬的是人的价值，尊重的是人的权利。同时，当代美国作家在跨越时空重新审视南北战争时，还充分吸收了现代主义、后现代主义哲学思想，颠覆性地思考人与战争的关系，一方面特别关注了战争对人的精神层面的摧残，渲染了战争之后虚无主义蔓延的精神荒原，另一方面是存在主义式的哲思，凸显了战争的荒诞性，宣扬了极限环境下人的选择和抗争。

第一节　传统现实主义中人道主义精神的延续

人道主义作为一个历史概念，是伴随着西方资本主义的发展而发生演变的，它的最初形态源于文艺复兴时期的人文主义。在那个特定历史时期，人文主义剑指中世纪的基督教神学，反对禁欲主义，反对来世观念，注重现世生活，宣扬人的尊严、自由意志，倡导人有享受当下生活的权利。到了十七八世纪，资本主义生产方式不断发展，资产阶级力量不断壮大，人道主义成为了反对封建主义意识形态的有力武器。卢梭、伏尔泰等著名启蒙思想家举起人道主义大旗，极力宣扬自由、平等、博爱的理念，为资产阶级革命打下思想和理论基石。法国大革命时期颁布的《人权宣言》标志着“天赋人权”为核心内容的人道主义已经成为社会政治的主流。人道主义者延续着文艺复兴时期的人本理念，重视人的欲望、人的本性，并进一步认可人可以采取各种合理方式追求自己的幸福和权利。至 19 世纪下半叶到 20 世纪上半叶在非理性主义为主的现代哲学中，人道主义以新的形式继续发展，作为个体的人受到了全方位的关注。在反理性思潮中，人的本能、欲望、意志被放置于很高的位置，同时，科技发展对人性的压抑和异化、资本主义社会中的非人性制度、野蛮战争带来的人间悲剧都遭到了强烈批判。通过历史梳理可见，人道主义无论在什么时期，历经了何种内在和外延的变迁，其本质都是以人为中心的，人成为了问题研究的出发点和落脚点。人道主义关心人、重视人，关注人的本性、本质，人的权利和价值以及人的发展问题，其中包含着的信念是“认为每个人就是目的本身，而且目的本身就是人自身本质的一部分”，“每个人都具有某种绝对不可还原的独特本性，是赋予人以任何其他物类所不能具有的尊严的必要条件”。[①] 人道主义会以人性为标准和尺度去评价社会制度的优劣，去衡量社会发展和进步的程度，同时在一定意义上也成为了理想社会制度、理性王国建构的思想基础。

传统的现实主义作品中经常高扬人道主义大旗。19 世纪的作家继承和发扬了文艺复兴以来的人道主义理想，对资产阶级社会制度进行了严厉批判，对百姓的不幸遭遇表达了深切的同情，具有强烈的改革社会弊端、改善人民生活水平的意愿和指向。人道主义成为了当时历史条件下

① 卢风：《人道主义、人类中心主义与主体主义》，《湖南师范大学社会科学学报》1997 年第 3 期。

的“一种世界观、一种伦理原则和道德规范”。[①] 这种人道主义理想在当代的新现实主义小说中得以继承和延续，尤其是在战争文学作品中人道主义更是成为一个有力地鞭挞战争的武器。

任何一场战争都充斥着仇恨、暴力、血腥、杀戮，摧残撕裂着人的肉体和心灵，释放着人性中最疯癫最丑恶的一面。从过去到现在，人类社会的战争无休无止，在可见的未来，战争亦是此起彼伏。人道主义思想超越国家、种族、阶级、意识形态差异，关注战争中人性是如何趋向堕落、异化、扭曲的，从来都走在批判战争、谴责战争的最前线，更是“人类自我反思、自我认识和人性升华的表现”。[②] 因此，当代内战小说在重写战争时，也绝不会抛弃人道主义思想的光辉。这些作品出于关爱生命、尊重生命的人道主义立场，表达出对战争中千千万万普通生命个体的生存状态和命运走向的深切同情、怜悯和关怀，弘扬的是人的价值，尊重的是人的权利和自由。

当代内战小说中通过塑造战场和战地医院两种典型环境揭露和批判了战争的残酷，表现了关注人的生命价值的人道主义的思想和情怀。第一是血腥战场的描述，这是传统战争小说中不可缺少的一部分，当代内战小说继承了这一点，不论是具体战役还是仅以战争为背景，都会尽力再现战场上的尸横遍野。不计其数的士兵在转瞬中就被炮火撕裂得遍体鳞伤，生命如此渺小和无助，死亡来得如此随意，又何谈人的价值。南北战争已是过去时，近百年来美国本土也未发生战争，作家却还将战场惨象写得尽可能细致、逼真，批判了战争对于人从肉体到精神的全面摧毁，其中不乏警示今日世人之意。在《少年罗比的秘境之旅》中，罗比长途跋涉来到父亲参战的前线，尽收眼底的是血流成河、尸骨累累。作家通过罗比的视角，生动逼真细微地描写了战场上一片狼藉的惨状：

---

① 马新国主编：《西方文论史》，高等教育出版社 2002 年版，第 257 页。

② 王达敏：《从启蒙人道主义到世俗人道主义——论新时期至新世纪人道主义文学思潮》，《文学评论》2009 年第 5 期。

树林变成死亡之地，子弹曾在这里像暴雨般交织射出，空气仍因热气而噼啪作响，许多狙击手被挂在树上，他们的皮带紧绑住腰，钩在树枝上，身体外翻着，就像大鸟盘旋在空中。他们静止不动，仿佛就在全神专注于杀戮的那一刻，突然被攫住翅膀无法动弹。

……在整个田野上，大约有五万名战争死伤者……他们断成数截、变成碎片。有的人身体完整，似乎毫发无伤，还可以像生还者一样四处漫游，有的人则像水汽或油脂一样，只剩血肉碎片和碾磨成粉的骨头。在这几百亩大地上，散落着人一辈子身内和身外的东西。地上遍布四肢和器官、头颅、双手、肋骨和腿，足以拼凑成一具又一具的身体，需要的只是线和针，以及一名来自天国的女裁缝。

死者的血液发黏凝结，引来许多苍蝇在潮湿的空气中飞舞。他们倒在地上，双腿扭曲着简直不可能再被拉直还原回人形。这景象令人触目惊心，罗比四周不时传来要水和食物的哀求，一旁沉默的死者以怪异的姿势倒着，僵直的手臂朝天空伸出，好像是想拥抱一座天堂。

在当代内战小说中，类似的战场惨状的描写很多，其特点是作家几乎不掺入任何个人情感，不加入任何主观评述，以极其客观化的描写直接呈现战场的画面。文字像是一面镜子，镜中真实地反射出士兵的残破身躯、断臂断腿，像废弃物一般毫无价值地丢弃与散落，其带来的视觉震撼、情感震撼也随之而至。作家越是不动声色地白描，带来的震撼力也越大，其中暗含了对战争的强烈批判和人的生命价值的关怀。

《林肯在中阴》大部分故事不是围绕战场而展开的，不过却以一种独特的方式，集中渲染了战争的残酷，那就是将不同的史料进行堆叠。作家在怪异诡谲的中阴界和林肯悼念亡子的主线情节之外插入了一篇篇关于战场的史料，虚中有实，实中有虚，虚实呼应。这些史料密集地并置在一起，客观呈现，形成了叠加效应，产生了关于战场的极强的文字视觉效果。从内容上看，一些史料极其平实地记录了士兵死前一瞬间各式各样的姿势和各种惨不忍睹的样貌，死亡成为了再正常不过的随机突发事件：

> 我从未见过死人。现在看够了。有个可怜少年人尸体冻僵，恐惧地看着自身伤口，瞠目结舌。**部分内脏掉落肋部下方**，薄冰掩盖，红紫一片……
>
> ——摘自《恐怖荣光：内战士兵家书》
>
> 噢，母亲，火焰烧过冻僵的死尸与伤者。我们找到一个还有呼吸的，抬回营区，**他严重烧伤，浑身赤裸**，只剩一条裤腿，**我们根本搞不清他是敌军还是我军**……
>
> ——摘自《一位伊利诺伊士兵的书信》

《马奇》中虽然战斗的场面并不多，但是一开篇就虚构了一场惊心动魄的悬崖之战。开头最醒目的位置描写的悲壮惨烈的场面几乎奠定了小说悲剧的故事走向，也呼应了看似团圆实则家庭创伤难愈的结尾。战争场面给读者带来的惊愕感、震撼感最易引发对战争本身的批判和对人的生命价值的反思。在这段中，士兵被逼近的火力驱赶到悬崖顶端，走投无路、跳崖逃生，场面极其血腥：

> 他们在那里迟疑片刻，然后突然之间，像一个人似的行动起来，犹如一群受到惊吓的牲口。他们翻滚、跳跃，从悬崖边上摔下去。九十来英尺的令人眩晕的悬崖直插河面。只听得**失去理智的人们撞在他们身下的同伴的头上和刺刀上，从而发出惨叫声**。我看见**一个粗壮的士兵脚穿沉甸甸的靴子狠狠地踩在一个瘦弱小伙子的脑壳上，骨头在岩石上撞碎**。

男主马奇不仅拼尽全力也没有救下跳崖后被河水冲走的斯通，还目睹了战斗后的惨状：

> 我看着他们集中起来：被淹死的和被子弹打死的人们。他们的手漂在外面，指尖与指尖相互碰触。**他们将漂浮一到两天，像一条殡仪船**……这些勇敢的阵亡者，市民们会认出他们，向他们脱帽致意吗？抑或对那大堆的腐肉感到恶心，掉头就走？

另一方面，一些当代内战小说还以现实主义手法极其逼真地再现了战斗后医院中伤员的惨象。战地医院环境恶劣，处处是呻吟声和血汗恶臭味，重伤员虽然不是即刻的死亡，但在伤痛的折磨中一点点临近死亡，某种程度上，比战场上的牺牲还要痛苦。读者感叹的是人的生命意义全无，战争彻底泯灭人性。

在《南方的寡妇》中，卡恩顿大屋被征用为临时战地医院，伤员大量地涌入。作家从女主人公麦加沃克的视角描述了医院中一幕幕的不幸，“手术室窗子底下越堆越高的断胳膊断腿告诉我发生了什么”。特别是麦加沃克连用了多个“我看见”极尽细致地讲述了扎卡赖亚·卡什维尔截肢手术时的每个细节以及人物承受的痛苦。

> 我看见医生们沿着线缝剪掉他的裤脚，**我看见**他皮肤上的斑点，红色的斑和蓝色的斑，以及伤口边上的黑斑。**我看见**他们用一根带子把他的大腿那里扎了起来，然后**我看见**他们把锋利的干净得难以想象的刀搁在了他伤口上面的肉上，深深地切了进去。**我看见**细细的切口处渗出点点鲜亮的血，比我预料的要少得多。**我看见**那双绿眼睛往上翻，翻进了脑袋里，听见一个人短促的喘气声和迅速的咕哝声，要把疼痛压下去，好像他害怕疼痛会蹿起来，把他吸进去似的。**我看见**那矮个子医生拿出了手术锯，把它按在切口上，我想应

> 该是搁在了那个人的骨头上。**我看见**那个老医生神色焦虑地看着那人苍白的、大汗淋漓的脸；他拿起乙醚瓶，倒在另一块布上，敷在扎卡赖亚的脸上，轻轻地关照他深呼吸……**我看见**那个绿眼睛的人又把头歪到了一边，他的眼睛看着我的方向。

这一连串的“我看见”步步相连，层层深入，贯穿了整个手术，而语言上的重复也营造出一种让人难以喘息的压迫感、窒息感。目睹手术全过程的麦加沃克非常紧张，“我发现我紧紧地抓着门框，我的指甲都掐进了木头里。我把手举到脸上，看见我的指甲已经磨损，出现了缺口，随后我被这个动作表现出的无动于衷吓坏了，连忙把手插进了围裙口袋，倚在门框上，决心一直看到手术结束”。其实，读者在读到那些“我看见”时又何尝不是如同身临其境般地揪心，又何尝不会像麦加沃克那样难以抑制地焦虑不安。卡什维尔战场上的伤和手术中的痛是所有伤员苦痛的一个缩影，麦加沃克紧张的心理和举动也不仅属于她一人，而是象征性地代表了读者可能呈现出的阅读反应。

在战地医院的典型环境中，还塑造了以医生为代表的典型人物，他们对越来越多的伤员已然习以为常，早已失了怜悯之情，救治和手术就是机械化地完成一套程序，人的生存价值也已降低到不及普通物件的价值。《大进军》中的战地医院是随着行军而流动的，作家塑造了雷德医生这样的典型人物，他用手中的医疗工具，如镊子、环钻、手术刀、亚麻绷带等冷漠地、毫无情感地处理伤病员，治疗过程描述得非常平实却极重细节的真实感，渲染出战争的残忍，给士兵身心带来无法挽回的严重伤害。《马奇》中同样描写了令人惊骇的医院手术场景：

> ……米尔布莱克的眼睛里只剩下瞳孔，乌黑的，布满了气愤和恐惧。他的颤抖让躺着的桌子晃个不停……麦基洛普的手术刀碰到了一根血管，一股热的液体飞进了我的眼睛……那些血从我的鼻子

> 旁边滴到我的嘴唇上，我尝到一股铁腥味……当麦基洛普把按着喷血的动脉的手抬起来时，我发现那血已经流得没有脉动了，随即意识到他的生命已经结束。**麦基洛普哼了一声，转向了下一个病人，**那人的肚子上挨了一颗子弹。医生把一根手指伸进伤口，胡乱模了一会儿。然后把手指抽出来，耸耸肩膀。“当子弹掉进肚子里时，要想找到它们可不是件好玩的事情。”**幸亏那伤员处在昏迷状态，没有听见医生那刺耳的话**。麦基洛普又去处理一个脑壳被打得像只瘪掉的铁皮杯子似的人……“菲尔布莱德，那边的角落里”，**麦基洛普眼睛都没抬地说道**，“胸口里有碎弹片，我无能为力。”

从医生的言语和动作来看，他似乎都已麻木（“都没抬眼地说道”），机械地如同处理器械一样处理手术台上的一个个严重受伤的病员。

当代内战小说无论是写战场还是战后的医院，都不惜笔墨，注重细节刻画的逼真性，通过尽可能地再现和批判战争的残酷，意在继承传统现实主义文学中的人道主义精神。战争必有伤亡，战争所带来的并非个人价值、个人理想的实现，而是对人的本体最无情、最全面的毁灭。这也涉及另一层面的问题，就是对战争环境下，人的异化的批判。从哲学层面看，人的本质的异化也是人道主义的核心概念，黄楠森先生将哲学史上的异化分为三个层次，最宽泛的是黑格尔的异化，即矛盾向对立面转化，其次宽泛的是费尔巴哈所言的异化，即主体产生出反对自己的异己的力量，最窄层次是马克思所说的异化，是剥削剩余价值的制度问题，体现为人的存在与本质的疏远，人在事实上不是他潜在的那个样子。① 简言之，异化在哲学层面表现为本体向对立面的转化，表现为一种非我、异我状态的形成。那么战场和战地医院的个体所遭受的身体的摧残就是异化的起点，物质层面的非我表现为身体上的残缺不全，下一步就是精神层面异化的形成，也就是

---

① 黄楠森：《西方马克思主义与人道主义》，《北京大学学报》（哲学社会科学版）1987 年第 1 期。

人的本质的异化。战争中的极端环境导致卷入其中的形形色色的人失了本性，走向非我，最具典型性的就是《马奇》中的男主人公。除此之外，如果把人与外界关系，即人与人的关系、人与环境的关系看作整体，那么这样的关系整体也已异化，比如战地医院的医生对待病人麻木不仁、冷酷无情，并不把病人当作人，而是当作一个个物件，这是人与人关系的异化；士兵厌恶战争，没有了热血和激情，逃离战场，是人与环境所不容，人与环境关系异化后的无奈的选择。人的本质的异化反映出战争对于人的本性的泯灭，人与外界关系的异化是战争对于旧有的人的存在秩序毁灭与重建的结果，其根本都是人道主义灾难。不过，应该看到，对人道主义灾难的反思和批判，所针对的或许不仅是那场发生在160多年前的内战，更是剑指当下不断发起战争、卷入战争的美国。

第二节 虚无主义：精神荒原的当代延伸

虚无主义（Nihilismus）的概念最早可以追溯到高缇耶·冯·圣维克托所做的演讲中关于人与基督之间关系的讨论，按照历史沿革来看，这一个概念的使用先后出现了认识论、审美论、价值论、存在论四种模式①。本书是从价值论层面探讨的虚无主义，这是虚无主义使用最广的一种模式。价值论是有关人们如何确定人生目的和意义、如何实现人生价值的理论。在《牛津高阶英汉双解词典（第6版）》中将哲学上的虚无主义定义为“the belief that nothing has any value, especially that religious and moral principles have no value.”，这里特别强调了value，也是从价值的角度界定的这一术语。从价值论的模式来看，虚无主义是人类在现代社会遭遇的精神危机的一种表征，揭示了人类的共同的生存境遇，简单说就是生活本身意义和价值的丧失。

① 马新宇：《虚无之为主义——“虚无主义”概念使用模式分析》，《社会科学辑刊》2015年第5期。

虚无主义与现代性、现代主义之间有着密切关联。它是现代文明发展的产物，具有现代性的特征，列斐伏尔指出“虚无主义深深地内植于现代性，终有一天，现代性会被证实为虚无主义的时代”①。在西方文化语境中，虚无主义弥漫于现代社会，是人类精神世界的价值空虚状态，精神寄托的超验寓所不复存在，灵魂得不到慰藉，长久维系的价值标准都已坍塌，所面对的一切神圣的东西也都失去了神圣性。人类发展的确定的秩序性被打破了，生存于一种没有根基的状态中。贝尔从信仰的角度阐述了现代主义中的虚无问题，他说：“现代主义的真正问题是信仰问题……因为这种新生的稳定意识本身充满了空幻，而旧的信念又不复存在了。如此局势将我们带回到虚无。由于既无过去又无将来，我们正面临着一片空白。”② 也就是说，现代主义语境中人类旧有的信仰破灭，而新的信仰尚未建立，深陷于虚无深渊的精神危机中。

一　从哲学到文学中的虚无主义

很多哲学家的哲学思想都涉及价值论的虚无主义，其中有代表性的是叔本华、尼采等人的哲学。叔本华的哲学中，意志占据本体地位，他的唯意志论认为，世界的本质是非理性的意志，世界为盲目的意志所统治，人类永远被意志驱使，追求着受主客观条件约束注定无法满足的欲望，人生充满了无意义的痛苦与挣扎。然而意志本身是虚无的，他说“求生的意志之否定……一直由意志的清静剂中得知；而这清静剂就是对于意志的内在矛盾及其本质上的虚无性的认识”。③ 这样，在意志驱动下所追逐的结果也永远都是虚无的，意味着在叔本华的哲学中，整个世界都是虚无的、没有价值的。叔本华的哲学带有浓郁的悲观主义色彩，虽

① Lefebvre Henri, *Introduction to Modernity*, trans. by John Moore, London & New York: Verso, 1995, p. 224.

② ［美］贝尔·丹尼尔：《资本主义文化矛盾》，赵一凡等译，生活·读书·新知三联书店 1989 年版，第 74 页。

③ ［德］叔本华：《作为意志和表象的世界》，石冲白译，商务印书馆 1982 年版，第 545 页。

然他没有直接使用虚无主义这样的字眼，但在其著作中，“虚无性”的概念频频提出，并且是在价值论的范畴内展开讨论的。

尼采的哲学深受叔本华的影响，不过却并不认同叔本华悲观主义的哲学，他通过批判传统的形而上学提出虚无主义的概念。以柏拉图的思想为代表，长期统领西方哲学的形而上学建构了一个“真善美”的理念世界，现实世界是对这个理念世界的模仿。理念世界是完美的，现实世界是丑陋的，因此，人们逃避现实世界而去向往理念世界。柏拉图主义发展到中世纪即演变成了基督教神学，天堂是完美的神圣的，人类生活的世俗世界是肮脏的邪恶的。如果说形而上学追求与终极价值相关联的本体，基督教的上帝即是本体的化身，终极价值的一个变种。然而，尼采却振聋发聩地宣布，“上帝死了”，要“重估一切价值”。他提出的“虚无主义”即是对传统价值、最高理想的废黜，“没有目标；没有对‘为何之故？’的回答。虚无主义意味着什么呢？——最高价值的自行贬黜”。[①] 人类曾经将万能的上帝作为信仰的支撑，而现在却发现并没有上帝，“目的”“真理”“统一性”这些概念，作为彼岸世界的自在的价值，也都是虚假的，是对人的此岸价值的抽空，人们迷失在价值崩塌的虚无主义困境中。简言之，虚无主义的本质是对哲学—神学传统所代表的意义、价值、真理的否定。

尼采还提出了消极的虚无主义和积极的虚无主义。消极的虚无主义指“价值和目标的综合（每一种强大的文化都以此为基础）自行消解，结果是各种价值相互冲突：导致瓦解”。[②] 在尼采看来，“消极的虚无主义”产生的根源在于西方自柏拉图以来的形而上学的哲学家都遵循着相同的思维模式：设定一个外在于生命的、抽象的超感性世界，并将其视为世界的本质，真正的世界，同时贬低现世生命的价值。他们的错误就在于把这个借助逻辑推演虚构出来的超感性世界神圣化，赋予了绝对的、

① ［德］尼采：《权力意志》，孙周兴译，商务印书馆 2007 年版，第 400 页。
② ［德］尼采：《权力意志》，孙周兴译，商务印书馆 2007 年版，第 401 页。

最高的价值，然而“对最高价值的设定同时也设定了这些最高价值贬黜的可能性；而当这些最高价值表明自己具有不可企及的特性时，它们的贬黜也就已经开始了。生命因此就显得是不适宜于实现这些价值的，根本无能于实现这些价值”。[①] 所以，最高价值从一开始就是不稳定不可靠的，具有虚无的本质，它们自行贬值、最终丧失，导致了人类信仰、目标和意义的丧失，形成了“消极的虚无主义”的颓废状态，欧洲形而上学的发展史就是这种隐含的病症逐渐显露的过程。尼采的积极的虚无主义则是在精神废墟上，按照生命的法则，重构生命的意义，也就是通过所谓价值重估，否定了过往的一切价值，确立了权力意志的绝对价值，超人就是权力意志的具体体现，是此岸世界的主宰，能够超越自我，拯救人类。如果说“消极的虚无主义”意味着“精神权力的下降和没落”，是“一种弱者的象征，精神力量可能已经困倦、已经衰竭，以至于以往的目标和价值不适合了，再也找不到信仰”，那么“积极的虚无主义”则是“强者的标志，精神力量可能如此这般地增长，以至于以往的目标已经与之不相适应了”。[②] 积极的虚无主义通过对失落的绝对价值的重建旨在克服消极的虚无主义，从这个意义上讲，尼采最终的目的与归宿又是反虚无主义的。但新的超人哲学的出现又使得尼采陷入了形而上的窠臼，他不过就是在以新的价值标准取代旧的价值准则，依旧保持在形而上学的轨道和区域之内，因此，海德格尔说“尼采关于虚无主义的概念本身就是一个虚无主义的概念”。[③] 不过无论如何，尼采深刻地揭示了虚无主义植根于西方形而上学传统中，“作为对一个真实世界的否定，对一种存在的否定，虚无主义可能是一种神性的思想方式”[④]。他抡起批判的大锤砸碎了包括道德、法则、真理、文明、进步、意义等在内的价值体系，借虚无主义之名直指西方社会普遍存在的由于丧失了至上价值而丧

---

① ［德］海德格尔：《尼采》，孙周兴译，商务印书馆 2002 年版，第 910 页。
② ［德］尼采：《权力意志》，孙周兴译，商务印书馆 2007 年版，第 401 页。
③ ［德］海德格尔：《尼采》，孙周兴译，商务印书馆 2002 年版，第 693 页。
④ ［德］尼采：《权力意志》，孙周兴译，商务印书馆 2007 年版，第 404 页。

失目标、意义缺失乃至信仰全无的颓废的生存状态。尼采说，“一切信仰都是一种持以为真”，而虚无主义的极端形式或许是“一切信仰，一切持以为真，都必然是错误的：因为压根儿就没有一个真实的世界”①。尼采敏锐地观察到时代的危机，他认为虚无主义是现代性、现代精神的本质特征，虚无主义带来的是现代人功能的衰竭和精神的空虚。面对虚无主义的侵袭，如何重建现代人的生活秩序、价值秩序，是现代哲学和现代主义文学所要面对的重要课题。

在文学创作中，19 世纪的欧洲曾形成一股强大的虚无主义思潮，俄国著名作家屠格涅夫的代表作《父与子》中，就塑造了巴扎罗夫这个典型的虚无主义者形象。作家通过笔下人物的言语和行动表述着那个时代的特征，没有任何事物可以提供终极价值，人生无目的，生命无意义，在一个虚无的时代，随波逐流的生存者最终也将成为虚无主义者。除此之外，普希金、莱蒙托夫、陀思妥耶夫斯基等的作品中也出现大量感觉人生虚幻莫测的“多余人”形象。这些作品中弥漫的虚无主义氛围反映了一个时代的气质与精神。在美国文学中，虚无主义倾向集中体现于特定时期的现代主义作品中。19 世纪末 20 世纪上半叶，科技的快速发展和社会结构的根本变化，改变了人们固有的生活方式、思维方式、工作模式和价值观念。与物质生活的飞跃相伴的是人的自由度的降低，异化程度的加剧，精神上的惶恐与不安。第一次世界大战更是将资本主义国家带入了前所未有的混乱状态。动荡变迁的社会环境构成了现代主义文学创作的历史背景，同时作家创作还受到了叔本华、尼采等为代表的非理性哲学中的虚无主义影响。他们追求着花样繁多的技巧创新，但骨子里却是价值观念的保守主义者，面对着现代人传统价值的沦丧、生活的堕落，深感无能无力、痛心疾首，不论如何怀念，旧有的秩序、规则永远无法复归。艾略特的《荒原》即是诞生于这样一个迷失的时代。对于战争的恐惧、对于经济危机的焦虑，对于科学

① ［德］尼采：《权力意志》，孙周兴译，商务印书馆 2007 年版，第 404 页。

理性的怀疑，对于价值体系崩塌的恐慌，各种错综复杂、充满绝望的情绪弥漫于社会。“荒原”的深层意义自然不只局限于文学领域，它象征着整个西方信仰体系、文明大厦面临的存续危机，象征着人类陷入虚无主义的精神废墟与荒漠。对于庞德、威廉斯、海明威、福克纳等一批现代主义诗人、小说家来说，传统的手法已经无法描述眼中的现实，无法表达对于世界的认知和体验，于是他们孜孜以求，探索着各种艺术形式的革新，为的就是呈现美国社会物质层面的混乱不堪和精神层面的迷茫彷徨，陷入虚无。

现代主义的实验创新早已是过去时，现实主义关切社会、观照历史的方式成为当代美国文坛难以撼动的主流，但不可否认的是，历经20世纪几十年的洗礼，现代主义哲学对文学创作的影响并未随时光逝去，现代主义作家洞悉社会、认知世界的方式也已流淌于文学的血液中，入骨入髓。作家们面对当下突出的各种社会问题时依旧难以抹去植根于精神荒原深处的失落感、无助感，叔本华、尼采哲学中的虚无主义光影不时涌现。毋庸置疑，虚无主义在战争文学作品中往往会有最直白的留痕，因为战争会以毫无保留的暴力摧毁人类的信仰和追求，粉碎每一个人对于一切美好理想最天真的向往，即便是百余年后的今人再度回首，搜索尘封的史料，依旧会为之震撼，这样的战争、这样的人生有何意义，有何价值？

二　当代南北战争小说中的虚无主义

当代内战小说不同于纯粹的现代主义文学，虚无主义不会萦绕于全篇，不过会在关键时刻闪现出来，契合了作家对于历史与现实的反思。总体上看，这些小说中的虚无主义是价值论层面的虚无主义，战争给某个人物、某个群体乃至整个社会带来毁灭性的创伤，战争的意义遭到了质疑甚至彻底否定，构成了虚无主义产生的直接诱因，进而作品中表现出对于人生、人性、世界的意义与价值的一种看法，即它们都是虚无的。

小说《马奇》生动描述了同名主人公在战争的摧残下，信仰崩塌，陷入虚无主义深渊的全过程。马奇本是抱着为废奴事业而战的坚定信念作为随军牧师参加的北方联邦军，然而战争残酷的现实粉碎了他的理想。小说开篇，他就眼睁睁看着一起溃败逃跑的年仅二十岁的士兵斯通被冰冷的河水冲走而无能为力。他在部队中，看不惯北方士兵和军官荒淫的作为，产生了激烈的冲突。之后，马奇被调配到了密西西比州的一个棉花种植园，在那里他开办了学校，开始了教育黑人奴隶的工作，也赢得了广大奴隶的尊重。然而，在北方军撤离该地区后，南方游击分子疯狂报复，面对着他们大肆焚烧轧花厂、棚屋，施暴残杀黑人，马奇惧怕畏缩、不敢现身。当他和泽西想去营救被俘获的黑人时，竟然因为自己的理想和信念“我来这里的目的是希望给人们以自由，但我是个随军牧师，而不是杀手”，拒绝了泽西提供的枪支，从而间接导致了更大的伤亡。不可挽回的局面击垮了马奇，他陷入深深的自责，沉浸于无尽的悔恨与痛苦中。后来，是曾经年轻时相识的女奴格蕾丝一次次的劝慰，才使得他稍稍放下执念，回归家庭。不过，令读者唏嘘的是，战争的创伤根本无法弥补，小说尾声，马奇看似与家人其乐融融，实际上精神恍惚，脑海中无时无刻不映现出过去痛苦的记忆，无法真正意义上融入家庭生活。战场上毫无意义的杀戮，北方部队对南方百姓家庭的野蛮侵犯和骚扰，南方游击队员对黑人们的惨无人道的残害，这一切所见所闻摧毁了他的信仰与价值体系，使其变得卑微、胆怯、无力。马奇经历了由初上战场时的意气风发、满腔热血到返回家乡时身心上千疮百孔的“反英雄”式人物的蜕变。这种蜕变源于“他们会追求一些看似崇高的英雄理想或信念，而这些理想信念被‘证伪’后”，所导致的心灵上的“扭曲变形”。[①]马奇精神上的垮掉具有一定的象征性，昭示了战争的毁灭性，当人类追求的正义、真理、理想都已荡然无存，生存又有何价值，不过是在虚无

---

① 王岚：《反英雄》，《外国文学》2005 年第 4 期。

主义的精神荒原中苟延残喘而已。

在《大进军》中，大军为了一个既定的目标机械地前行着，众多刚刚获得自由而不知何去何从的黑人盲从地跟随着大军，流离失所的南方人漫无目的地奔逃着，似乎行军与在路上的前行本身才是意义的归宿，除此之外一切都是无意义的。小说中的核心人物谢尔曼热衷于行军，以至于在行军结束后，他会怀念这场战争，认为他们曾经走过的每一片田野和沼泽，每一条河流和道路都具有了精神的意义。这种意义，随着进军的结束而消失了，甚至连眼前的自然界都被抽取掉了存在的意义，“这个地区因此留下空白，散乱和不可言喻，虽然是胜利的，却没有理由，而且无论每天的晨昏，干枯或丰沃，愤怒或平静，它变成了一个完全没有感觉、没有任何自身目的的东西”。谢尔曼的心路具有很强的代表性。他率领的横扫南方的大军和万千失去家园随波逐流的百姓、黑奴，又何尝不像他一样。被动的、机器般的、以流动为目标的生活本身就蕴含着虚无感，而当这些突然停下之后，他们更是难以适从，精神和心灵无处安家，流浪于寻求不到意义的无根的精神荒漠之上。内战行军曾赋予的目标感、价值感其实是短暂的、虚假的，当这些形而上的理念摧毁之后，指向的是新的虚无。小说中还有一个并不起眼却引人关注的人物——阿尔比恩·西姆斯，在一次炸药装卸发生的爆炸中，一颗长钉嵌入他的头骨，导致完全丧失记忆。内战中很多人都无可奈何地承受着这样那样的痛苦，西姆斯便成为了“战争对精神创伤的一个隐喻”①。小说中有这样的对话：

> 你刚才叫我什么？
> 阿尔比恩。那是你的名字。
> 那是我的名字？

① 张琼：《虚构比事实更真切：多克托罗〈进军〉中的文化记忆重组》，《英美文学研究论丛》2008 年秋（第 9 辑）。

是的。

我的名字是什么？

阿尔比恩·西姆斯。你已经忘了吗？

是的。我已经忘了。我已经忘了什么？

你昨天知道你的名字。

这是昨天吗？

不是。

我已经忘掉了昨天。我的头受伤了。这个伤是什么伤？

你的头。你刚才说你的头受伤了。

是那么回事。我记不住了。我说一个词儿可我记不住它。我说我记不住什么了？

一个词儿。

是的。那就是为什么我的头受了伤。现在总是这样。那就是受伤的东西。你刚才说我是谁？

阿尔比恩·西姆斯。

不，我不记得了。没有任何记忆。现在总是这样。

你在哭吗？

是的。因为现在总是这样。刚才我说了什么？

现在总是这样。

这样荒诞的对话在小说中反复出现，具有了某种象征意义。战争剥夺了西姆斯大脑的记忆功能，将他拖入了记忆的虚无，那么他曾经拥有的抱负理想、信念追求都必将一同湮灭。记忆的错乱和丧失也不仅是一个人的症状，更是象征了群体共同的症状，这是战争给一代美国人留下的共同的苦果，他们陷入了虚无主义的泥沼中，或许也只有这样的虚无才能让沉浸痛苦中的人获得解脱。

在《南方的寡妇》中，罗伯特·希克斯以近乎白描的手法勾勒着战场上的一个个细节，疯狂的屠杀、士兵怪异的举动、无价值的死亡，无不显现着战争的荒谬和毫无意义。在小说第一部分即将结束时，作家更是将战争所带来的虚无感渲染到极致，不仅富兰克林之战是无意义的，这场战斗后小镇居民所面对的生活也变得无意义。他们忙忙碌碌做着很多战争收尾之事，似乎只有在繁忙中才能把战后精神与物质的虚空填满，但当"希望""目的"这些形而上的理念丧失后，过去和现在的一切都没有价值：

> 富兰克林的战斗还没有结束。虽然加农炮和马车辘辘地驶出了镇子，对有些人来说，战斗才刚刚开始。有些人为他们在被改造成医院的冰冷的房间里的生活而战，有些人为记取一八六四年十一月三十日之前的富兰克林是什么样子而战，更有一些人，他们的战斗目的是要弄清楚，**究竟是什么虚幻的希望和愚昧的目的，才把这场战争引进了镇子，他们的理论是，如果不追究这种希望和目的，那么这场战争就是一场毫无意义的杀戮，整件事就是一个天大的笑话。**还有一些人，他们要为扼杀一切还带有这种伤感概念的东西而战。

在《林肯在中阴》中，通过艾维力·汤姆斯牧师鬼魂之口直接表达了对上帝的质疑。本该无比虔诚的牧师，却对上帝不可预测的随心审判充满无奈、不解甚至怨恨。他曾经在布道中说："我们不过是他的羔羊……有的送去屠宰，有的释放于草原，全依他一时之兴，所依准则非我等卑微者所能区辨"。如果说这一句还包含着对神秘的、高高在上的上帝的一丝敬畏，那么下一句则是直抒胸臆地表达不满，"我们只能接受：接受他的审判与惩罚，我是多么多么厌恶如此"。神职人员已然动摇了信仰，也只有在中阴界这样特殊的环境下才敢如此倾泻情绪。更重要的是，牧师发出的声音或许代表了众多迷失的人们的心声，战争之下充满了荒谬的不确定性，他们随时遭遇不幸、丢失性命，精神信仰、价值体系随之全面崩塌。凌乱不堪的中阴界正是“上帝死了”之后虚无主义蔓延的现实社会的真实写照。

当代内战小说所渲染的传统价值观念崩塌、精神世界陷入虚无还体现在英雄观、英雄形象的颠覆与解构上。理想、责任、荣耀都已成为虚空的概念，满腔热血、斗志昂扬、勇往直前的英雄形象已再难寻觅。《少年罗比的秘境之旅》讲述的是罗比目睹亲历了最残忍的暴力后成长的故事。有评论认为小说从男孩的视角和经历讲述这场战争，让人们不可避免地和两部先前采取了同样视角的优秀内战作品做比较，它们是 Ambrose Bierce 的内战短篇小说 *Chickamauga*，Madison Jones 的中篇小说 *Nashville 1864：The Dying of the Light*（已不再出版）。[①] 还有评论认为少年视角可以让我们联想到克莱恩（Stephen Crane，1871—1900）的《红色英勇勋章》（*The Red Badge of Courage*，1895），[②] 两部小说都有清晰的少年成长的故事脉络。然而，亨利和罗比的成长又有明显的不同，一个是英雄式的成长，最终成长为英雄式的人物，另一个则正好相反。在《红色英勇勋章》中，亨利一度面临敌人的突袭，惊恐万状、仓皇逃跑，但最终还是战胜恐惧，成长为了冲锋陷阵的战士。Solomon 认为，不仅亨利成长为一名英雄，而且所有官兵都是英雄，“因为他们在战斗中证明自己不是‘骡夫’，也不是刨土者。他们表明，是他们和军队赢得了战争，而不是军官和将军”。[③] Solomon 甚至还从小说中看到了爱国主义的主题。而少年罗比的成长则完全与英雄主义无关，更与国家的利益、军人的荣誉、个体的责任无关。他曾经眼睁睁看着少女蕾秋惨遭蹂躏而束手无策、不

---

① Clabough Casey，“Great Men and the Civil War New Historical Fiction”，*Sewanee Review*，Vol. 116，Issue 4（Fall 2008）.

② Siegel Robert，“Robert Olmstead's ‘Coal Black Horse’”，*All Things Considered*（*NPR*），May 24，2007.

③ Solomon M.，“Stephen Crane：A Critical Study”，in Richard Lettis et al.，eds.，*the Red Badge of Courage*，*Text and Criticism*，New York：Harcourt，1960.

敢施救，后来带着蕾秋踏上了归乡之途，亦是心灵救赎之途。经历了冰冷无情的现实洗礼，罗比在成长、在蜕变，然而他身上却没有一丝一毫乱世英雄的底色，这种成长是一个最平凡最天真的少年见证了黑暗无序的世界后，卑微无奈的成长，消极被动的成长，甚至充满对抗的成长。伴随着成长的是刻骨铭心的伤痛和理想失落的虚无主义荒原。他俩归家之后，大家都沉浸在战争带来的痛苦中，罗比的妈妈因为失去丈夫而悲伤不已，她做任何事情，悲痛都会侵入身体的任何部分，她的生活除了悲痛，再无其他。蕾秋被挥之不去的遭受玷污的记忆和妊娠之苦折磨着，她的身心之痛，也是一度胆怯懦弱的罗比灵魂之痛、精神之伤。这种痛苦的深渊是一个黑暗时代的缩影，人的生活没有意义、没有希望、没有出路。不仅普通人如此，罗比还想到了那些战场归来如活死人一般的男人们“他们永远不会痊愈，心灵和身体都受了重创，成了半死的活人。那些人永远看不见了，永远无法走路，永远无法咀嚼食物，永远无法说出一个字，永远坐不起来，永远无法为自己穿衣，永远无法再让一丝思绪出现在脑中”，他想到那些为男人和男孩们啜泣的女人们“被囚禁在自己无法实现的梦想中，再也不能成为自己的主宰……”，这些人都陷入了虚无主义的深渊。小说的最后一章，被各种死亡的意象和死亡的事件所占据。罗比杀死了强暴蕾秋的恶人，却因为这份杀戮背负了罪恶感，陷入了自我怀疑中，他感觉自己精神上已经死了，而且他觉得自己曾经死过很多次，他的死亡和杀戮也尚未结束。蕾秋则在临盆之夜，一心求死，企图孤身一人跳河自杀，可以说，这对苟活于世的伴侣在肉体与精神的死亡边缘反复游走。置身于冰冷至暗的时空下，主人公的信仰、价值全部化为乌有，传统战争小说中的英雄气概、英雄理想、英雄崇拜更是无从谈起，一切都陷入了死一般的虚无。作家说在书稿最初版本的删减本基础上，编辑再次删掉 75 页，总共删除了三分之二。罗比在小说结尾返回战场参战的情节也被砍掉。他认为，一个了不起的编辑比作家本人更了解作家和作品，他们就像坐在岸边的游泳教练随时指导着你在水中前进。[①]《少年罗比的秘境之旅》的删减使故事完全沉浸于虚无主义的悲郁氛围中，避免了在原有的故事结构上增加画蛇添足的情节，改变叙事的情感基调。

现代主义文学中各种表现手法的革新在某种意义上是为了更真实更准确地反映现实，表现一个由于失去传统信仰和价值中心而变得支离破碎、混乱无序的外在世界以及充斥一个时代的精神幻灭。这些是传统现实主义手法所无法准确描述的，因此，一定意义上，“现代主义文学在本质上是现实主义在20世纪的新发展”。[②] 现实主义追寻历史真实，而现代主义可以使历史再现更加多维和全面。新现实主义特色的内战小说从形式上到思想特征上对现实主义和现代主义的兼容并蓄，既呈现出战争肆虐之下美国社会的恐怖与黑暗，又揭示了更加可怕更不容忽视的事实，即战争摧毁了一代人的信仰体系、价值观念，他们迷失于虚无的精神荒原无法逃遁、难寻救赎，后一点又恰恰是传统现实主义作品极少触及的。诚然，现代主义哲学中的虚无主义并非当代内战小说中占据主导的内核，但这些作品对虚无主义观念的适当吸收可以提醒读者，无论何时回首内战，它的毁灭性本质都是不变的，英雄的理想破灭了，更无激荡人心的英雄史诗，战争是荒诞无意义的，人的价值丧失殆尽，陷入一片虚无的深渊。

第三节　存在主义：极限环境下的生死抉择

存在主义是20世纪最重要的哲学流派之一，对西方乃至整个世界的哲学、艺术、史学、政治学、社会学、心理学产生了深远影响。存在主义产生于第一次世界大战之后，是由法国哲学家马塞尔·加布里埃尔

① Bays Bruce, “An interview with Robert Olmstead”, *Shenandoah*, Vol. 59, Issue 2 (Fall 2009).

② 肖明翰：《现代主义文学与现实主义》，《外国文学评论》1998年第2期。

(Marcel Gabriel, 1889—1973) 首先提出，不过作为一种哲学思潮却肇始于索伦·克尔凯郭尔（Soren Kierkegaard, 1813—1855）的个体哲学、尼采的唯意志论，海德格尔又采用胡塞尔的现象学方法对存在主义做了阐释和提升，并经由让·保罗·萨特（Jean-Paul Sartre, 1905—1980）发扬光大。存在主义最终由于遭到列维·施特劳斯、阿尔都塞、拉康、福柯等结构主义思想家的批评而走向衰落。存在主义反对以黑格尔为代表的近代理性思辨主义哲学，以人为中心，关注个体内部的主观体验，特别是非理性的情绪变动，如厌恶、恶心、焦虑、恐惧等，阐述人的自由选择的个体行为及其后果和责任。

一 存在主义的境遇、选择和责任

关于什么是存在主义，有些讲述存在主义的书籍也没有给出精确的答案，因为它确实不好界定。几位主要的哲学家之间的思想就存在着各种分歧，而且谁是存在主义者，谁又不是，也很难完全说清。萨特和波伏娃是为数不多的承认这一标签的人，可实际上他俩一开始也并不情愿接受这样的身份。其他思想家也以这样那样的理由拒绝这个标签。莎拉·贝克韦尔在其著作《存在主义咖啡馆》中，梳理了存在主义产生和发展的来龙去脉，介绍了包括现象学家和存在主义者在内的一系列思想家，如胡塞尔、梅洛-庞蒂、克尔凯郭尔、萨特等，并尝试以现象学描述方式对存在主义者进行界定。贝克韦尔罗列了存在主义者的主要特征，贯穿其中的核心要素有个人、境遇、自由选择、责任等。这些特征包括：第一，存在主义者关心的是个人（individual），是具体的人类存在（human existence）。（相应的，存在主义文学也是关于人的生存方式的书写，一定意义上说，是一种人学。）第二，事关存在主义者的自由选择。他们认为，人类存在不同于其他事物的存在（being）类型，其他实体是什么就是什么，而作为人，在每一刻都可以选择想让自己成为的样子。也就是说，人是自由的。第三，每个人对自己所做的每件事都负有责任，并且这一事实会导致第四点，即焦虑。这种焦虑与人类存在本身密不可分。第五点是关于自由选择的境遇（situations），只有在境遇中才是自由的，这个境遇既包括一个人的生理和心理因素，也包括他被抛入的世界中那些物质、历史和社会变量。[①] 除了以上几点之外，贝克韦尔还指出了存在主义其他的几个特点：尽管存在各种限制，但一个人总是想要得到更多，热忱地参与着各种个人计划（projects）；因而，人类存在是模糊的，既被局限在边界之内，同时又超越了物质世界；以现象学角度来看待这一境况的存在主义者，不会提出简单的处理原则，而会专注于描述生活经验本身的样子；进一步通过充分地描述经验，存在主义者希望能理解这种存在，唤醒人们去过更真实的生活。这几点体现了存在主义面对极端境遇时积极行动、追求真我的态度。

"境遇"是存在主义哲学的一个重要概念。以萨特为例，他对于存在主义如何应用于特定的人生颇感兴趣，他曾经为波德莱尔、马拉美、福楼拜、热内等人写过传记，不过却没有按照传统的编年史方法撰写，而是重在探寻这些人物人生的"独特形态和关键时刻"，[②] 即他们在某些特定的情况下做出选择，从而改变一切的那些时刻。也就是说，萨特关注到他们在特定境遇下（尤其是儿童时期的某些重要时刻）的自由选择。比如，热内在一生中经历了很多屈辱的时刻，他的作品则将肮脏的粪便变成了美丽的花朵，把可怕的牢狱变成了神圣的庙宇，把凶残的罪犯变成了温柔的对象。萨特认为，"热内将压迫变成了自由"。[③] 针对热内的同性恋倾向，他自己坚信是与生俱来的既定事实，而萨特则将其看

---

① ［英］莎拉·贝克韦尔：《存在主义咖啡馆》，沈敏一译，北京联合出版公司2017年版，第50页。

② ［英］莎拉·贝克韦尔：《存在主义咖啡馆》，沈敏一译，北京联合出版公司2017年版，第302页。

③ ［英］莎拉·贝克韦尔：《存在主义咖啡馆》，沈敏一译，北京联合出版公司2017年版，第305页。

作“被贴上贱民标签之后的一种创造性回应，是一种对局外性或对立性的自由选择。”[①] 这里提及的“压迫”或者“贴标签”都可看作特殊的境遇。在戏剧创作中，萨特也常常构建一些严苛的边缘状态或极端境遇来拷问人性，思考探寻人在这些境遇下的抉择。自由也是萨特存在主义哲学的基本概念。在萨特看来，“只有自由才可以从整体上解释一个人”。[②] 萨特将存在分为“自在的存在”（being-in-itself）和“自为的存在”（being-for-itself）两种，前者是客观的、纯粹自然性的、无条件、无意识、无目的的物质存在，后者则是具有意识的存在，人可以按照自己的主观意志所要达成的目标。“自在的存在”与“自为的存在”的重要区别在于人的自由选择。在萨特的哲学中，只有基于自由选择的自为的存在才是真正的存在。萨特还通过人的存在、人的自由，否定了上帝的存在，“如果你并不意识到自己是自由的，那就有一个上帝；如果你意识到自己是自由的，那上帝就什么也不是”，萨特说：“我寄希望于人，而不是上帝。”[③]

境遇与自由是互为依存的概念。境遇是“真实性”和“超越性”的含混组合。所谓“真实性”关涉一个人或被给予一个人身份的一组自然和社会事实，如国籍、种族、个体的才能和局限、交往的对象等，体现了人类生存的有限性，属于“自在存在”的范畴。“超越性”则指人们对于境遇的接受方式，也就是如何勇敢地面对这个真实性。[④] 一个人总是存在于某种“境遇”中，为了摆脱这种预先存在的处境，他需要采取行动，他有权自由选择行动的方向和路径。反过来，他也需要这些“处境”，才能使行动充满意义。萨特在《为了一种境遇剧》中指出，境遇

① ［英］莎拉·贝克韦尔：《存在主义咖啡馆》，沈敏一译，北京联合出版公司2017年版，第313页。

② ［英］莎拉·贝克韦尔：《存在主义咖啡馆》，沈敏一译，北京联合出版公司2017年版，第304页。

③ 黄颂杰等：《萨特其人及其“人学”》，复旦大学出版社1986年版，第169页。

④ ［美］弗林·R. 托马斯：《存在主义简论》，莫伟民译，外语教学与研究出版社2015年版，第102—103页。

本身是一种召唤，它向我们建议一种解决问题的办法，由我们自己选择，为的是促使我们做出更加人道的选择；当必须将有限的境遇搬上舞台时，就是说必须表现人类的二选一时，境遇就召唤我们表现人类的总体性。[①]萨特一生创作了很多戏剧，这些作品中人物的境遇，实际上就是他的哲学中表达的人类总体的普遍境遇，人生存在这个世界，就不得不面对各种境遇，做出各种选择，但由于上帝已经死了，人就是完全自由的，可以按照自己的意志做出自由的选择。

在此基础上，萨特强调的是责任，这也是“存在主义的人道主义”观念的要素之一。萨特曾发表著名演讲《存在主义是一种人道主义》，将人道主义视为存在主义的核心。人道主义以人为中心，关注人的生存发展问题，萨特则是在对“自由”“行为”“责任”“价值”等观念的论述中阐释存在主义对于人而言的意义。在特别的境遇内，人具有做出选择的绝对自由，这种选择决定着人的价值和本质，进而人也要为自己的选择而负责，“完全的自由和完全的责任恰恰是合二为一的”。[②]换言之，正是这些窘迫的边缘状态或极限境遇，让一个作为自为存在的个体，既无法躲避自己的自由抉择，也能真正意识到自己必须承担的责任。这样一个出身和行动自由并能真正承担责任的主体，才是一个真正的“人”。这是存在主义的人道主义的含义。

二　当代南北战争小说中极限境遇下的自由选择

战争文学作品往往为我们提供了绝佳的思考存在主义的语境，因为很多作品，尤其是当代小说不仅仅是在书写一场场具化的战争，更是将这些残忍暴戾的战争视为人类极限境遇的象征和隐喻。萨特认为，战争、监禁或即将死亡，也不能剥夺人存在的自由，它们都构成了一个人的

---

① 转引自罗国祥《萨特存在主义“境遇剧”与自由》，《外国文学研究》2001年第2期。

② 卢云昆：《自由与责任的深层悖论——浅析萨特“存在主义的人道主义”概念》，《复旦学报》（社会科学版）2010年第3期。

“境遇”的一部分，“这可能是一种极端和无法忍受的处境，但仍然为我接下来选择做什么提供了仅有的一种背景。如果我要死了，那我可以决定如何面对死亡……我或许不能选择我会遭遇什么，但从精神上来说，我可以选择如何看待它”。[①] 当代美国内战小说即以存在主义的视角关注着人的自由、行为、价值、本质、责任等问题。主人公在极端处境下，不得不做出选择，他们的选择是自由的，往往不是为国家、为军队负责，而是对自己作为生命个体的价值负责，这样的选择是具有当代时代精神和意义的。

小说《冷山》一开篇便交代了，男主人公英曼在战场上身负重伤，被送到战地医院救治，头几个星期，他躺在病床上，几乎一动不动。英曼在战场上九死一生，离他最近的两位战友看到他脖子上的伤口，以为他已经死了，并向他沉痛告别；后来他竟然挺到了战地医院，医生同样把他划入垂死伤员之列；之后，由于战地医院床位紧张，他被塞入“又闷又热，混杂着血腥味和屎臭味”的火车，转移到常规医院，一路上他都认为自己必死无疑；到了新的医院，医生们也觉得他伤情过重，无计可施。生死一线的极限境遇对于存在主义的思考有着特殊的意义。经常处于生死边缘的德国存在主义哲学家雅斯贝尔斯对人面对艰难处境“或此或彼”的选择方式尤为感兴趣，他基于心理学的背景知识和克尔凯郭尔的存在主义哲学提出了 Grenzsituationen 的概念，即所谓的 border situation（界限境遇），或者说是 limit situation（极限境遇）。幼年时期，雅斯贝尔斯饱受严重的心脏病的折磨，总觉得死亡会随时降临，同时，他还患有肺气肿，以至于说话都很费劲，语速很慢，还要经常停下来大口喘气。两种痛苦的疾病加身，意味着他在平时的工作和生活中，必须要小心翼翼地分配体力，以避免造成生命危险。[②] 或许正是这些切身体验，

① ［英］莎拉·贝克韦尔：《存在主义咖啡馆》，沈敏一译，北京联合出版公司 2017 年版，第 222 页。

② ［英］莎拉·贝克韦尔：《存在主义咖啡馆》，沈敏一译，北京联合出版公司 2017 年版，第 117—118 页。

使得雅斯贝尔斯将人面对死亡的态度和抉择作为经常思考的重大问题。同样，在《冷山》中，英曼一次次与死亡擦肩而过，在医院中依旧被极其恐怖的噩梦纠缠着，梦境中“血肉模糊的胳膊、头颅、腿和躯干慢慢聚拢，重新组合成肢体倒错的怪物。他们在黑魆魆的战场上，一瘸一拐、步履蹒跚、横冲直撞，仿佛瞎眼的酒鬼，腿脚完全不听使唤。他们踉踉跄跄，恍惚间裂开血口的头颅互相撞击。他们在空中胡乱挥舞着各种各样的胳膊，没有哪两只是成对的”。面对死亡的经历构成了第一个极限境遇，让他不得不认真思考人生何去何从，这是一个事关如何生存的大问题。

医院是救死扶伤的场所，不过在小说中却无异于战场之外的一个牢笼。这里虽没有战场上那种极端惨烈的遭遇，但也形成了另一种形式的极限境遇下的幽闭空间。刚来的那几个星期，英曼躺在病床上，脑袋都不能动弹。他的行动是受到限制的，大部分时间只能盯着窗外，回忆着过往的时光，在无聊之时，靠着盘算窗外的景色多长时间才会发生变化打发时间。不久之后，英曼面对的是另一个进退两难的窘境：只要他身体稍稍恢复到能打仗了，就会重新被送到前线。因此，他挣脱了身体上的束缚，却要更小心谨慎，以免在医生面前表现出精力充沛的样子。医院像一个可怕的无形的大网，拥有强大的外力约束机制。如果说之前的生死境遇迫使主人公沉下心来思考，那么现在医院中的境遇则强迫他必须做出选择，是继续如战斗英雄般地冲锋陷阵，还是回归本心，逃离战场。关于如何选择的问题，小说中设置了一个极具存在主义哲思的小故事。英曼在注视窗外的那些日子中，每日都能看到马路对面一个卖花生和报纸的瞎子。待他稍微恢复能下地走路了，便去和瞎子攀谈起来。瞎子告诉英曼，他的眼睛不是被别人伤害的，而是先天的。于是有了下面一组有关选择的对话：

英曼说，你可真是坦然，大部分人都会一辈子抱怨自己命不好。

瞎子说，假如我看见了世界的模样，然后再失去，那岂不是更加不幸？

也许吧，**英曼说，那假如现在给你十分钟让你长出眼球，你会拿什么来换？我猜会是很大的代价。**

瞎子思考了很久。他的嘴角蠕动了一下。他说，**我连印第安头像的一美分都不会付、我怕自己因此会满肚子怨恨。**

我就遭罪了，英曼说，**有太多东西，我希望自己从来没有看到过。**

我不是这个意思。你说的是十分钟。我说的是得到某件东西，然后失去它……来吧，举个例子，告诉我哪件事情让你希望自己看不见。

英曼讲述了自己战场上的惨痛经历，瞎子安静地聆听完，只说了一句“你应该忘记这些”，简简单单却颇有分量。这是两个人关于极限境遇下选择问题的严肃而认真的讨论。英曼抛出了一个紧迫的需要做出选择的情境，是否愿意付出很大代价恢复十分钟光明。瞎子的回复迟疑却坚定，如果获得又失去，还不如从未获得。而英曼似乎也将看不到悲惨世事的瞎子当成一个超然的智者，企图从他那里获取选择的答案。这个答案便是，如果经历的一切太过痛苦，不如干脆忘却。忘记是战争大环境的极限境遇下二选一的第一步，意味着新的选择的开始。与此同时，萦绕于英曼脑海中挥之不去的是冷山中的一山一石、一草一木。这也并不仅仅是一份乡土情，他仿佛将冷山视作守护着心灵的一种信仰，“他相信拥有一个彼岸世界，一个更好的地方。他心想何不把冷山当作圣地，也胜过世间一切所在”。于是，主人公坚定地完成了选择的第二步。总之，战场上生死边缘与医院中的幽闭束缚构成了双重极限境遇。在这样的境遇下，英曼需要认真思索人生的价值、意义和方向，他是自由的，需要做出遵从内心的负责任的选择。与瞎子关于如何选择的哲学探讨和对冷山的思恋，促使他义无反顾地踏上归乡之途。

萨特曾说“如果我被征调去参加一场战争，这场战争就是我的战争，它是我的形象并且我与之相称……因为我随时都能从中逃出，或者自杀或者开小差……由于我没有从中逃离，我便选择了它：这可能是由于在公众舆论面前的软弱或者怯懦所致，因为我偏向于某些价值更甚于拒绝战争的价值（我的亲友的议论，我的家庭的荣誉，等等）。无论如何，这是关系到选择的问题。这种选择以一种一直延续到战争结束的方式在不断地反复进行”。从萨特的存在主义哲学来看，由于我选择了这场战争，“我在造就自己的同时把这场战争造成我的战争”，[①] 因此，我应对这场战争负有完全责任。而英曼的选择（包括《南方的寡妇》中卡什维尔的选择）则是反其道而行之，他们经历了由见证战争，彻底醒悟到远离战争的转变，他们的选择挣脱了精神与思想的枷锁，不再需要对南北方的利益、军队的荣耀、联邦的前途负责任，只为个人的命运而负责。

在《林肯在中阴》中的“中阴”指的是一种情境结束，另一种情境尚未展开的过渡阶段，亦即从死亡到转世之间的已死未生的中间时期。而更重要的是，中阴界形成了一个极限的境遇，众鬼魂在这里将面临着最终残酷的审判。小说以极其夸张、怪异、荒诞的形式描写了审判的过程，被审判者极有可能下地狱，而谁受到惩戒又并无道理可循。鬼魂们需要做出选择，是长久逗留于此，还是及早承认已死的事实，接受审判或转世。当他们看到威利·林肯初到中阴，林肯总统极度悲伤、满怀深情地来墓地吊唁，都簇拥到威利的鬼魂身边，“我们想知道这个神佑的孩子对我们滞留此处的各自理由有何想法”，因为“人人——就连最坚强的——均不免质疑自己的抉择是否明智”。在小说中关于选择的问题无处不在，不仅在中阴界要面临选择，在现世中同样面临棘手的选择。贝文斯三世是最重要的鬼魂之一，全程参与了中阴界故事的讲述与推动，他

① 萨特：《存在与虚无》，陈宣良等译，生活·读书·新知三联书店2007年版，第672—673页。

在前世是一名同性恋者，他的父母、兄妹、朋友、老师都看不起他，让他备受煎熬。贝文斯处境困难，但还是选择了追求内心的满足与快乐。他与一位同窗好友建立了友谊，彼此之间有诺言有背叛，最终没有走到一起。在不被亲人理解认同，又爱情失意的双重打击的极限境遇下，贝文斯毅然决然选择了割腕自杀。然而，就在他奄奄一息之际，却后悔了，希望能够活下去，等待着有人来救他。在这与死亡触手可及的将死未死的又一个极限境遇下，他再次做了抉择，如果能够侥幸还生，将完全遵循内心热切地自由地徜徉世界，“尽情吸收、嗅闻、品尝，想爱谁就爱谁；抚摸、享用一切”。同时，也不再为同性恋身份纠结、苦恼、自卑，而是“傲然挺立如世间所有美丽事物”。或许这样极端境遇形成的外在客观条件的压迫，能够促使一个人真正地认清自我，做出符合本心的自由选择。

小说中最关键的两个人物是威利·林肯和他的父亲林肯总统。威利面对的是极限环境下的去与留，林肯总统面对的是整个国家走向的抉择。威利初到中阴时，像“无法动弹的鱼，惊觉处境无助”。尽管中阴鬼魂起初意图诱导他尽快离开，他却异常坚定地选择留在这里，等待父母来接。由于长时间的坚守，威利消耗巨大，样貌也发生了很大变化，“上气不接下气；手儿震颤……大约掉了一半体重。颧骨突出；衬衫领松垮围绕突然瘦成竹竿的脖子；乌黑阴影浮现眼圈下；诸此种种，形容枯槁。”在这样的极限处境下，威利依然毫不动摇地苦守于中阴，而他的执着也感动了其他鬼魂，它们纷纷想方设法助力威利的灵魂重新进入前来悼念的林肯总统体内，以期父子俩达成心灵的共鸣。后来威利发现与父亲阴阳相隔，再怎么尝试都不可能沟通情感，才意识到并承认自己已然离世，他也必须离去了。威利离开中阴后，其他鬼魂也明晰了自己不可逆转的宿命。而被推上历史风口浪尖的林肯总统，在无比悲伤的同时，更要承受内心的煎熬与焦灼，丧子之痛是小家之殇，合众国战火纷飞、四分五裂的局面则是这位领导者不得不面对的非常严峻的考验。可以说，这是一个极具紧迫性的极端境遇，他所要考虑和抉择的是，战争何去何从，整个国家何去何从。小说也特别注重此时此刻林肯内心活动的刻画，他由自己小家的伤痛想到成百上千家庭的破碎，令他的选择异常艰难“怎么办？叫停？让那三千人的损失付诸流水？追求和平？成为见风转舵的笨蛋，犹豫不决大王、万世笑柄……？”伴随着林肯思念儿子的沉痛心情是他对于战局的持续思考，这是一个由纠结混沌向清晰明朗转变的选择过程。他越发认识到战争是必然的走向，不必过于计较个人声誉，历来干大事者都会遭到各种批评。慢慢地，林肯清醒地意识到眼前抱着的只是曾经所爱之人的一具躯体，留在内心的才是完整无缺的威利，他毅然决然地离开了墓地，并下定决心全力推动战争进程，“想到这么多士兵在各地战场受伤、濒死，荒草侵身、鸟啄眼珠、化为腐肉、嘴唇丑陋内缩、雨水、血液、落雪浸湿的家书四散身边，他必须（我们觉得必须）竭尽所能，不再踉跄失足于跋涉已久的难途（业已错误甚深），继续失足，只会摧毁更多这样的男孩，他们也是家人心中宝”。这个“失足”指的是他的犹豫不决、贻误战机，造成的南北更大的分裂和更多的伤亡。威利和林肯总统都是在最艰难的处境中做出的选择，一个是在生死过渡的绝境中做出的个人选择，一个是在联邦面临生死存亡的困境中，做出的事关全局的选择。他们都要为最终的选择而担负责任，且这份责任不仅仅关涉个人，萨特认为“当我们说一个人要对自己负责的时候我们的意思还不仅指他要对自己的个体负责，而且也指他要对一切人负责”。[①] 虚构的中阴和现实世界真实的战场，最直接地勾勒出并象征着战争环境下每个人所面临的极限境遇。除了林肯父子之外，所有人（鬼魂）都同样要直面如何选择的考验，他们的选择是自由的，也须为自己的选择承担责任，或关乎整个国家，或关乎个人和他人的生存。

在《无人幸免》中，女主人公萨拉特最终选择了以非常极端的方式向北方复仇，尽管这一行动的后果是消极的、恶性的，但这是她在极端

① ［法］萨特：《存在主义是一种人道主义》，载中国科学院哲学研究所西方哲学史组《存在主义哲学》，商务印书馆 1963 年版，第 338 页。

处境下自由选择的结果，体现了其生存的本质和在世的意义。萨拉特先后经历了两个极限境遇。第一个是近距离地目睹了北方军在佩兴斯营的残忍大屠杀，目睹了至亲的惨死。她看到很多平民“都靠墙跪着，排成一行，子弹洞穿了他们的身体，在墙上留下团团殷红的血迹”。面对堆积如山的尸骨，她惊恐万状，两腿发软，而周围杀戮依旧在持续，烈火在燃烧，尖叫声不断。在如此恐怖的场景下，萨拉特又听到了北方军人将展开肆无忌惮的屠杀的对话，为了自我掩护，她毫不犹豫地钻进了死人堆里，藏在尸体中，躺在死者的血液、汗水和排泄物中。这一切亲眼所见和亲耳所闻让萨拉特感受到死亡的近在咫尺，恐惧与绝望的处境在她心中埋下了仇恨的种子。第二个极限境遇来自于糖面包监狱，萨拉特在那里遭受了非人的虐待。监狱坐落在海上的人工岛，岛屿“用石料和混凝土筑成，外面围了一圈高高的带刺铁丝网”，近乎与世隔绝，以至于沿海居民将这个岛屿看作一个幻影，而且监狱的内部空间也是封闭隔离的，极限的环境超越了正常人可以接受的程度。萨拉特刚入狱时被关在一个很小的笼子里，高个子囚犯根本无法站直。提审她的审讯室“室徒四壁，只在天花板上安着几个摄像头。墙壁全是光溜溜的，都经过加固，且相当隔音”。第一次审讯后，萨拉特被关入一个只镶有两个锚桩，开着炽热射灯的空空荡荡的地下室“光室”。看守把她的手腕铐在脚踝上，她动弹不得，煎熬了十余日，视力受损。再次受审，萨拉特依然拒绝认罪，于是她被带到更为可怕的“音室”，“牢房呈正方形，她站在中央，伸开双臂，手指就能扫到四面墙壁。墙是混凝土浇筑的，涂了奶油黄的漆。牢房两侧，各有一张金属折叠床和一个金属马桶，此外别无他物。屋里始终亮着一盏顶灯，让人不辨昼夜”。最后，囚禁者将萨拉特带入一个没有窗子的屋子捆绑起来，并施以水刑，也终于突破了她的内心防线。她承认了强加于身的所有罪名，其中有些罪行她甚至闻所未闻。萨拉特遭受了一次又一次的身心折磨，她是在近乎绝境下做出了短期的抉择，从拒不认罪到交代了自己所知的一切，而且为了认罪还编造了一些谎言。

极限处境还迫使她做出长期的人生选择，即不惜一切代价不计一切后果地向北方施以报复。她的选择是自由的，也该为此承担所有责任、所有后果。

三　极限境遇的荒诞性及个体的反抗

战争环境下人的生存境遇是极端的，往往也是荒诞的。战争或是由人类对于财富、土地、权力的争夺而引起的，或是由意识形态观念的冲突而导致的，和面对不可抗的自然灾害一样，身陷其中的普通个体渺小而无助，人的生与死变得没有道理可言，没有规则可循。死亡对于征战的士兵来说，是随机的大概率事件，它随时随地到来，不以个人意志为转移。很多人恐怖的死状也意味着他们逝去得毫无尊严、毫无价值。因此，战争是荒诞的，战争之下人与人、人与世界的关系也是荒诞的，超越了理性思维的范畴。在存在主义大家萨特和加缪的哲学中都涉及了世界荒诞、人生荒诞的主题和思想。同时，一些当代内战小说并没有具化描写特定的战场战役，战争的荒诞性具有了普遍的象征意义，它发生于过去，但也可以是现在的和未来的，还可以发生在任何国度、任何地区，甚至可以抽象为人类可能面对的荒诞处境及与之斗争的寓言。Tom Wicker 认为《冷山》不是一本专属于内战的小说，而是关于一切战争的小说，探讨了“任何时间维度下的所有战争，以及战争给人类和社会带来了什么”，他认为弗雷泽的主要兴趣在于描写“一场灾难性战争即将结束的世界，一个遭受毁灭打击的社会，还有那些希望通过战斗结束这一切的人们——他们想要的是回归和重建”。[①] 与其说弗雷泽在写内战时的人与事，不如说作家更关注的是人在极限的荒诞的境遇下的生存方式，提供了人与战争关系的当代思考视角，故事可以置于任何战争背景下去讲述。其他的一些内战小说，如《少年罗比的秘境之旅》中的故事背景

---

① Wicker Tom, “A War Like All Wars”, in Mark C. Carnes, *Novel History: Historians and Novelists Confront America's Past (and Each Other)*, New York: Simon & Schuster, 2001, pp. 302, 307.

也可象征人类所被迫面对的一切荒诞的战争生活。

当代内战小说除了描写人与世界之间的荒诞关系，还宣扬了人对于荒诞的反抗，往往是极限环境下最终抉择的表现形式。这种反抗可以是积极的，是以寻求新的意义和价值建构为目标的。比如《冷山》中英曼的逃离和归乡，是反抗荒诞战争的内心选择，也是以自我价值为导向的精神归途。又如第三章所分析的，《南方的寡妇》中的卡什维尔，看穿了战争的谎言，不愿当什么英雄，费尽心思逃离战场，他自由、大胆地追求个人幸福，赋予了生命以崭新的意义，体现了一种自我塑造、自我成就的价值取向。同样，麦加沃克也在卡什维尔潜移默化的影响下，后半生都用来守护战死士兵的墓地。他们的行为不管是为自己还是为社会，都是对荒诞世界的一种最有力的反抗。这种反抗还可以是激进的，比如《大进军》中行为一直神秘诡异的阿里，最终目标是刺杀谢尔曼将军，他用小人物的荒诞激进地对抗着荒诞的世界。《无人幸免》中的萨拉特以疯狂的复仇去对待荒诞的世界剥夺走的她的一切。这些主人公都意识到战争的荒诞、社会的荒诞，蔑视并挑战这些荒诞的存在，在抗争中发出了存在主义式的呐喊，追问人生意义何在，在抗争中重构了荒诞世界的秩序。反抗，是荒诞世界中意义实现的必由路径，体现了萨特哲学中人面对极限境遇时的“超越性”。

总之，当代南北战争小说继承了传统现实主义中的人道主义思想，关注战争中人的价值、人的命运。这些作品在局部弥漫着强烈的虚无主义情绪，反映出战争中人的信仰体系、价值体系的崩塌。在一些情节的设置上，作家有意渲染了人物面对的各种复杂的极限环境，他们需要做出自由却艰难的选择，对抗着外在荒诞的境遇，决定着生存的意义。当代作家在对传统的继承和对现代主义、后现代主义哲学的吸收融合中，对南北战争投射去了跨越时空的哲学思索。

第六章

余论：当代南北战争小说的艺术折中、政治参与及未来忧思

当代内战小说在历史写实与当代艺术加工的折衷与平衡中重写战争，折射着时代变迁的特质，反映着文艺理论和文学流派发展的影响，因此这一部分将首先探讨新现实主义的理论与当代内战小说创作的相互影响、相互促进关系。南北战争距今已有 160 余年，今日的美国作家的目光自然不会只局限于战争本身。他们书写历史的战争，影射和批判的是当下的政治，这就是第二节将要探讨的话题，作家群体如何通过历史重构参与当代政治话语和意识形态建构。如果说当代的大部分历史小说都在以回望过去的方式批判当下的社会政治问题，那么内战小说则走得更远。本章最后将以《无人幸免》这部畅想二次内战的作品为例，探讨作家如何将忧虑与不安的目光伸展向未来。本章的三节分别站在历史、当下和未来三个时间维度来展开讨论。

第一节　在历史写实与当代艺术加工之间的折中与平衡

当代内战小说是受新现实主义影响，在传统写实与当代艺术加工的折衷与平衡中重新书写内战历史的。其中，历史写实体现出对传统的继承，不仅意味着对传统现实主义创作手法的继承，也意味着对认知历史、

看待社会问题乃至哲学思考方式的继承，而当代艺术加工则留下了现代主义、后现代主义浸染的印记，主要体现在艺术形式的大胆创新和对于历史人物、历史事件、社会问题的颠覆性反思，这其中也不乏大量当代文学的奇思妙想，反映着属于当代人的思维方式和价值观念。进而，在继承与解构的平衡中，实现对于南北战争历史的全方位重塑。这样的折衷与平衡，使得南北战争小说在追求写实与遥望历史的艺术想象艺术加工相互融合的基础上保持着强大的生命力。事实上，这类历史小说成功的一个关键就在于能否处理好历史真实与文学想象之间的关系。Casey Clabough（2008）认为，历史小说家如果过分沉浸于历史研究，并将其反映在作品中，就有可能被看作在炫耀他们古雅的学识和品味，而那些将历史研究抛于脑后，完全视历史为无物的作家，则在作品中令人厌烦地流露出过于当代化的倾向。这似乎是老生常谈，不过，他却从读者接受这一个新的视角做了进一步分析。具体而言，应该考虑如下问题，倘若作家只是忠实于某一历史时代的文化特质，他怎能让当今读者通达那些并不了解的历史人物的精神世界？而且当今读者很自然地以当下的观念和信仰看待前人，那么作家该如何去描写先辈，如何表现他们身上的时空疏远感，却又不让读者感到真正的陌生呢？进而 Clabough 认为，当代历史小说家若要带领当代读者走进复杂的历史，必须引领他们先走入眼前的当下的想象世界。[①] 因此，从读者接受的效果来看，历史写实模式与具有时代精神、基于当代想象的艺术加工之间并不应该是相互矛盾的关系而且是应该相互结合、相辅相成的。但由于二者在艺术的形式特征、思想观念上存在着本质差异，这种融合又非易事，需要寻求相对的折衷与平衡，其结果在于历史小说既不失处置历史时一定程度上的严肃性严谨性，又不失时代的精神特质、文化因子，不失艺术想象的生动性、丰富性。

---

① Clabough Casey, "Great Men and the Civil War New Historical Fiction", *Sewanee Review*, Vol. 116, Issue 4, (Fall 2008).

新现实主义构成了美国当代文学创作艺术层面的时代背景，南北战争小说追求写实与当代艺术加工的平衡与折衷体现了新现实主义影响下的发展趋势。因此，在本书的最后一部分，有必要再次梳理一下新现实主义如何将几种互不相容的主义和理论兼容并收，形成相对平衡统一的一股文学潮流，总结其总体特征和未来演变的趋势。新现实主义的形成，看似顺应潮流、水到渠成，实际上并非那样理所应当、轻而易举。因为新现实主义以现实主义为根基，吸收借鉴现代主义和后现代主义之长，然而这几种主义之间虽然彼此有关联、有延传，但相互之间的矛盾与对立也无处不在。

首先是现实主义与现代主义之间的关系。从对传统的态度这一层面来看，现代主义本质上是反传统的，M. H. 艾布拉姆在界定现代主义时特别强调"它不仅包含对西方艺术，还有对西方文化整体的有意而彻底的决裂"，"现代主义的思想先驱质疑着那些支撑起传统社会组织、宗教和道德的模式，以及看待人类自身的传统方式"。[①] 有影响力的思想家有弗里德里希·尼采、西格蒙德·弗洛伊德、詹姆斯·弗雷泽等。尼采宣布"上帝死了"，要对一切传统准则、价值进行清算和重估。尼采之前，人们普遍相信道德是由至高无上的神所规定的，是不容置疑的，也不会随世俗社会的变迁而改变，他的著作让人们意识到，所谓道德也不过是一个必需的、强有力的幻觉而已，是人为制造出来，并时刻受人调控的；弗洛伊德的精神分析改变了人是以理性为主的动物的传统认知，使人们意识到一个人无法知晓个体行为背后的真正原因，所了解的也只是表层原因而已。西方非理性主义哲学和现代心理学中蕴含的反传统因子深刻影响着现代主义文学创作，现代主义作品中包蕴着质疑传统、批判传统、解构传统的力量。现实主义的作品中也充斥着强烈的批判，但它却是以人道主义为大旗，直指社会的黑暗面。现实主义也曾对资本主义社会传

① Abrams M. H., *A Glossary of Literary Terms*, Beijing: Foreign Language Teaching and Research Press, 2005, p. 167.

统、现行制度提出深刻质疑和尖锐批判，但根本目的在于社会改良，而非彻底颠覆传统、重构价值。现实主义和现代主义对待传统的方式是有根本差异的，新现实主义则对二者兼容并包，既有对传统、对现实的强烈批判，又引导着适度地解构传统、重构传统。从美学特征来看，现代主义并不认同文学作品中秩序、一体性的存在，认为连贯性也不能真实地反映现实，因此常常出现时空颠倒、结构错乱、片段汇集等形式创新。现代主义小说往往开局突兀，结尾开放无定论，叙述过程中不断变换视角和语气等。这些与多数现实主义小说中有一个固定的叙述声音、视角，稳定的故事结构，按照时间先后的线性顺序展开叙述的模式是格格不入的。不过，现代主义作品也非毫无道理的凌乱堆砌，而是“保留一定程度的连贯性，有一个内在的、能动的架构，只是藏在表面底下，需要去深挖”。[①] 这种隐含的秩序性或许可成为新现实主义勾连起现代主义和现实主义的契合点，不管现实主义与现代主义在价值体系、历史观、艺术形式上怎样的对立冲突，只要有一个稳定的或明或暗的结构，总能将二者相容。

其次，如果说在现实主义和现代主义之间还能隐隐发掘共通性，那么现实主义和后现代主义之间在思想特征、艺术特征各个层面都显得完全水火不容。热衷于元小说创作的后现代作家威廉 · 加斯（William Gass）公开宣称“我的作品是虚构的，和现实世界无关”，“文学中没有描述，只有遣词造句”。[②] 后现代主义保留了现代主义形式革新的一些特点，同时和现代主义一样，对传统现实主义“艺术模仿生活”的表现观不屑一顾，不过后现代的颠覆与抵制更加决绝、更加极端。现代主义虽是激烈地对抗传统，但在摒弃传统文学创作规范和原则之后，还尝试建立一套新的规则，而后现代主义不仅否定旧的传统，还与新的规范划清

---

① 姚乃强：《现代主义》，载赵一凡、张中载、李德恩《西方文论关键词》，外语教学与研究出版社 2006 年版，第 656 页。

② 杨仁敬：《美国后现代派小说论》，青岛出版社 2003 年版，第 110 页。

界限、彻底割裂，文学形式上表现为极度追求自由，蔑视任何规则，这与后现代主义主张破解形而上的逻各斯中心、坚持差异、强调多元化的价值取向一脉相承。可以说，在艺术形式上，现实主义文学和后现代文学几乎是完全对立的。现实主义小说有稳定的结构、清晰的逻辑关系、明确的时间线、性格鲜明的人物，后现代主义小说内部各种成分彼此拆解、颠覆，矛盾之处比比皆是，结构更加扑朔迷离，人物动机不明，作品无终极意义可言。在历史观方面，后现代主义与现实主义的对立更加凸显。现实主义尊重历史，研究历史，尽可能地追求历史再现的逼真性。后现代小说视历史为含混、可疑、不确定的，按照哈琴的说法，历史的本质或者说人们对历史的认知都被“问题化”了，但“问题化”并不意味着否认历史的存在，而是说传统意义上历史再现的客观性、中立性、非个人性和透明性已经被打了折扣，传统编史、历史小说和现实主义小说中的目的论、因果律和连续性受到了质疑。[①] 历史与文学的界线已然模糊，历史不代表着绝对真实，历史也包含着虚构性，文学的功能不只是再现历史，更重要的是参与到历史的建构。不论从哪个角度看，新现实主义对后现代的借鉴吸收都显得更加地困难重重，但也正是如此，才会让现实主义和后现代主义在同一部作品中的融合显现独特魅力，如第二章所分析的那样，近年来新现实主义的南北战争小说呈现出主要吸收借鉴现代主义向吸收后现代主义的过渡。

最后，新现实主义小说的发展依旧是以传统现实主义为根基和主体的，却并非对传统现实主义的简单回归。它在艺术形式、价值观念方面对现代主义、后现代主义充分吸收借鉴，这是顺势而为的积极突破，是时代变迁下艺术发展的必然趋势。但毫无疑问，现代主义、后现代主义与现实主义的原则又处处对立矛盾，因此新现实主义还需小心翼翼地调和着它们之间的差异性、冲突性，在异质中寻求共性或者融合点。换言

① 林元富：《后现代诗学》，载赵一凡、张中载等主编《西方文论关键词》，外语教学与研究出版社 2006 年版，第 194 页。

之，新现实主义小说要面对的是怎样将本质上循规蹈矩的现实主义与不断寻求各种技巧革新的现代与后现代艺术捏合在一起，而不显突兀，不致生硬，既可满足叙事之需求，又能有所创新、亮点频出。新现实主义作品一面在整体上遵循着传统的线性叙事，有稳定的故事结构，另一面在或大或小的局部中体现出创作形式和手法的多变，如多重叙述视角及视角的切换，时空错乱和时空并置，多种文体的混用，语言风格的实验等。新现实主义既在宏观层面继承和重现了传统现实主义的历史观、社会观，深怀道德忧思和改良寄托，对现实中的症结、弊病、不公、丑恶等给予毫不留情的严厉批判，又在面对阶级、种族、性别、生态等热点社会问题时从中观和微观层面温和适度地颠覆传统价值，探讨解构之后重构的可能性和未来出路。总之，新现实主义继承和改造了旧有的现实主义，却也不是盲目地、毫无章法地吸不同主义的特点，而是于可用之处为我所用，其实也是一种折衷与平衡。新现实主义严肃地对待着历史上、现实生活和未来社会中的重大问题，摒弃了单纯为了艺术而艺术，为了实验而实验的语言游戏，而是在整体结构的稳定中增添了充满生机、具有局部破坏性的内在因子，形成了令人意想不到、印象深刻的惊异感，助推了主题探讨的深度和批判的力度。

从以上分析可见，新现实主义表现出开放性、互动性、包容性的总体特征和动态性、发展性的总体趋势。新现实主义潮流的影响下，当代南北战争小说也有了属于这个时代的特质，不可避免地留下了新现实主义印记。反过来，文学创作实践的发展也促进着新现实主义理论的发展。在多部当代南北战争小说中，现实主义叙述的主线下，增添了极具想象力的人物设置和情节设置，在《大进军》中虚构出的荒诞小人物，《上帝鸟》中布朗不时表现出的荒诞言行，《少年罗比的秘境之旅》中的处处诡异，《林肯在中阴》中直接将现实世界与鬼魂世界的平行并置，这些都没有令历史有失真之感，反而更逼真地映衬了一个黑暗动荡的乱世。现实可以与荒诞并存，可以与魔幻共生，可以与鬼灵同在，看似格格不入的存在方式组合在一起后，却形成了一种更令人震撼的历史真实感，这种真实感不是源于对于事件是否真实发生过或可能发生过的史料考证，而是源于与外在宏观环境的一种恰到好处的契合，这样，新现实主义的表现形式更加多元。不仅内战小说如此，在当代美国文学中，现实主义都是占据主流，同时边界得以扩张，现实与非现实共存的局面也常常出现。非现实部分可能形成对现实部分的支撑和补充，可能通过诡异怪诞的人物事件形成对现实的渲染、夸张或反讽，强化了审视现实、批判现实的效果。一句话，由文学作品反观新的现实主义的发展趋势，会发现写实与当代艺术加工的折衷与平衡可以出现在形式、文体、人物、情节等各个层面，因此，新现实主义的内涵也在不断扩展，更重要的是，这种包容扩展的趋势，确保了新现实主义小说持续长久的内在活力。

第二节　以历史重构参与当代意识形态建构及社会问题反思

新现实主义小说重写历史并不单单展现了历史的多种可能性，还能以古喻今，观照当下。当代美国社会看似平稳繁荣，实则各种社会问题暗涌，种族问题、性别问题、人际关系异化问题加剧了社会矛盾，成为了社会动荡的潜在威胁。作家们骨子里的敏感焦虑使他们不可能对暴露出来的各种问题无动于衷，必然会积极介入、严肃思考、尖锐批判，这一过程其实也是参与政治话语建构和意识形态构建的过程。当代的美国内战小说即是如此，通过重塑战争中的人与事，推动着公众从新的视角认知社会问题和反思历史，其中蕴含着革新的力量和塑造意识形态的指向，也就是说，由“小说文本透射出的话语权力，参与当代美国社会政治”。[①]

① 佘军：《美国新现实主义小说研究》，博士学位论文，苏州大学，2013年，第49页。

自20世纪90年代以来，美国先后直接参与或间接卷入了海湾战争、科索沃战争、阿富汗战争、伊拉克战争、利比亚战争。特别是美国本土遭遇了“9·11”恐袭后，美国人对战争的认知和想象也经过了意识形态过滤，受到意识形态的控制。阿尔都塞认为，意识形态是主体对某种思想体系的认同活动，为主体的存在赋予了意义，并召唤人们进入某种预定的机制之中。他还区分了国家机器和意识形态国家机器：前者包括政府、军队、警察、法庭、监狱等国家暴力机器，它们通过强制起作用，而间接地通过意识形态起作用；后者则包括教会、政党、工会、家庭、学校、报刊等，它们大规模、普遍地通过意识形态起作用，间接地通过强制起作用，但强制作用是非常薄弱与隐蔽的，甚至是象征性的。[①] 美国政府正是利用了各种意识形态国家机器，通过筛选、控制、篡改大众可能接收到的战争相关信息，引导人们按照符合美国国家利益的方式去想象战争。意识形态最终会在大众思想中占据支配地位，使得“人们由独立的主体变成了意识形态的属民，并且对自己失去独立思考的自由这一事实浑然不觉”。[②] 齐泽克一针见血地指出，意识形态作为一种由教条、思想、信念、概念等组成的内在复合体，其目的在于“说服我们相信其‘真理’，而实际上服务于某种秘而不宣的特殊的权力利益”。[③] 美国政府知道，如果他们决策的真实目的和动机被大众完全知晓，可能就很难获得多数人的支持和认可，政策便难以执行下去，因此，不得不通过意识形态宣传进行一定的包装和掩饰，也就是从国家层面，通过意识形态机器制造和宣扬所谓真理，并努力促使大众相信，他们所看到所听到的就是真理，或者政府直接篡改真理，让人们在“谎言编织的真理世

① ［法］阿尔都塞：《意识形态与意识形态国家机器（一项研究的笔记）》，载齐泽克等《图绘意识形态》，方杰译，南京大学出版社2002年版，第147页。

② 胡亚敏：《战争文学》，外语教学与研究出版社2021年版，第92页。

③ ［斯洛文尼亚］齐泽克·斯拉沃热：《意识形态的幽灵》，载齐泽克等《图绘意识形态》，方杰译，南京大学出版社2002年版，第13页。

界中快乐地生活……依照政府描绘的蓝图去构思、去想象、去生活”。[①] 诚如伊格尔顿所言，“意识形态是曲解真实的语言”。[②] 近年来，美国政府为了一些不可告人的目的在世界多个地区发动或主导了局部战争，并且在国内以影视作品、媒体宣传、学校教育等各种方式歪曲战争信息，编织战争叙事的话语网络，为战争戴上了正义化、合法化的面具，凸显了战争是必要的、光荣的，并将这样的观念堂而皇之地灌输给大众。很多人也渐渐地被这样一张意识形态大网所捕获，接受了政府所炮制的知识和信息，成为了美国战争政策的拥趸。

当代美国即处于这样一种历史语境下，一方面非常频繁地卷入各种战争，几乎每一位总统任内都会发动或参与或大或小的战争，另一方面又通过各种渠道宣扬代表国家利益的意识形态，从而获取对于美国出战的最广泛民意支持。与此同时，作家作为精英文化群体面对着纷繁复杂的局势，并没有甘于寂寞，他们以强烈的责任感审视战争、反思战争，以独有的敏感与悲观传递出对于战争的深深焦虑，构建起与美国国家层面操控的意识形态逆向而行的一股暗流。和一些传统现实主义内战小说一样，当代的内战小说毫无掩盖地揭露和批判了战争残忍血腥、泯灭人性，同时还关注到人的精神层面、价值信仰层面的全面崩溃，以现代主义手法，呈现了战争背景下人们陷入的虚无的精神荒原。可以说，这些小说不是单纯地为了写内战而写内战，而是通过历史重构，积极参与到当代政治话语建构和意识形态的建构，表达了强烈的厌战、反战倾向。查尔斯·弗雷泽忆起创作《冷山》初期时的经历：

> 一次在山间散步，偶遇了一块墓地——实际上是并排的两块墓——孤独地坐落于山的一侧，距离最近的公路五英里远。后来，

① 胡亚敏：《战争文学》，外语教学与研究出版社 2021 年版，第 94 页。

② ［英］伊格尔顿·特瑞：《西方马克思主义中的意识形态及其兴衰》，载齐泽克等《图绘意识形态》，方杰译，南京大学出版社 2002 年版，第 267 页。

> 我发现这里埋葬着一个老人和一个孩子，他们正要着手做自己的事情，却被邦联军的袭击者所杀害，杀人者来自田纳西，到这片山地寻找食物。距此不远，还有一片双人墓地埋葬着一位小提琴手和一个男孩，他们以几乎相同的方式被南方兵杀死。看着这两片墓，**想到墓中之人本只是普通的农民，却被卷入战火，以这样毫无意义的方式被终结了生命——我想这的确影响了我对战争的情感和观点。**[①]

小说中的英曼是一个逃兵，心中只有家乡和恋人，归乡途中没有豪气冲天的英雄事迹，然而弗雷泽对其并没有任何的嘲讽和贬低，甚至还暗含肯定与赞许。他拥有超越常人的毅力和耐力，漫漫长途，克服万难。或许作家所推崇的也正是英曼这种拒绝扮演传统英雄，以追求个人意志为中心的人物，更重要的是，这样的人物形象清晰表明了作家的反战态度，战争有何意义，人的生命、自由、爱情才是无比可贵的。

《马奇》的作者布鲁克斯自20世纪90年代起居住在弗吉尼亚州的一个小村庄，这里随处可见内战留下的遗迹，在她家的后院里挖出过一个联邦士兵的皮带扣，这促使了布鲁克斯产生了创作《马奇》的念头。[②] 布鲁克斯居住的村子主要信奉贵格会，贵格会反对一切形式的战争，这就意味着她周围的人基本都坚守着反暴力原则。同时，贵格会主张每个人的心里都有上帝的神光，人人生而平等，人人都是兄弟姐妹，因此信徒都是厌恶奴隶制的废奴主义者，这样，他们不得不在为废奴而战和反对战争之间做出抉择。布鲁克斯的生活环境使得她必然对战争有着持久而深沉的思考。当她创作《马奇》时，美国正在发动伊拉克战争，她怀着极其复杂的心情完成了这部小说。在小说后半部分以马奇夫人的声音和视角讲述故事时，读者看到的是战争给这个家庭带来的灾难，作家希望借此能够表现出伊战

---

① *An Interview with Charles Frazier*, https://www.bookbrowse.com/author_interviews/full/index.cfm/author_number/239/charles-frazier.

② Brooks Geraldine, “A Conversation with Geraldine Brooks”, in Geraldine Brooks, *March*, New York: Penguin Books, 2005, p. 4.

时人们普遍的挫败感、悲痛和迷茫。[①] 主人公马奇作为由虚幻中惊醒的战争见证者，从一腔热血为理想正义而参战到信仰被摧毁，精神崩溃，一蹶不振的转变，反映了意识形态和传统价值观念对普通人心灵的伤害。布鲁克斯以极具人文关怀的情感，通过马奇夫妇的遭遇揭露了战争的毒害性，间接表达了反战的态度。

罗伯特·希克斯在《南方的寡妇》后记中写道“富兰克林的小伙子们将看着自己家破人亡，老人们将看着儿子们为他们不理解的事情献身，那天发生的事情将作为记忆，或像鬼魂一样在未来的几年，几十年乃至几个世纪里，骚扰着富兰克林。上帝也许会纳闷，他自己的造物为什么会有这样的奇特行为……但这就是战争”，[②] 在作家看来战争无可理喻，其毁灭性的影响绵延数代。至于士兵的责任、荣誉更是无稽的谎言，绞尽脑汁、费尽千辛万苦逃离战场的男主人公卡什维尔不仅没被当作卑劣的逃兵，反而被视为“另类英雄”，在他的影响下女主人公麦加沃克才有了此后半生了不起的义举，那么战争何来光荣、伟大、正义之说。

诚然，当代美国内战小说也会关注由战争衍生出的其他社会问题，不过对于战争本身的思考与批判才是核心。在并不风平浪静甚至经常风起云涌的国际局势下，作家们借由内战人物形象的重塑、重要事件的重述，构建了可怕的悲惨的战争时空，表达了普遍的厌战情绪。可以说，他们凭借自己的文字，发出了不同的声音，试图引导公众认识到战争并非像美国政府所宣扬的那样会给一个地区的人民带去美好的未来，相反，会留下无穷无尽的灾难。他们所写的也不只是内战，这场美国本土上发生过的最惨烈的战争一定程度上代表和象征了人类面临的所有血腥残忍的战争。因此，通过重写内战，他们参与塑造着反战的舆论观点，虽然力量有限，但亦成为了调和美国有关战争的主流意识形态中不可或缺的一部分。

---

① Brooks Geraldine, “A Conversation with Geraldine Brooks”, in Geraldine Brooks, *March*, New York: Penguin Books, 2005, p. 6.

② ［美］罗伯特·希克斯：《南方的寡妇》，张建平译，人民文学出版社 2007 年版，“作者按”第 354 页。

哈贝马斯认为，意识形态是一种被权力系统地扭曲的交往形式，“已经成了统治媒介的、服务于对有组织的权力关系的合理化的一种话语”。[①] 美国政府编织了一张由其主导的意识形态大网，聚集了关于战争的一整套言说，与此同时，当代内战小说则持有抵制性和挑战性态度观点，逆向参与到意识形态的建构之中。两股舆论力量对立、妥协、中和，共同形成有关战争的意识形态全貌。倘若读者不为那张大网所束缚，不为那套言辞所蒙蔽、诱导和掌控，而是能够透过这些作品洞悉、反思战争的本质，那么这些作品的价值将不再局限于文学审美层面，而是进一步在道德伦理层面发挥出其社会功能。

除了表达反战厌战的观点和倾向之外，有的作家还借由作品影射和批判美国现实和美国政坛。乔治·桑德斯长期关注着美国的政治生态，面对日益尖锐的社会矛盾他会发问，“是否有办法重建一个共同的国家基础?”[②] 在专访中，他从两个方面谈及了政治问题，其一是国家层面，《林肯在中阴》出版之时，正是特朗普执政时期。在他看来林肯时期的美国和特朗普时期的美国一个共同之处就在于国家都处于严重分裂的状态，不同的是，林肯大选获胜之时，南方人格外地憎恶他，联邦面临着走向终结的结局，战争一触即发；而特朗普刚上台时，美国却并非如此，各派各阶层的利益是可以相对调和的，但他执政一年之后，将国家拖入严重的对立和分裂中。进而，他批判了美国政坛的极右势力带来的危害——如果你的言语越界，另一方就会认为你头上印着大写 L，代表自由派的利益（got a big L on your head for Liberal，即美国左派的政治立场和意识形态），并且会击倒你。[③] 政治上的针锋相

① ［英］伊格尔顿·特瑞：《西方马克思主义中的意识形态及其兴衰》，载齐泽克等《图绘意识形态》，方杰译，南京大学出版社 2002 年版，第 266 页。

② Domestico Anthony, “A Kindly Presence of Mind”, *Commonweal*, 7.7 (2017), p. 14.

③ Gatti Tom, “Trump as an Agent of Mayhem”, *New Statesman*, Vol. 146, Issue 5390 (10/27/2017).（或参见 https://www.newstatesman.com/culture/2017/10/trump-agent-mayhem-interview-george-saunders）。

对、互不容让在深深地割裂着美国。其二是从领导者本身而言的，林肯被视为特朗普的反面（anti-Trump），在桑德斯看来，林肯尊重自己肩负的公职，尊重自己的国家，在整个任期，他的移情能力都以一种神话的模式在不断地增强，他的同情心和善意也给予了南方的士兵、南方的奴隶乃至整个非裔美国人群体。而特朗普则正好相反，他的移情力越来越少，只喜欢像他的人和支持他的人，其他人都被统统地排斥，特朗普管理的美国呈现出林肯视野下的国家的倒置版（inversion of the Lincolnian vision of America）。桑德斯还认为特朗普是一个麻烦的制造者（Mayhem guy），只想着破坏和引人注目，这不是政治观点的问题，而是表现出一种心理的奇异感。① 诚然，《林肯在中阴》绝不是为讨伐特朗普而作，不过作家却实实在在地密切关注美国政坛中的各种纷繁现象，并借由作品问世寻求到发声的契机，批评了特朗普任期内种种分裂美国社会、危害美国社会的言行。中阴界和南北战争时社会的混乱也影射了当下美国社会的乱象。可以说，作家从希望各种利益团体矛盾的缓和与化解，达成国家的相对团结和谐统一的角度反向冲抵极右势力的政见和舆论导向，参与了当代意识形态建构。

在谈及艺术与意识形态的关系时，曾经有两种对立的观点。一种认为“文学仅仅是具有一定艺术形式的意识形态，即文学作品只是那个时代意识形态的表现形式，它们是‘虚假意识’的囚徒，不可能超越它而获得真理……与此对立的观点抓住许多文学作品对其所面临的意识形态提出挑战这一事实……如恩斯特·费歇尔在《对抗意识形态的艺术》中所说，真实的艺术常常超越它所处时代的意识形态界限，使我们看到意识形态掩盖下的现实”。伊格尔顿认为这两种观点都过于简单，科学的批评应该“寻找出使文学作品受制于意识形态而又与它保

① Gatti Tom，“Trump as an Agent of Mayhem”，*New Statesman*，Vol. 146，Issue 5390（10/27/2017）.（或参见 https://www.newstatesman.com/culture/2017/10/trump-agent-mayhem-interview-george-saunders）。

持距离的原则”。[①] 总体上看，当代内战小说不可避免地受到美国意识形态的影响，传递着美国的价值和信仰，从这一点来说，这些作品受制于美国意识形态，是意识形态的隐性表现形式。不过，当代美国作家也与国家层面意识形态保持距离，并在某些层面发起挑战，他们通过重写内战，表达了有别于美国国家意志的厌战、反战的态度倾向，并尖锐地批判了美国的政治与社会乱象。

第三节 第二次南北战争中的“恶托邦”：放眼未来的想象与焦虑

人类历史上的战争，从过去到现在从未停止，放眼未来也是无休无止。对此，阿多诺有一个生动的比喻：“世界史根本没有从野蛮走向人道主义，而是从弹弓走向了百万吨级的核弹。”[②] 与之相伴，敏感的作家群体对于战争的想象和书写一直在持续。通过写战争，他们不仅批判了现实，还思虑着未来，思索着战争将会如何影响人类未来的生活，以及人类应构建一个怎样的未来社会。

不同民族都有自己的时间认知观。对于英语民族来说，受到特有的基督教文化长期影响，他们看待时间的方式是单向的、直线式的，时间沿着一条直线从过去流动至现在，从现在还要流动到将来，过去的就会永远成为过去，现在很快又会成为过去，永不停息。与之相应，英语民族的时间观念兼具过去、现在和将来三种取向，并把重点放在将来，尤其是美国，没有那么久远的历史传统，使得他们更多地将目光面向未来。[③] 或许，这从文化的角度解释了为什么在美国科幻文学、幻想文学一直都如此活跃。这些作品勾勒了未来的战争会是什么样的，未来的社

① 伊格尔顿 · 特里：《马克思主义与文学批评》，文宝译，人民文学出版社 1986 年版，第 21—23 页。

② ［德］阿多尔诺 · 特奥多：《否定的辩证法》，张峰译，重庆出版社 1993 年版，第 318 页。

③ 关世杰：《跨文化交流学》，北京大学出版社 1995 年版，第 289—292 页。

会将会怎样建构，未来人类面临着怎样的生存危机和救赎路径。“未来”的观念成为了美国战争小说和科幻小说的重要接合点，有代表性的就是阿卡德的《无人幸免，2074—2095》。在本书接近尾声之际，再次将目光放在了这部小说上。

《无人幸免，2074—2095》以发生在未来的第二次南北战争为背景，有放眼未来的大胆想象，也有对未来的焦虑。南北战争发生于160余年前，几乎撕裂了整个美利坚，不过阿卡德在小说中告诉我们，那场战争并没有终结，惨烈的内战还会因为这样那样的原因以几乎相同的模式再次重现。小说英文题名 *American War*，字面意义上指涉的是美国南北二次内战，而深层则可代表一切与美国相关的战争，可以发生在现在，也可发生在未来，可以发生在美国本土，也可以发生在世界各地。对于这场未来战争的构想，一部分素材来源于作家在《环球邮报》担任记者十年的经历，他将在阿富汗和关塔那摩湾营地的所见所闻都融入了作品的创作中，这赋予了二次内战以世界性的象征意义。阿卡德所希望的也不仅仅是写一个关于美国的故事，而是一个在世界上占据主导地位的超级大国的战争故事，如果150年前写这个故事，背景可能就要设置在英国了。因此，这场想象出的内战便成为了西方大国战争的一个象征。

对于未来世界的焦虑体现于小说勾画出的战争世界下“恶托邦”社会的图景。“恶托邦”一词的英文是 Dystopia，衍生于 Utopia 一词，“Dys-”在希腊语中的含义是“坏的、不好的”，对应于英语中的 ill- 。Abrams 主编的《文学术语汇编》中，对 Dystopia 的定义为：“一个非常糟糕的想象中的世界，我们当前社会、政治、技术秩序中的邪恶趋势都被投射汇聚到了那个灾难性的未来世界中。”① Lyman Sargent 认为 Dystopia 是作家用大量细节描述的不存在的社会，在同时代读者眼中“恶托

① Abrams M. H. , *A Glossary of Literary Terms*, Beijing: Foreign Language Teaching and Research Press, 2005, p. 328.

邦”所处的时空要比他们所生活的社会糟糕得多。[①] 可见，“恶托邦”的核心是表达对未来社会的消极、否定的想象。与“恶托邦”相关的是“反乌托邦”的概念。“反乌托邦”（anti-Utopia）由乌托邦而生，形成了一组对立的概念，并在对立中获取自身的含义。“反乌托邦”主要源于对幻想虚构出的乌托邦理想社会、完美制度的质疑和抨击，意在反对集权主义，呼吁民主政治，抵制极端的理性主义、科学主义。Lyman Sargent 指出“反乌托邦”的作品用乌托邦的形式去抨击普遍意义上的乌托邦或者特殊形式的乌托邦。乌托邦主义（utopianism）被认为会导致集权，导致对人民使用武力。对于“完美”（perfect）的批判构成了“反乌托邦”的部分逻辑依据。[②] 库玛认为“‘反乌托邦’是对高贵却又虚幻的乌托邦目标的间接讽刺”。[③] 可见“乌托邦”是“反乌托邦”赖以存在的基础。而“恶托邦”却并不专门针对“乌托邦”的理念和思想展开批判，它涵盖了“反乌托邦”的大部分意涵，但根本上是为了构造出一个黑暗的糟糕的世界。在文学研究和文学实践中，“反乌托邦”小说常用来指称叶夫根尼·扎米亚京（Yevgeny Zamyatin）的《我们》、奥尔德斯·赫胥黎（Aldous Huxley）的《美丽新世界》、乔治·奥维尔（George Orwell）的《一九八四》这些批评极权主义、现代科技对人类异化的作品，“恶托邦小说”囊括了上述文本，除此还包含了那些并不特别针对乌托邦主义，单纯虚构邪恶世界的作品。因此在文学研究中，“恶托邦小说”是“反乌托邦小说”的上级概念。[④]

《无人幸免，2074—2095》中的恶托邦首先体现于对外在的生存环境

---

① Sargent Lyman, “The Three Faces of Utopianism Revisited”, *Utopian Studies*, Vol. 5, No. 1 (1994).

② Sargent Lyman, “The Three Faces of Utopianism Revisited”, *Utopian Studies*, Vol. 5, No. 1 (1994).

③ Kumar Krishan, *Utopia and Anti-Utopia in Modern Times*, London: Basil Blackwell, 1987, p. 104.

④ 王一平：《思考与界定：“反乌托邦”“恶托邦”小说名实之辨》，《四川大学学报》（哲学社会科学版）2017 年第 1 期。

的摧毁。未来的美国已完全失去了发达繁荣的超级大国景象，气候变化使得一些州变成了一片泽国，战争之下处处焦土，全然一幅暗无天日的"恶托邦"式的生存环境。在萨拉特一家背井离乡，迁居佩兴斯难民营的途中，有这样的描述：

> 道路两旁是萧索的树木，树叶凋零，徒剩光秃秃的枝丫。在路边的每栋建筑上，劫掠的痕迹都清晰可见：电杆上没有了电缆，车辆被开腔破肚，工厂只剩些龟裂的水泥和钢筋搭建的空架子。
>
> 他们途经的田野全都荒芜焦黄，树木枯槁。路旁的沟渠里，扔满了爆裂卷曲的轮胎残骸……高速公路上轰然洞开的弹坑，直径足有10英尺。它们被用各种方式匆匆遮盖起来：有的用水泥，有的直接用木板或是钢板简陋地一搭。
>
> 道路两侧都立着奇怪的广告牌，展示着各种毁灭和杀戮的景象：化为废墟的城市街道，尘土之下的儿童尸骸，对边境城镇上一无所有的居民施以援手的南方自由邦士兵。

满眼皆是残垣断壁的末日情景，哪里还有一丝因"美国梦"而凝聚在一起的兴盛。在佩兴斯难民营中，也是到处充斥着贫穷、饥饿、暴力和随时来自北方的杀戮。在联邦军对集中营报复性的屠杀中，女主人公萨拉特母亲身亡，且不见尸体，哥哥西蒙脑部受到重创，如同半个废人一般。战争令她失去多位至亲，最终只为复仇而活。可以说，整个美国在作家虚构的那场未来内战中，都笼罩在"恶托邦"的黑暗时空中。

未来"恶托邦"之恶并不仅仅体现于战争之后城市的一片废墟和百姓的流离失所，更体现于制度、政策乃至人心之恶。小说中虚构了一段站在"未来的未来"的时间点上，回顾二次内战结束后，南北谈判的口述史。这段口述史极其尖锐地讽刺了政治家虚伪丑恶的嘴脸。北方谈判代表本以为南方代表会从限制旅行入手，或者要求释放俘虏或囚犯，可事实上，南方代表对这些都毫不关心，首先提出来的却是不希望听到任何人使用“投降”这个词。之后，便是对再统一日的演讲、和平协议前言中的措辞咬文嚼字，很多都是无关紧要的细节，北方代表回忆道“我还记得有一天，我们花了好几个小时，只为排定‘再统一日’当天的合影细节。他们希望先由他们的总统伸手，而后我们的总统再握住他的手。结果第二天，他们又变卦了，这回他们想让我们的总统先伸手”。南方在第二次内战遭受重创，而南方的领导人根本不在乎百姓的疾苦，他们的言行是政治制度之恶的具化表现。这种对生命的漠视甚至蔓延到南方社会的各个阶层，普通民众对于他人在战争中的遭遇也没有发自内心的关切与同情，所有悼念也须在一种形式化的框架中进行才被接受，被许可，“她很快明白，在暴行中幸存，就意味着成为伤痛共和国的荣誉使节。她的悲伤，必须遵循某些约定俗成的准则。彻底崩溃、睚眦必报，都有违这些准则。但她也不能无动于衷、彻底谅解。社会允许她和那些与她同病相怜的人以一种亦步亦趋的方式缅怀亲人，他们可以捧着亲友的照片在报纸的镜头前摆好姿势，可以加入热闹但百无一用的游行，也可以呼吁各方消除流血事件，仿佛流血事件是害虫、是流浪汉，可以被清除、被驱逐。而她只要遵循这些准则，在这个框架内哀悼，就依然能获得公众的广泛同情”。小说写的是未来的战争、未来的政治制度、社会人情，但却极具现实感，这样的惺惺作态在过去、在当下都处处可见，折射出的是美国现实政治的虚伪，讽刺的是现实社会的冷漠，并且这些现实社会的丑恶面在未来社会很可能也不会消失，是“恶托邦”的组成部分。Robert Evans 对“恶托邦”的讨论强调了这类体裁的一个关键特点在于警示读者必须采取行动，而且也能够做出一些事情以避免非常糟糕的未来。[①] 既然“恶托邦”之“恶”源于当下美国社会种种“恶”的汇集，那么就应该尽力消除这些“恶”的力量的汇聚和发展。

① Evans Robert O.，“The Nouveau Roman, Russian Dystopias, and Anthony Burgess”, *Studies in the Literary Imagination* 6（Fall 1973）.

作为描写未来战争的小说，书中也多少融入了科幻的元素，比如一种被称作“鸟”的远程武器，现在已被废弃，没有既定目标的在空中随机飞行；人们日常生活中使用的太阳能汽车、安在花园里靠动作感应开关的灯，透明太阳能板搭建的温室等。不过总体来说，《无人幸免，2074—2095》中出现的各种武器、日常设备和今天人们所见到的并没有太大差异，科技感也不强烈。作家比较少见地没有使用大量科幻想象描写一场未来战争，仿佛这场内战也可以发生在现在，甚至是发生在过去，这是一场在任何时空都可能发生的战争。从这个角度说，作家更加关注的是战争本身以及战争之下的罪恶社会和普通人的痛苦遭遇。阿卡德说：“我是想写一本反战的书，去讲述我们一次又一次对彼此施加暴力是多么荒谬的事。我想表达的是，我们每个人都需要理解为什么人们会做出那些可怕的暴行；在尝试理解中，我们也不能做出同样的事。”[①] Lyman Sargent 指出很多“恶托邦”小说都具有充满自我意识的警示性（self-consciously warnings），除非人们采取行动，否则事情会变得更糟[②]。这样一部描写未来战争的“恶托邦”小说通过勾画大量想象中的战后惨象和荒谬场景，警醒读者战争带来的恶果，以期唤起更多人共同参与到反对战争的意识形态建构中。

总之，《无人幸免，2074—2095》构想了未来战争下的“恶托邦”世界，“恶托邦”之恶体现在外在的生存环境、制度文化到内在的人心之恶，它从相反方向以否定的形式圈定了未来理想社会的边界，也就是通过未来不该出现的社会现象或应尽力避免形成的社会形态，来暗示人们所向往的未来的样子。小说假想出的“恶托邦”的画面，正是人类厌恶恐惧、试图远离的社会样貌，它唤起读者对未来还会不断重演的战争的不安，以及对于战争之下普通人的悲惨遭遇和人与人、人与社会关系

---

① 作家奥马尔·阿卡德：《想象一场发生在西方世界中心的内战》，2018-5-17，https://www.sohu.com/a/231935224_260616。

② Sargent Lyman, “The Three Faces of Utopianism Revisited”, *Utopian Studies*, Vol. 5, No. 1 (1994).

异化的焦虑和忧思。因此，“恶托邦”这一概念本身就包含强烈的社会批判倾向，这一批判指向潜在的可能出现的未来之恶，但也可针对业已存在的现实之恶。布克尔认为，“恶托邦”文学“将其对社会的批评置于一个想象中的遥远时空中”。① 也就是说当人们对一些有害的社会行为和政治活动中的潜在危险已经习以为常、熟视无睹时，甚至认为它们无法避免时，“恶托邦”会将当下的“恶”放置于未来，引领我们从新的视角审视这些“恶”的严重危害。这部有“恶托邦”特色的小说只是南北战争小说中的个例，它已远远偏离了基于历史去创作的轨道，不过它的意义在于警示当下美国社会的诸多弊病和可能形成的“恶”的发展趋势，同时，与其他当代内战小说相比，本书更直接更强烈地表达了对未来战争的担忧。

① Booker Keith M., *Dystopian Literature: A Theory and Research Guide*, Westport, Connecticut: Greenwood Press, 1994, p. 3.

结　语

近30年来，当代美国作家在新现实主义的潮流影响下创作出了一批有社会影响力的南北战争小说，既有对传统的继承，也有对传统的解构，在继承与解构中实现了对历史的重塑。他们对待历史大多秉持着严肃严谨的态度，做了大量的考证与研究，力求达到对战争的真实再现，包括战场上的惨烈战斗、战场外的社会百态和时代的整体风貌，并塑造了南北战争背景下的四种典型环境以及典型环境下的典型人物。这些作品在整体上都有稳定的完整的结构，每部小说都有明确的开端、发展和结局，故事情节推进遵循着线性的时间顺序，有着清晰的因果关系。以上要素构成了当代南北战争小说形式和内容上的共性，体现了对于传统现实主义的继承。除了共性之外，每一部小说对于现代主义和后现代主义的借鉴各有不同。从形式上看，叙述视角多元化是一大特色，有些小说采用了不同人物的叙述视角共同讲述故事，有些小说整体上有一个叙述主视角，局部又对视角进行交替变化，有的小说则采用了不可靠人物的叙述视角。另一特色体现在语言风格上。有的作品通过词语或句式的选用营造出现代主义的疏离感陌生感，有的作品通过引语、标点符号、断句、不同文体的堆叠等多种变化尝试了更具颠覆性的后现代风格写作实验。每一部小说在遵循现实主义传统的同时，对现代主义和后现代主义风格各有汲取，形成了作品自身形式上的特色。

当代内战小说直面与战争相关的社会问题，具体包括奴隶制问题、种族问题、微观家庭和个人情感问题、女性形象重塑及在战争中的作用问题等。事实上，美国内战小说从诞生之日起就没有局限于战争层面的描写和讨论，对这些社会问题也或多或少有所涉及，当代内战小说继承了这一传统，但不同的是能够从更具突破性、解构性的视角做出深度反思。第一，当代南北战争小说关注着奴隶制问题，一方面继承了对罪恶的奴隶制度的批判，另一方面解构性地重思了战争与奴隶制之间的关系，探寻了奴隶制背后根深蒂固的文化根源和思想根源，并对黑人群体自身做了深度剖析。第二，关于微观家庭和个体情感问题。从继承的角度看，当代内战小说像早期的内战小说一样写爱情、写家庭，视野不局限于战争本身。从解构角度看，当代内战小说又完全抛弃了早期作品中战争加浪漫爱情的模式，而是凸显了战争给每一个普通个体带来的家庭灾难和情感绝望。在继承与解构的融合中，当代内战小说重建了战争与微观个体之间的关系。第三，战争中女性形象重塑问题。当代内战小说继承了早期作品中女性形象塑造的特点，同时还吸收了后现代主义女性观，解构了传统战争小说将男性视为绝对主导，将女性视为无关紧要的边缘角色的固有偏见，重新发掘了战争中女性所具有的强大力量和重要作用：她们有的拥有对个人、家庭乃至全社会不可替代的治愈性力量，有的拥有重构政治格局和社会秩序的颠覆性力量。由此这些作品塑造出各式各样差异化的女性形象。

当代内战小说以“人”为核心，从人本主义角度出发，展开了对于战争本质、人的生存方式和生命价值的深度哲学思考。这些作品继承了传统现实主义中的人道主义思想，不遗余力地对战争本身加以批判，通过内战典型环境下典型人物的塑造关注到普通生命个体的命运走向以及人与人，人与环境关系的异化问题。在新现实主义的影响下，当代内战小说还会在局部或作品的关键情节吸收现代后现代主义中虚无主义、存在主义思想，关注到整个社会在战时和战后所陷入的精神荒原，关注到人在极限环境下的自由选择。人作为生命个体，为自己的选择而负责，也决定了他们存在的本质与意义。当代内战小说在对传统和现代后现代哲学思想兼容并蓄中，重新审视了战争给人类带来的危害。

新现实主义的理论为本书研究提供了框架和路线，反过来文学实践和作品研究也充实了新现实主义的内涵，扩展了新现实主义的边界。这体现了研究当代内战小说的理论价值。美国当代作家通过重写内战，直接或间接地参与了主流意识形态建构，批判了社会现实，表达了强烈的反战观点和态度，传递了对未来战争、未来社会的忧思。这体现了研究当代内战小说的文化意义和社会意义。

在本书即将接近尾声之际，再次回首这些内战小说，依旧清晰记得阅读之旅给笔者所带来的内心深处的震撼。由于对它们的喜爱，曾不止一次思索，哪些作品终将经受时间考验，成为代代相传之经典，抑或至少是成为战争文学领域中的传世佳作。关于如何界定文学经典，尤其是当代作品的入典问题，学界有不少讨论。事实上，文学史的编纂就是一个经典化的过程，当具体到编写近距离的当代文学史时，这一个过程更为不易，丁帆先生曾一针见血地指出，当代文学作品的入典，下限越近，面临考验就越大，因为时间距离越近，就越发让人难以把握作家作品入史的尺度，越发难以接近历史的真相，也无法对文学现象和文学思潮进行准确的评判。进而丁先生指出，近距离作家作品的遴选，作为文学经典化过程中的第二次筛选（第一次源于报纸期刊上发表的即时性的评论和文章），面临着去伪存真、去芜存菁、激浊扬清的重要任务，不但要摆脱一切来自外部各个方面的干扰，还要必须从大量已经存在着的文学评论和批评文章的定评和定论包围圈中突围出来，不被已有的格局所左右，以现有的资料为参照物，发掘和发现出具有文学史经典化元素的文本来进行论述。[①] 丁先生提出了遴选当代文学经典的一般原则，这是一个坚

① 丁帆：《关于当代文学经典化过程的几点思考》，《文艺争鸣》2021 年第 2 期。

持标准、抽丝剥茧、反复考量的过程。

中外学者从不同角度提出了评价经典的标准。作为捍卫传统经典的代表，美国著名批评家哈罗德·布鲁姆在《西方正典》中选择了26位作家进行论述，选择的理由是这些作家的崇高性和代表性，他们的作品能够成为经典的原因在于“陌生性（strangeness）”，“这是一种无法同化的原创性，或是一种我们完全认同而不再视为异端的原创性”。[①] 布鲁姆特别强调从审美的角度评判作品，在反击“打开经典”（to open the canon）的主张和行动时，他批评道：“在保持社会和谐与矫正历史不公的名义下，所有美学标准和多数知识标准都被抛弃了”[②]，简言之，审美层面降级了。丁帆认为文学史家二次遴选文本，形成当代文学经典，需要坚持标准，形成历史的、人性的和美学的三角支撑[③]。两位理论家虽然提出的标准各有侧重，但共性在于强调美学标准的重要性。相比起来，刘象愚先生评价经典的标准更侧重于作品的思想性，强调经典作品对于阅读群体的影响力。他认为，经典应该具有内涵的丰富性、实质的创造性、时空的跨越性和无限的可读性。[④] 由于本书的研究不仅包括小说的内部形式，还包括与战争相关的社会问题、哲学思考，因此不妨以这几条标准逐条对照反观当代的内战小说。

第一条丰富性是指“应该包含涉及人类社会、文化、人生、自然和宇宙的一些重大的思想和观念。这些思想与观念的对话和论争能够促进人类文明的进步、社会的完善，参与人类文化传统的形成与积累”。对照这一条，当代南北战争小说初步具备了内涵的丰富性，它们早已不像早期作品那样纠结于政治的分歧、南北的对立、意识形态的差异，也已脱离对残酷战争的简单批判，而是从更高层次的人本主义层面关注到终极

① ［美］哈罗德·布鲁姆：《西方正典》，江宁康译，译林出版社2015年版，第2页。

② ［美］哈罗德·布鲁姆：《西方正典》，江宁康译，译林出版社2015年版，第6页。

③ 丁帆：《关于当代文学经典化过程的几点思考》，《文艺争鸣》2021年第2期。

④ 参见李欧梵、刘象愚《西方现代批评经典译丛》（上海人民出版社）的总序（二）。以下几处引用均选自该总序。

意义和价值的问题，其内在蕴含的对于现实间接却又尖锐的批评，必然指向促进反思、改良、净化与进步的目标。第二条创造性是指，“经典不仅要包含尽可能多的思想和观念，而且它在讨论这些思想和观念时，必须要有所发明，有所创造，而不仅仅是重复前人或他人已经说明的东西”。当代南北战争小说的创造性不只体现于形式层面现实主义叙事传统和现代、后现代的叙事技巧、手法的融合，更重要的是反映在思想观念层面对战争中生命的意义、人的价值以及与战争相关的性别问题、奴隶制问题、情感问题等的突破性和颠覆性思索。第三条跨越时空性是指“经典应该总是与现实的社会生活紧密相关。过去任何时代的经典，其旺盛的生命力表现在它总是现在时，总是与当代息息相通”。我们确实无法断言，本书所研究的战争小说是否在若干年后依旧可保持魅力，成为经典，深刻尖锐地映射这样那样的社会问题。但至少放眼当下，它们不仅是在写战争和战争中的人与事，同时还直接或间接地对美国社会现实问题给予持续的关注和回应。例如，多位作家在反思战争中的奴隶制问题、黑人生存境遇问题时都开启了全新的当代视角，这与美国近年来层出不穷、愈演愈烈的种族问题不无关系；对于战争中女性身份、角色的重构，则呼应了当代美国女性主义发展的总体趋势。面对繁复的现实问题和种种社会思潮，作家借史喻今、以史鉴今，赋予了作品以潜在的跨越时空性。而第四条无限的可读性，顾名思义，指的是“经典应该经得起一读再读，经得起不是少数人而是众多人读，经得起不是一个时代而是若干时代阅读”，“可复读的次数与范围越大，经典性就越强”。这一点涉及了作品的可复读性，涉及到了未来读者群的评判结果，依旧需要时间和市场的检验。诚如绪论部分所言，笔者研究的这些内战小说在出版数量、翻译传播、影视化、文学获奖方面都产生了强大的社会影响力，对照上述评判经典的参考标准，一些作品也至少具备了二到三条。那么我们或许有理由相信，这些作品中所蕴含的对战争本质和战争中人性的深刻揭露，对极限环境下终极价值的深度追问，最终能使它们中的一部分跨越时间与空间界线，为更广泛的阅读群体所接受，成为战争文学中的经典。当代南北战争小说的经典化之路的确令人充满期许。

参考文献

（一）中文

蔡玉侠：《〈大进军〉狂欢下的历史真实》，《名作欣赏》2017 年 6 月。

陈颖：《中国战争小说史论》，上海三联书店 2008 年版。

丁帆：《关于当代文学经典化过程的几点思考》，《文艺争鸣》2021 年第 2 期。

董雯婷：《后创伤时期的人文精神——评乔治·桑德斯的新作〈林肯在中阴界〉》，《外国文学动态研究》2019 年第 1 期。

董雯婷：《论〈林肯在中阴界〉的晚期后现代死亡叙事》，《当代外国文学》2021 年第 3 期。

关世杰：《跨文化交流学》，北京大学出版社 1995 年版。

郭继德：《当代美国文学中的新现实主义倾向》，载曾繁仁《20 世纪欧美文学热点问题》，高等教育出版社 2002 年版。

郭绍虞：《语言与文学》，《学术月刊》1981 年第 2 期。

胡碧媛：《〈基列家书〉的非时间性存在》，《国外文学》2016 年第 3 期。

胡全生：《后现代主义小说中的人物与人物塑造》，《外国语》2000 年第 4 期。

胡亚敏：《美国战争小说中的单独媾和主题》，《英美文学研究论丛》（第 23 辑）2015 年秋。

胡亚敏：《现代战争里的“空间与地方”——多克托罗内战小说〈大进军〉中的民族身份建构》，《广东外语外贸大学学报》2022 年第 4 期。

胡亚敏：《战争文学》，外语教学与研究出版社 2021 年版。

黄楠森：《西方马克思主义与人道主义》，《北京大学学报》（哲学社会科学版）1987 年第 1 期。

黄颂杰等：《萨特其人及其“人学”》，复旦大学出版社 1986 年版。

吉尔伯特 · 桑德拉、苏珊 · 古芭：《阁楼上的疯女人——女性作家与 19 世纪文学想象》，杨莉馨译，上海人民出版社 2014 年版。

加洛蒂 · 罗杰：《论无边的现实主义》，吴岳添译，人民文学出版社 2019 年版。

姜涛：《当代美国小说的新现实主义视域》，《当代外国文学》2007 年第 4 期。

蒋承勇：《“说不尽”的“现实主义”——19 世纪现实主义研究的十大问题》，《社会科学战线》2021 年第 10 期。

金莉：《经典修正》，载赵一凡、张中载、李德恩主编《西方文论关键词》，外语教学与研究出版社 2006 年版。

金莉：《历史的回忆 真实的再现——评杰拉尔丁 · 布鲁克斯的小说〈马奇〉》，《外国文学》2007 年第 3 期。

李公昭：《分裂的声音——美国内战小说与评论综述》，《外国文学研究》2009 年第 5 期。

李公昭：《美国战争小说史论》，北京大学出版社 2012 年版。

李靓：《论〈基列家书〉中的记忆书写与宗教认同》，《外国文学研究》2018 年第 1 期。

李靓：《自坟墓中回望人生——论〈基列家书〉中的记忆书写》，《国外文学》2018 年第 1 期。

李巧慧：《〈上帝鸟〉：通向黑人自由的道路》，《外国文学动态研究》2017 年第 2 期。

李涛：《论娜塔莎 · 特里瑟维诗歌中的历史记忆书写》，《当代外国文学》2019 年第 4 期。

廖昌胤：《当代性》，载金莉、李铁主编《西方文论关键词》（第二卷），外语教学与研究出版社 2017 年版。

林元富：《后现代诗学》，载赵一凡、张中载等主编《西方文论关键词》，外语教学与研究出版社 2006 年版。

刘保瑞等译：《美国作家论文学》，三联书店 1984 年版。

刘霓：《社会性别——西方女性主义理论的中心概念》，《国外社会科学》2001 年第 6 期。

卢风：《人道主义、人类中心主义与主体主义》，《湖南师范大学社会科学学报》1997 年第 3 期。

卢云昆：《自由与责任的深层悖论——浅析萨特存在主义的人道主义概念》，《复旦学报》（社会科学版）2010 年第 3 期。

鲁迅：《鲁迅全集》，人民文学出版社 1981 年版。

罗国祥：《萨特存在主义“境遇剧”与自由》，《外国文学研究》2001 年第 2 期。

罗小云：《超越后现代——美国新现实主义小说研究》，北京大学出版社 2012 年版。

罗小云：《废奴小说与美国内战》，《英语研究》第十三辑。

罗小云：《分裂与疗伤：美国南北战争小说的发展》，《外国语文》2019 年第 2 期。

马新国：《西方文论史》，高等教育出版社 2002 年版。

马新宇：《虚无之为主义——“虚无主义”概念使用模式分析》，《社会科学辑刊》2015 年第 5 期。

穆白：《一场被重塑的战争——多克托罗的〈大进军〉》，《书城》2008 年第 2 期。

沙青青：《杀戮天使与新时代的海明威》，《书城》2008 年第 2 期。

佘军：《美国新现实主义小说研究》，博士学位论文，苏州大学，2013 年。

佘军：《美国新现实主义小说中的人物概念与人物刻画》，《当代外国文学》2013 年第 2 期。

佘军：《时代生活、历史书写与道德世界——美国新现实主义小说的题材研究》，《解放军外国语学院学报》2015 年第 1 期。

申丹、王丽亚：《西方叙事学——经典与后经典》，北京大学出版社 2010 年版。

沈建翌：《人应当怎样生存下去——美国当代“反英雄”形象浅析》，《外国文学研究》1980 年第 4 期。

盛宁：《人文困惑与反思——西方后现代主义思潮批判》，生活·读书·新知三联书店 1997 年版。

盛宁：《现代主义·现代派·现代话语——对“现代主义”的再审视》，北京大学出版社 2011 年版。

隋红升：《男性气概》，载金莉、李铁主编《西方文论关键词》（第二卷），外语教学与研究出版社 2017 年版。

孙璐：《“伟大的美国小说”与美国民族性的建构—反思—重构》，《华东师范大学学报》（哲学社会科学版）2020 年第 2 期。

唐微：《从见证历史到修复世界：多克托罗小说〈大进军〉中的女性成长》，《外文研究》2016 年第 4 期。

唐微：《叙述与见证：多克托罗的历史写作》，《外文研究》2015 年第 3 期。

王达敏：《从启蒙人道主义到世俗人道主义——论新时期至新世纪人道主义文学思潮》，《文学评论》2009 年第 5 期。

王岚：《反英雄》，《外国文学》2005 年第 4 期。

王守仁：《新编美国文学史》（第四卷），上海外语教育出版社 2002 年版。

王守仁等：《战后世界进程与外国文学进程研究（第一卷）：战后现实主义文学研究》，译林出版社 2019 年版。

王延彬：《美国战争小说的流变研究》，博士学位论文，吉林大学，2014 年。

王一平：《思考与界定："反乌托邦""恶托邦"小说名实之辨》，《四川大学学报》（哲学社会科学版）2017 年第 1 期。

魏天真：《后现代女性主义和后女性主义》，赵一凡、张中载等主编《西方文论关键词》，外语教学与研究出版社 2006 年版。

吴瑾瑾：《历史的沉疴——南北内战与罗伯特·潘·沃伦的文学创作》，《山东大学学报》（哲学社会科学版）2013 年第 3 期。

伍蠡甫：《欧洲文学简史》，人民文学出版社 1985 年版。

伍蠡甫：《西方文论选》（下卷），上海译文出版社 1979 年版。

习传进：《魔幻现实主义与〈宠儿〉》，《外国文学研究》1997 年第 3 期。

肖明翰：《现代主义文学与现实主义》，《外国文学评论》1998 年第 2 期。

薛玉凤：《借古讽今话战争——2006 年普利策小说奖作品〈马奇〉评析》，《译林》2007 年第 1 期。

杨仁敬：《美国后现代派小说论》，青岛出版社 2003 年版。

姚乃强：《现代主义》，载赵一凡、张中载、李德恩《西方文论关键词》，外语教学与研究出版社 2006 年版。

殷企平、朱安博：《什么是现实主义文学》，上海外语教育出版社 2011 年版。

于沛：《后现代主义和历史认识理论》，《历史研究》2013 年第 5 期。

张琼：《虚构比事实更真切：多克托罗〈进军〉中的文化记忆重组》，《英美文学研究论丛》2008 年秋（第 9 辑）。

张英伦、吕同六、钱善行等：《外国名作家大辞典》，漓江出版社 1989 年版。

郑克鲁主编：《外国文学史（上）》，高等教育出版社 2006 年版。

周泽雄：《英雄与反英雄》，《读书》1998 年第 9 期。

朱刚：《新编美国文学史》（第二卷），上海外语教育出版社 2002 年版。

朱光潜：《朱光潜全集》（第二卷），安徽教育出版社 1987 年版。

［波兰］多曼斯卡·埃娃编：《邂逅：后现代主义之后的历史哲学》，彭刚译，北京大学出版社 2007 年版。

［德］阿多尔诺·特奥多：《否定的辩证法》，张峰译，重庆出版社 1993 年版。

［德］恩格斯：《致玛·哈克奈斯》，载马克思、恩格斯《马克思恩格斯选集》（第四卷），人民出版社 1995 年版。

［德］海德格尔：《尼采》，孙周兴译，商务印书馆 2002 年版。

［德］汉斯·约尔斯、沃尔夫冈·克内布尔：《战争与社会思想：霍布斯以降》，张志超译，华东师范大学出版社 2017 年版。

［德］尼采：《权力意志》，孙周兴译，商务印书馆 2007 年版。

［德］叔本华：《作为意志和表象的世界》，石冲白译，商务印书馆 1982 年版。

［俄］别林斯基：《别林斯基选集》（第三卷），满涛译，上海译文出版社 1979—1980 年版。

［俄］什克洛夫斯基：《作为手法的艺术》，载什克洛夫斯基等《俄国形式主义文论选》，方珊等译，生活·读书·新知三联书店 1989 年版。

［法］阿尔都塞：《意识形态与意识形态国家机器（一项研究的笔记）》，载齐泽克等《图绘意识形态》，方杰译，南京大学出版社 2002 年版，第 147 页。

［法］福柯·米歇尔：《疯癫与文明》，刘北成、杨远婴译，生活·读书·新知三联书店 2012 年版。

［法］萨特：《存在与虚无》，陈宣良等译，生活·读书·新知三联书店 2007 年版。

［法］萨特《存在主义是一种人道主义》，载中国科学院哲学研究所西方哲学史组《存在主义哲学》，商务印书馆 1963 年版。

[加] 奥马尔·阿卡德：《无人幸免，2074—2095》，齐彦婧译，北京联合出版公司 2018 年版。

[美] 贝尔·丹尼尔：《资本主义文化矛盾》，赵一凡等译，生活·读书·新知三联书店 1989 年版。

[美] 查尔斯·弗雷泽：《冷山》，丁宇岚译，中信出版集团 2018 年版。

[美] 查尔斯·格拉斯：《战争风云：美国士兵战争亲历记》，向程译，新世界出版社 2015 年版。

[美] 多克特罗·E. L.：《大进军》，邹海仑译，上海译文出版社 2017 年版。

[美] 芬克尔·大卫：《战场归来》，钟鹰翔译，重庆出版社 2018 年版。

[美] 弗莱·保罗：《文学理论》，吕黎译，北京联合出版公司 2017 年版。

[美] 哈罗德·布鲁姆：《西方正典》，江宁康译，译林出版社 2015 年版。

[美] 怀特·海登：《作为文学虚构的历史文本》，载张京媛主编《新历史主义与文学批评》，北京大学出版社 1993 年版。

[美] 杰拉尔丁·布鲁克斯：《马奇》，张建平译，人民文学出版社 2007 年版。

[美] 罗伯特·希克斯：《南方的寡妇》，张建平译，人民文学出版社 2007 年版。

[美] 欧姆斯德·罗伯特：《少年罗比的秘境之旅》，林家瑄译，江苏文艺出版社 2010 年版。

[美] 琼斯·P. 爱德华：《已知的世界》，曹元勇、卢肖慧译，上海文艺出版社 2010 年版。

[美] 塞德曼·史蒂文：《后现代转向》，吴世雄等译，辽宁教育出版社 2001 年版。

[美] 桑德斯·乔治：《林肯在中阴》，何颖怡译，时报文化出版公司

2019 年版。

[美] 韦恩 · 布斯：《小说修辞学》，华明、胡晓苏、周宪译，北京联合出版公司 2017 年版。

[美] 詹姆斯 · 麦克布莱德：《上帝鸟》，郭雯译，文汇出版社 2017 年版。

[斯洛文尼亚] 齐泽克 · 斯拉沃热：《意识形态的幽灵》，载齐泽克等《图绘意识形态》，方杰译，南京大学出版社 2002 年版。

[英] 巴特勒 · 克里斯托弗：《解读后现代主义》，朱刚、秦海花译，外语教学与研究出版社 2015 年版。

[英] 布拉德伯里 · 马尔科姆：《新现实主义小说》，载埃默里 · 埃利奥特主编《哥伦比亚美国文学史》，朱通伯等译，四川辞书出版社 1994 年版。

[英] 弗林 · R. 托马斯：《存在主义简论》，莫伟民译，外语教学与研究出版社 2015 年版。

[英] 福斯特 · 爱德华：《小说面面观》，冯涛译，上海译文出版社 2016 年版。

[英] 莎拉 · 贝克韦尔：《存在主义咖啡馆》，沈敏一译，北京联合出版公司 2017 年版。

[英] 伊格尔顿 · 特里：《二十世纪西方文学理论》，伍晓明译，北京大学出版社 2018 年版。

[英] 伊格尔顿 · 特里：《马克思主义与文学批评》，文宝译，人民文学出版社 1986 年版。

[英] 伊格尔顿 · 特瑞：《西方马克思主义中的意识形态及其兴衰》，载齐泽克等《图绘意识形态》，方杰译，南京大学出版社 2002 年版。

（二）外文

Aaron Daniel, *The Unwritten War: American Writers and the Civil War*, New

York: Knopf, 1973.

Abrams M. H. , *A Glossary of Literary Terms*, Beijing: Foreign Language Teaching and Research Press, 2005.

Bassard Katherine, "Imagining Other Worlds: Race, Gender, and the 'Power line' in Edward · P. Jones's 'The Known World'", *African American Review*, 42. 3 – 4 (Fall/Winter 2008).

Bays Bruce, "An interview with Robert Olmstead", *Shenandoah*, Vol. 59, Issue 2 (Fall 2009).

Becker J. George, "Realism: An Essay in Definition", *Modern Language Quarterly*, 10 (June 1949).

Bickford H. John, "American Authors, September 11th, and Civil War Representations in Historical Fiction", *Journal of Social Studies Education Research*, Volume 9, No. 2, 2018.

Biedenharn Isabella, "How George Saunders Got the Greatest Audiobook Cast in History for Lincoln in the Bardo", *Entertainment Weekly*, (17 Feb. 2017).

Blight W. David, *Race and Reunion: The Civil War in American Memory*, Cambridge: Belknap Press of Harvard University Press, 2001.

Booker Keith M. , *Dystopian Literature: A Theory and Research Guide*, Westport, Connecticut: Greenwood Press, 1994.

Bradbury Malcolm, "Writing Fictions in the 90s", in Kristiaan Versluys eds. , *Neo-Realism in Contemporary American Fiction*, Amsterdam: Rodopi, 1992.

Brooks Geraldine, "A Conversation with Geraldine Brooks", in Geraldine Brooks, *March*, New York: Penguin Books, 2005.

Buell Lawrence, *The Dream of the Great American Novel*, Cambridge, Mass: Harvard University Press, 2014.

Charyn Jerome, *I am Abraham: A Novel of Lincoln and the Civil War*, New

York & London: Liveright, 2014.

Chitwood Ava, "Epic or Philosophic, Homeric or Heraclitean? The Anonymous Philosopher in Charles Frazier's *Cold Mountain*", *International Journal of the Classical Tradition*, Vol. 11, Issue 2 (Fall 2004).

Clabough Casey, "Great Men and the Civil War New Historical Fiction", *Sewanee Review*, Vol. 116, Issue 4 (Fall 2008).

Clapp-Itnyre Alisa, "Battle on the Gender Homefront: Depictions of the American Civil War in Contemporary Young-Adult Literature", *Children's Literature in Education* 38(2007).

Dcotorow E. L., *The March*, New York: Random House, 2005.

Doctorow E. L., "A Multiplicity of Witness: E. L. Doctorow at Heidelberg", in H. Friedl & D. Schultz eds., *E. L. Doctorow: a Democracy of Perception*, Essen: Verl. Die Blaue Eule, 1988.

Domestico, Anthony, "A Kindly Presence of Mind", *Commonweal* 7.7 (2017).

Edgar Andrew and Peter Sedgwick, *Key Concepts in Cultural Theory*, London: Routledge, 1999.

Elliott Emory, *Columbia Literary History of the United States*, New York: Columbia University Press, 1988.

Emerson Gloria, *Winners and Losers: Battles, Retreats, Gains, Losses and Ruins from a Long War*, New York: Random House, 1976.

Esty Jed and Colleen Lye, "Peripheral Realisms Now", *Modern Language Quarterly*, 73:3(2012).

Evans Robert O., "The Nouveau Roman, Russian Dystopias, and Anthony Burgess", Studies in the Literary Imagination 6 (Fall 1973).

Fellman Michael, "Introduction", in William Tecumseh Sherman, *Memoirs*, New York: Penguin Books, 2000.

Frykholm, Amy, "The Good Lord Bird, A Novel", *Christian Century*, Vol. 131 Issue 6, 2014(3).

Gatti Tom, "Trump as an Agent of Mayhem", *New Statesman*, Vol. 146, Issue 5390 (10/27/2017).

Gilbert M. Sandra and Susan Gubar, *The Madwoman in the Attic: The Woman Writer and the Nineteenth-Century Literary Imagination*, New Haven and London: Yale University Press, 1979.

Gill B. George, "George B. Gill, letter to Richard Hinton, July 7, 1893", In Trodd and Stauffer, eds., *Meteor of War: The John Brown Story*, Maplecrest: Brandywine, 2004.

Goldenberg Judi, "Pw Talks with James Mcbride—Flawed Heroes", *Publishers Weekly*, Vol. 260, Issue 28 (July 2013).

Graham Maryemma, "An Interview with Edward · P · Jones", *African American Review*, 42. 3 – 4 (Fall/Winter 2008).

Grauke Kevin, "Vietnam, Survivalism, and the Civil War: The Use of History in Michael Shaara's *The Killer Angels* and Charles Frazier's *Cold Mountain*", *War, Literature & the Arts: An International Journal of the Humanities*, Vol. 14, Issue 1/2(2002).

Hales Scott, "Marching through memory: revising memory in E. L. Doctorow's The March", *War, Literature & The Arts*, Vol. 21, Issue 1 – 2, (Jan 2009).

Hall, Joan Wylie, *Conversations with Natasha Trethewey*, Jackson: University Press of Mississippi, 2013.

Holland Mary, *Succeeding Postmodernism: Language and Humanism in Contemporary American Literature*, New York: Bloomsbury Academic, 2013.

Hunt Laird, *Never Home*, New York: Little, Brown and Company, 2015.

Hutcheon Linda, *A Poetics of Postmodernism*, London: Routledge, 1988.

Hutchison Coleman, *A History of American Civil War Literature*, NY: Cambridge University Press, 2015.

Ivanova, Natal'ia, "That Elusive Contemporaneity", *Russian Studies in Literature*, Vol. 45, No. 3(2009).

Jim Cullen, *The Civil War in Popular Culture: A Reusable Past*, Washington: Smithsonian Institution Press, 1995.

Kumar Krishan, *Utopia and Anti-Utopia in Modern Times*, London: Basil Blackwell, 1987.

Larimer Kevin, "The emotional realist talks to ghosts", *Poets & Writers Magazine*, Vol. 45, Issue 2 (March-April 2017).

LaRocca J Charles, *The Red Badge of Courage*, *An Historically Annotated Edition*, New York: Purple Mountain Press, 1995.

Leech Geoffrey and Michael Short, *Style in Fiction*, London: Longman, 1981.

Lefebvre Henri, *Introduction to Modernity*, trans. by John Moore, London & New York: Verso, 1995.

Lev Grossman, "10 Questions for E. L. Doctorow", *Time Magazine*, Vol. 167, Issue 10 (3/6/2006).

Lodge David, "Language of Fiction: Essays in Criticism and Verbal Analysis of the English Novel", London and New York: Routledge, 2002.

Madden David and Peggy Bach, *Classics of Civil War Fiction*, Jackson: UP of Mississippi, 1991.

McCaffery Larry, "As Guilty as the Rest of Them: an Interview with Robert Coover", *Critique*, Vol. 42, No. 1 (Fall 2000).

McCarron Bill and Paul Knoke, "Images of War and Peace: Parallelism and Antithesis in the Beginning and Ending of Cold Mountain", *The Mississippi Quarterly*, 52 (1999).

Mcdermott Emily, "The Metal Face of the Age: Hesiod, Virgil, and the Iron

Age on Cold Mountain", *International Journal of the Classical Tradition*, Vol. 17, Issue 2(Jun 2010).

McTaggart Ursula, "Historical Fiction about John Brown and Male Identity in Radical Movements", *African American Review*, 51(2) (Summer 2018).

Menendez Albert J., *Civil War Novels: An Annotated Bibliography*, New York: Garland Publishing, 1986.

Miller Wayne Charles, *An Armed America: Its Face in Fiction—A History of the American Military Novel*, New York: New York University Press, 1970.

Morrison Toni, "From*Playing in the Dark: Witness and the Literary Imagination*", in David H. Richter, eds., *The Critical Tradition: Classic Texts and Contemporary Trends*(*3rd ed*), Boston: Bedford/St. Martin's, 2007.

Page Norman, *Speech in the English Novel*, London: Longman, 1973.

Piacentino ed., "Searching for Home: Cross-Racial Bonding in Charles Frazier's Cold Mountain", *Mississippi Quarterly*, Vol. 55 Issue 1, (Winter 2001/2002).

Polk James, "New York Times Book Review: American Odyssey", *New York Times*, (July 13 1997).

Rando P. David, "George Saunders and the Postmodern Working Class", *Contemporary Literature*, Vol. 53, No. 3 (2012).

Randy Rudder, "How a Historical Fascination Became a Best Selling Novel: Untried at Fiction, Robert Hicks Found a Way to Turn the True Story of a Civil War Matriarch into Compelling Fiction", *Writer*, Vol. 120, Issue 2, (Feb. 2007).

Reynolds S. David, *Mightier Than the Sword: Uncle Tom's Cabin and the Battle for America*, Nedw York: W. W. Norton, 2011.

Rich Adrienne, "When We Dead Awaken: Writing as Re-Vision", in Barbara Charlesworth Gelpi and Albert Gelpi, eds., *Arienne Rich's Poetry*, New

York: Norton, 1975.

Robert Lively, *Fiction Fights the Civil War: An Unfinished Chapter in the Literary History of the American People*, Chapel Hill: The University of North Carolina Press, 1957.

Sachsman B. , David, S. Kittrell Rushing and Roy Morris Jr. , *Myth and Memory: The Civil War in Fiction and Film from Uncle Tom's Cabin to Cold Mountain*, West Lafayette: Purdue University Press, 2007.

Sargent Lyman, "The Three Faces of Utopianism Revisited", *Utopian Studies*, Vol. 5, No. 1 (1994).

Saunders George, *Lincoln in the Bardo*, New York: Penguin Random House LLC, 2017.

Schaefer Michael W. , *Just What the War is, the Civil War Writings of De Forest and Bierce*, Knoxville: The University of Tennessee Press, 1997.

Seidman Filene Rachel, *The Civil War: A History in Documents*, New York: Oxford University Press, 2001.

Sherman Tecumseh William, *Memoirs*, New York: Penguin Books, 2000.

Sherman Tecumseh William, *Memoirs of General W. T. Sherman*, New York: Library of America, 1990.

Siegel Robert, "Robert Olmstead's 'Coal Black Horse'", *All Things Considered* (*NPR*), MAY 24, 2007.

Solomon M. , "Stephen Crane: A Critical Study", in Richard Lettis et al. , eds. , *the Red Badge of Courage, Text and Criticism*, New York: Harcourt, 1960.

Stern Madeleine B. , "Introduction", in Madeleine B. Stern, eds. , *The Feminist Alcott: Stories of a Woman's Power*, Boston: Northeastern University Press, 1966.

Stowe Beecher Harriet, "Introduction", in *Uncle Tom's Cabin*, Boston:

Houghton, Osgood, 1878.

Toplin Robert Brent, "Ken Burns's *The Civil War* as an interpretation of History", in Robert Brent Toplin, *Ken Burns's The Civil War: Historians Respond*, New York: Oxford University Press, 1996.

Tuan, Yi-fu, *Space and Place: the Perspective of Experience*, Minneapolis/London: University of Minnesota Press, 2001.

Ware C Thomas, "Fiction Still Fights the Civil War: It Ain't Over Though It's Over", *War, Literature & the Arts: An International Journal of the Humanities*, Vol. 20, Issue 1/2, 2008.

Warnes Christopher, *Magical Realism and the Postcolonial Novel: Between Faith and Irreverence*, London: Palgrave Macmillan, 2009.

Warren A. Craig, *Scars to Prove It: The Civil War Soldier and American Fiction*, Ohio: Kent State University Press, 2009.

Wellek René, "The Concept of Realism in Literary Scholarship", *Neophilologus*, Volume 45, No. 1 (December 1961).

Wellek René, "The Concepts of Realism in Literary Scholarship", *Neophlogus*, Vol. 54, No. 1 (1961).

Wicker Tom, "A WarLike All Wars", in Mark C. Carnes, *Novel History: Historians and Novelists Confront America's Past (and Each Other)*, New York: Simon & Schuster, 2001.

Wilson Edmond, *Patriotic Gore*, *Studies in the Literature of American Civil War*, New York: Norton, 1962.

Young Stark, "Not in Memoriam, but in Defense", in *I' ll Take My Stand*, New York: Harper, 1930.

后　　记

本书是在我的博士论文基础上，经过进一步修改完成的。2017 年，当我下定决心读博深造时，曾料想到求学之路的艰辛。2018 年，第二年考博，如愿以偿地考入了师大文学院，十一年后再次走入校园。此后几年，才真正体验到读博远比我想象得更艰辛。梦想是美好的，现实是骨感的，尤其是对于我们这样年近中年，上有老下有小的在职博士，要克服的困难也更多。一路走来，有很多的错失、很多的舍弃，但无怨无悔，更想说的是感谢、感激、感恩。

我要感谢天津师范大学。说起来，冥冥之中，我与“师范大学”有着特殊的缘分。2001—2007 年，我在东北师范大学外国语学院读本科和研究生。东师的六年，是生命中最无忧无虑又意气风发、勇敢追梦的六年。净月，恢弘豪迈，白雪覆盖下挺拔的钟楼、静谧的旭日广场；本部，温柔多情，古朴典雅的楼宇，波光潋滟的镜湖，绿意葱茏的柳园，那些年最挥之不去的记忆。从那时起，“师范”对于我来说，已不再只是一项职业，而是一个追求：记得大一第一堂交际英语课上，林老师的教诲“学高为师、身正为范”。与天津师范大学结缘，始于 2012 年，那一年我来师大参加天津市第十一届青年教师基本功竞赛并获二等奖。那时的印象是，师大真大，师大真美，一片片绿地就像没有过多雕饰的郊野公园。2018 年，当我以博士研究生的身份，再次走入天津师大，对师大的认知，已不再停留于校园面积之大，外在的湖水、绿地、林木之美。师大之大，在于大楼之中有学识渊博的专家大师，师大之美，在于深厚的文化和学术底蕴。那一年，师大60周年校庆，弦歌不辍、薪火相传，我感激师大、感恩师大，能让我再度成为一名学生，穿梭于教室、食堂、图书馆，感受青春的气息；我感谢师大，感恩师大，可以让我虔诚地仰望学术的高峰，自由地追逐新的梦想。十年师范缘，师范铸师魂，我对师大有了特殊的难解的情愫，未来，与师大的故事，还会继续吗?

我要感谢我的导师赵利民教授，他是文艺理论研究方面颇有成就的专家，才望高雅、博古通今，学术上取得的成就令我深深钦佩。在我求学期间，经常和导师就学业上的问题深入交流，令我受益匪浅。在我论文写作的过程中，他帮助我把关定向、润色细节。可以说，没有老师的悉心指导，我很难完成最终的论文。博士毕业后，他也一直在关心指导我的专著出版工作。导师的影响还在于其人格魅力，他包容、谦和、沉稳、睿智，言传身教、润物无声，教会了我很多做人的道理。能成为赵老师的学生，我觉得很幸运、很幸福。

我要感谢文学院比较文学与世界文学专业的黎跃进教授、郝岚教授、曾思艺教授、曾艳兵教授。求学期间，聆听了教授们的精彩课程，在他们的指导下阅读了最新的文献，虽然艰深，但收获颇丰。我有幸参加了中国比较文学年会及国际研讨会、天津市比较文学学会和外文学会年会等高级别学术会议，见证了本专业各位教授的大师风采，极大地拓宽了视野，认识到了自己与大学者之间的差距，更明确了研究方向和方法。

我要衷心感谢博士论文答辩委员会的王立新教授、王志耕教授、胡翠娥教授，几位教授是学界前辈，我敬慕已久，感谢他们提出的中肯建议，令我受益匪浅。

我要感谢现任天津财经大学国际教育学院院长的张培教授。她担任人文学院院长的那些年间，积极搭建各种学术平台，邀请了多位全国知名的专家来院讲座。也正是借助这样的契机，我聆听了赵利民教授的讲座，并下定决心报考他的博士研究生。在整个备考和读博期间，张院给予了我坚定地支持和鼓励。她经常询问我读博近况和课题进度，虽然我资质愚钝、进展缓慢，面对这样的问题常感压力巨大、有负期许，但一次次最真诚的关怀让我永远铭记于心。

我要深深地感谢我的家人，尤其是父母。有时想想，能够继续专心在校园读书，是一件很奢侈的事情。我所说的奢侈，并不单纯指金钱意义上的花费，而是说当一个人全身心地投入学业事业，必然需要家人在背后默默付出，他们要承担很多很多。我的父母都是年过 65 岁的老人，期间还要长时间去照顾年逾九旬的老太太，非常辛苦。即便如此，他们经常帮忙接送孩子、陪伴孩子，买菜做饭。没有他们的付出，完成学业将遥遥无期。在我遇到各种困难，情绪低落、压抑时，也是他们给予了最温暖的安慰，最无私的包容。父母恩情，无以为报。

我还要衷心感谢中国社会科学出版社的编辑老师们，感谢他们认真细致地审阅以及对本书修改提出的宝贵意见。最后，感谢“天津财经大学翻译硕士学位点专著出版资助项目”对本书出版的支持。

我习惯于在室内或室外健步走，一边走一边思考各种问题。2007 年，每日从阳台走过客厅、餐厅、厨房到另一个阳台，30 步左右再折返，入耳的是拖鞋触碰地板的啪嗒啪嗒声，如此往复，边走边想，思考着与硕士论文相关的问题。从 2020 年年中到 2023 年下半年，我依旧喜欢在屋中折返健步走，每日近万步，思考的是博士论文和专著出版的相关问题。未来，希望还能边走边思考更多的学术问题和人生问题。